A LUZ DO LIBERTADOR

O CÓDIGO DO HERÓI
LIVRO 4

A.R. KNIGHT

CAPÍTULO 1
ATAQUE

SACRIFIQUE O TODO para salvar a parte.

Aegis olhou furioso para aquelas palavras, deixadas por sua filha Celice em seu Tama, codificadas para que a tela do dispositivo de pulso as mostrasse sempre que ele olhasse para ela. Ele afastou a frase com um gesto para poder ver os planos e projetá-los para os vinte que esperavam com ele no hangar do avião de carga.

Uma embarcação surgiu primeiro de seu Tama, e depois do projetor conectado que Celice havia instalado na parte traseira monótona do avião. Ela também havia encontrado peças e pessoas suficientes para colocar a aeronave movida a hélice no ar pela primeira vez desde antes de Aegis ter nascido.

Dois pilotos sentavam na cabine, transportando a força de ataque combinada de Paragons e pessoas normais sobre o profundo e escuro oceano Pacífico. O alvo estava a minutos de distância, tempo suficiente para um último olhar em como iriam ferir a Ziran, a empresa que estava roubando o mundo.

Não, não roubando, capturando. Tomando à força.

— Na última contagem — começou Aegis, fazendo o possível para que noites sem dormir não afetassem sua voz —

a Ziran tem cinco drones no navio. Outro esquadrão de meat-bags além deles.

— Ordens padrão? — perguntou Particle, um Paragon que havia provado seu valor com um rifle de assalto mais vezes do que Aegis gostaria de contar.

— Ordens padrão. — Aegis passou o olhar pelos combatentes. Todos vestiam preto sem brilho agora, equipamentos táticos de proteção conseguidos onde puderam. Não mais o azul dos Paragons. — Normais, sinalizem se avistarem um drone. Não ataquem. Seu trabalho aqui é chegar aos controles e virar o barco para nosso lado.

Porque os Paragons precisavam daqueles suprimentos. Armas, comida, qualquer coisa que pudesse ser usada. Aegis observou a projeção do barco girar no centro do hangar. A informação vazada sugeria que poderia haver algo mais interessante no porão daquele navio. Celice queria uma investigação a ponto de pedir pessoalmente a seu pai para participar desta missão.

Ele conseguiria isso para ela.

Os dois esquadrões, metade Paragon e metade normal, se separaram e colocaram seus paraquedas. Na frente, os pilotos ligaram a luz de aviso. Aegis se preparou, tentando acalmar seus pensamentos tempestuosos.

Exatamente como nos velhos tempos. Outra missão, chances difíceis, mas que ele, Aegis, o protetor do povo e uma lenda viva, seria capaz de superar. Ele havia retornado da quase morte mais forte do que nunca, e provaria isso novamente esta noite.

Exceto que Aegis vinha provando isso, dia após dia e hora após hora desde que Mila e o tanque de cura no porão da Fábrica o haviam reconstituído. Ele havia destruído centenas de drones, liderado assalto após assalto nos dois meses desde que Mynx desapareceu e suas máquinas mudaram de lado.

Por todo esse esforço, Aegis tinha muito pouco para mostrar.

— Quase na hora do lançamento — Aegis falou em seu Tama enquanto tomava posição no final do hangar, onde a rampa baixaria a qualquer segundo. — Tudo bem em casa?

— Foco, pai — disse Celice.

— Só verificando se você estava prestando atenção.

— A Ziran ainda não tem todos os olhos. Tenho uma transmissão granulada, mas não seja imprudente. Você está longe demais para reforços.

Com um guincho que traía a idade do avião, a porta se inclinou para abrir. O ar puxou Aegis, assobiando através de seu cabelo curto e barba por fazer. Atrás dele, cliques soaram enquanto sua equipe verificava o equipamento, posicionando-se.

— Desde que tenhamos evacuação — disse Aegis.

— Ela está nas proximidades — respondeu Celice. — Vamos torcer para que você não precise dela.

— Vamos torcer.

A luz acima de Aegis ficou verde. Campeões não hesitam, então Aegis liderou o caminho, descendo pela rampa e saltando para um céu prateado. Abaixo, o navio se estendia longo, suas luzes de navegação um farol contra a água negra.

Uma sensação familiar encontrou Aegis enquanto ele caía, segundos passando em sua cabeça enquanto a queda sacudia seus braços, pernas, estômago. A equipe o seguiu, saltando e puxando seus paraquedas conforme ordenado.

Aegis não alcançou o seu.

Lentes de contato ligadas ao Tama de Aegis inundaram dados em suas retinas enquanto ele caía. O navio, destacado em um verde neon, cresceu enquanto um contador de altitude corria no canto superior direito de sua visão. Contêineres empilhados uns sobre os outros dominavam a superfície do navio, torres de aço com espaços estreitos entre as fileiras. O Tama encontrou, destacou drones e guardas patrulhando nesses espaços com um vermelho sangrento. Um Natal sinistro.

Quando o contador atingiu dois mil, Aegis puxou o paraquedas. Abrindo-se, o paraquedas puxou Aegis para trás, embora os buracos espalhados pelo tecido mantivessem o impulso do Campeão. Ele mesmo os havia cortado em um momento meditativo mais cedo naquele dia, conhecendo o número preciso de um tempo bem antes dos Paragons existirem.

Naquela época, os militares americanos controlavam os saltos de Aegis. Naquela época, eles diziam a Aegis como ser eficiente, como maximizar a surpresa. Não muitos anos depois, Aegis voltou esse treinamento contra seus donos. Lutou e conquistou sua liberdade.

Aegis flexionou os joelhos, guiando o paraquedas em direção a um pouso no topo de um contêiner. O metal canelado brilhava prateado sob a lua e as estrelas, apenas o suficiente para que Aegis rolasse ao atingi-lo. O impacto sacudiu seus joelhos, fazendo seus dentes baterem uns contra os outros enquanto ele se chocava contra o contêiner. Sua mão direita moveu-se por instinto, soltando o paraquedas enquanto Aegis deixava a cambalhota e enviando a lona flutuando para a noite.

Sua chegada não passou despercebida.

Alarmes soaram rapidamente, luzes novas e piscando acendendo por todo o navio enquanto alguém gritava ordens pelos alto-falantes. Esses acessórios tocavam ao fundo enquanto Aegis se concentrava em uma ameaça mais imediata: dois drones, flanqueando-o em ambos os lados do contêiner.

Essas máquinas, drones gladiadores reformulados, pareciam frigideiras com braços demais. Jatos direcionais saíam de suas bases, enquanto armas letais e não-letais pontilhavam aqueles braços metálicos. Os drones tinham um revestimento branco agora, marcados com um logotipo laranja da Ziran para ter certeza de que Aegis saberia exatamente quem estaria atirando nele.

— Eu gostava mais de vocês antes — disse Aegis para o mais próximo, perto do meio do navio.

O metal preto e a pintura azul Paragon *tinham* ficado mais legais.

Ele deu dois longos passos para cobrir a largura do contêiner e saltou da borda. Energia quente o encontrou, outra modificação da Ziran. Flashes azulados acompanharam a dor enquanto o equipamento tático de Aegis se mostrava incapaz de lidar com o calor. Queimaduras, no entanto, não se equiparavam a metais duros disparados dentro do coração de Aegis.

E lasers não detinham o impulso do Paragon.

Aegis atingiu o drone com força, enviando a máquina para trás enquanto seus jatos tentavam compensar os quilos extras. O trabalho da máquina ficou mais difícil quando seu companheiro, continuando a fritar Aegis, mostrou não se importar com o fogo amigo. Placas brancas tornaram-se pretas conforme a energia atingia o alvo, seguindo Aegis enquanto ele escalava o meio do drone de três metros de comprimento.

Um relógio marcou em sua cabeça e, quando chegou a zero, Aegis golpeou para baixo com ambos os punhos, abandonando sua escalada. Suas mãos quebraram a estrutura mais macia do drone em seu centro, fragmentos irregulares cortando a pele de Aegis.

O Campeão rosnou afastando a dor.

O drone seguiu sua programação, virando-se. O movimento posicionou os jatos do drone para cima, enviando a máquina em alta velocidade em direção ao convés do navio. Aegis tentou libertar suas mãos, escapar. Seu traje, sua pele ficaram presos no metal e nos fios. Levantando os joelhos, Aegis empurrou com os pés, libertando-se quando o drone atingiu o alvo.

O convés do navio esmagou-se quando o drone e sua panqueca humana atingiram, placas amassando-se conforme o impulso da máquina superou um convés não exatamente construído para um Campeão sendo arremessado contra ele. Aegis sentiu o aço quebrar sob suas costas, dobrar contra seus ombros, rasgar sob sua cabeça enquanto o drone o empurrava através. A própria máquina ficou presa, seus periféricos carecendo do peso.

Aegis aterrissou em uma grade vermelho-ferrugem, olhando para o cadáver faiscante e surrado do drone. Seu corpo se ajustou, contraiu-se enquanto suas células se reparavam. Com um gemido, Aegis sentou-se, esticou o pescoço para a esquerda e para a direita. Seu traje pendia em pouco mais que farrapos, e o impacto havia lançado seu cinto e o equipamento extra para algum lugar que Aegis não conseguia ver.

Os olhos do Campeão, no entanto, encontraram muito mais. O corredor estreito do convés inferior deveria ser onde os guardas passavam suas noites, ou servia como espaço de carga adicional para os brinquedos da Ziran. Em vez disso, Aegis viu linhas azul-brilhante bissecando o corredor do chão ao teto à sua esquerda, o caminho levando em direção à ponte do navio.

Nas paredes ao seu redor, placas improvisadas, de plástico, foram colocadas contra o metal verde-acinzentado. Em negrito branco sobre vermelho, letras advertiam contra continuar adiante. Contra agitação e reclamações.

Contra habilidades de anomalias.

— Você está vivo, Aegis? — A voz de Particle chegou pelo Tama enquanto estrondos, tiros e pelo menos uma explosão crepitante filtravam através da mais nova porta do convés.

— Vivo e em movimento — respondeu Aegis, levantando-se. Sua própria habilidade impediu que o drone o matasse, mas Aegis sentiu as dores ao se levantar. Precisaria de dias depois disso para voltar à forma de combate. — Algo estranho aqui embaixo.

— Ótimo. Há coisas normais e perigosas lá em cima, se você estiver disponível?

Aegis olhou para cima, para o drone faiscante. Certo. Tomar o navio e depois ele poderia descobrir o que havia abaixo. Ignorando o corredor e seu aceno, Aegis voltou-se para a parede mais próxima e socou uma mossa perto de sua cintura.

Fez o mesmo novamente um metro acima.

— Estou a caminho — disse Aegis, acenando para seu trabalho.

Recuando, Aegis deu um único passo e saltou. Seu pé direito encontrou o metal dobrado como apoio, dando a Aegis alavancagem suficiente para socar um apoio para suas mãos e garantir a aderência do pé esquerdo. Olhando para o drone, Aegis agachou-se, deu o maior impulso que pôde e saltou.

Estendendo-se para cima, suas mãos agarraram algumas placas quebradas do convés, as bordas afiadas adicionando mais cortes aos que Aegis já havia colecionado na missão. Nenhum deixaria cicatriz, todos desapareceriam até o final do dia. A dor filtrou-se, experiência e foco fazendo seu trabalho para manter o Campeão escalando, empurrando, socando e rasgando até que ele visse novamente o céu noturno.

Fogo interrompia a beleza estelar agora.

Ao redor de Aegis, Paragons e comandos pousavam, seus paraquedas se soltando enquanto a força combinada encontrava drones e guardas da Ziran correndo para enfrentá-los. Um soldado entusiasmado, à esquerda de Aegis, contornou uma pilha de contêineres destacados por holofotes azulesbranquiçados. O homem apontou seu rifle — um tipo há muito proibido, mas a Ziran deve ter encontrado um estoque — para outro Paragon, uma mulher grisalha que acabava de se levantar de seu traje.

— Cobertura! — gritou Aegis, correndo em direção ao guarda.

O barulho da arma indicou que Aegis não chegaria a

tempo. A habilidade do Paragon disse que isso não importava.

O guarda, gatilho puxado, encontrou-se cinco metros à frente, a bala disparada atingindo-o nas costas. Ele não havia dado passos, não havia corrido para frente, mas simplesmente apareceu lá. Aegis piscou enquanto o homem caía, olhou para o Paragon e captou uma piscadela.

Aegis quis suspirar, mas mais alvos se aproximavam da zona de pouso. Se isso tivesse sido uma verdadeira operação Paragon, uma executada com mais planejamento, equipes mais estabelecidas, ele saberia o que o Paragon poderia fazer. Saberia onde estar para usar as habilidades dela.

Em vez disso, havia desperdiçado segundos jogando na defesa quando nenhuma era necessária.

Os velhos tempos tinham sido muito melhores.

Mais três guardas seguiram o primeiro, chamando o nome do companheiro caído. Desta vez, quando Aegis acenou para a mulher Paragon, eles se entenderam. Os guardas miraram em Aegis, ergueram suas armas.

E um deus se colocou entre eles.

Aegis atacou rápido e com finalidade, derrubando um guarda com cada punho e o terceiro com sua testa em uma batida esmagadora. Ele se ajoelhou, pegou um rifle do guarda inconsciente.

— Me dê um alvo, Particle — disse Aegis.

A anomalia, tomando sua posição de visão aérea no topo de uma torre de contêineres, puxou a visão de Aegis para um drone causando caos perto da popa do navio. Os normais, chegando mais tarde, estavam pousando na parte traseira do barco, perto da ponte. O drone aproveitou a vantagem, suas armas trabalhando para pulverizar os paraquedas e seus ocupantes com fogo cintilante.

— Não posso acertar isso daqui — respondeu Aegis, começando a correr.

— Então chegue mais perto.

Aegis levantou uma mão enquanto corria, esperando que sua nova parceira entendesse. Torres menores de contêineres ocupavam o espaço entre o local de pouso de Aegis e a ponte do navio, algumas brilhando conforme o fogo dos drones ou as habilidades dos Paragon erravam seus alvos. Entre e ao redor dos blocos, guardas da Ziran, drones e Paragons faziam uma dança perigosa.

Uma que Aegis não tinha tempo para se juntar.

Ele saltou, e Aegis sentiu o parceiro Paragon impulsioná-lo para frente, uma, duas e uma terceira vez. Ele continuou se movendo entre os impulsos, caindo de volta ao chão. O último impulso lançou Aegis contra outro guarda, arremessando o soldado para um contêiner vermelho-beterraba. Aegis não se saiu muito melhor, perdendo o equilíbrio e cambaleando em uma cambalhota.

Essas, pelo menos, Aegis entendia.

O Campeão saiu do rolamento com um chute para ficar de pé, mantendo o impulso. A cada segundo gasto, seus aliados perdiam mais vidas. A adrenalina fechou a visão de Aegis, afastando suas dores ósseas.

O guarda, sacudindo a própria cabeça, desviou-se do contêiner de carga, seu vermelho a parte inferior de uma pilha metálica dupla.

— Má ideia — disse Aegis, saltando novamente.

A guarda olhou para cima a tempo de ver Aegis pousar em seus ombros, chutando para se impulsionar e mandando-a de volta ao chão. O impulso o levou para cima, o suficiente para que sua parceira — a habilidade dela teria um alcance? — empurrasse Aegis mais alto. Ele voou por cima dos contêineres, aterrissando do lado oposto na última extensão plana antes da ponte.

Um heliporto, ocupado.

As pás do veículo branco e laranja já giravam, pilotos na cabine e portas deslizando para fechar. Aegis viu um pé desaparecendo no lado oposto do helicóptero. Aegis quis avançar atrás dele, quis até que Particle voltou sua visão para o drone e sua destruição contínua.

— Prioridades — disse Particle. — Podemos pegar o helicóptero depois.

— Não se ele fugir — rosnou Aegis, mas mesmo assim passou por ele, contornando a plataforma e correndo em direção à ponte.

Ao passar, o helicóptero fez o que helicópteros fazem: com suas pás acelerando, o veículo levantou-se da superfície do navio em uma rápida subida.

— Derrubamos? — perguntou Particle enquanto Aegis saltava uma grade, o drone a apenas metros de distância.

E arriscar matar pessoas lutando na superfície do navio? Quem sabia o que estava no helicóptero afinal?

— Encontre uma maneira de rastreá-lo — respondeu Aegis. — Objetivo secundário.

À frente, o drone girou, sua forma de disco mostrando as marcas de uma surra desesperada onde normais haviam tentado combatê-lo. Acima e atrás do drone, como nuvens estranhas, mais normais desciam, paraquedas flutuando.

Salvar vidas. É o que Campeões faziam.

Aegis ergueu seu rifle roubado, segurou o gatilho enquanto corria em direção ao drone. Balas saíram, atingindo seu objetivo com faíscas coloridas e nada mais. O drone retornou fogo, seus próprios flashes queimando a pele nua de Aegis. Mais dor para ignorar.

O drone deve ter decidido que seus ataques não estavam fazendo muito, porque acelerou em direção a Aegis. Saltando, Aegis encontrou o drone no ar, indo para o centro da máquina, aquele ninho de circuitos vulnerável implorando por absolvição de balas. Depois de retalhar sua pele no último drone, socar através do metal não estava mais no topo da lista de tarefas de Aegis.

Não que o drone se importasse. Ele desviou quando Aegis saltou, mudando sua borda para pegar Aegis no estômago.

Com as pernas abaixo do drone, seus braços, mão direita ainda segurando o rifle em cima, o Campeão tentou encontrar ar e falhou. Seus pulmões não conseguiam se expandir, o drone empurrando ambos em uma aceleração selvagem ao longo do navio.

O desespero tomou conta. Aegis manteve o gatilho do rifle pressionado enquanto a velocidade do drone o mantinha preso à frente. Tão perto, as balas do rifle ainda ricocheteavam, mas algumas encontraram lugares mais macios, devorando o meio do drone. A máquina alterou seu plano ao sentir o fogo de Aegis, agindo inteligente demais e freando bruscamente.

O impulso de Aegis o tirou do drone, arremessando-o sobre o mar. Enquanto caía, ele mirou o rifle para cima, descarregando o pente nos jatos voltados para baixo do drone. Aegis atingiu a água com força, seu gelo penetrando rapidamente enquanto o Campeão tentava respirar. Acima, mais uma vez, aquelas estrelas brilhantes desapareceram.

A causa desta vez?

Uma grande bola de fogo onde o drone havia estado.

— Nós garantimos o navio, conduzindo limpeza agora — disse Particle enquanto Aegis boiava nas ondas. — É você aí fora, Campeão?

— Bom trabalho — respondeu Aegis. — Vou precisar de um resgate, Particle. E uma toalha.

Enquanto pedaços do drone caíam ao seu redor, Aegis olhou para o navio. Outro ataque, outra vitória. Mas isso não deteria a Ziran.

Ainda não.

CAPÍTULO 2
A ROTINA

KAT ESPEROU pelas cinco pizzas colocadas em uma embalagem especial que as manteria quentes durante a viagem. Sentou-se em uma mesa gordurosa, da cor de massa, sobre um piso que, ela imaginava, não era limpo há uma década. Montes de neve derretida e enlameada combinavam com a tela de TV pendurada no canto, oferecendo entretenimento precário aos clientes em espera. Um cabeça-falante latia sobre outra batida, realizada naquela manhã, em um cargueiro Ziran.

Os Paragons atacando novamente, recorrendo ao terrorismo em seus últimos momentos desesperados.

Dois meses após os drones trocarem de lado, e os anos dos Paragons já ocupavam um lugar na história de horror. A existência de Kat como rastreadora relegada ao lado dos regimes pesadelo do passado da humanidade, como se ela tivesse batido em portas com a intenção de destruir as famílias dentro delas. O fato de que os Paragons mantinham os anômalos seguros, e os normais ainda mais seguros, não era mencionado.

Fazer qualquer coisa diferente seria arriscar irritar as máquinas flutuando lá fora.

Kat puxou o capuz cinza sobre a cabeça, a franja não cortada flutuando ao redor de seus olhos e fragmentando a visão por trás do balcão quando ela desviou o olhar da TV. Máquinas desarmadas supervisionadas por humanos normais giravam massa de pizza, picavam tomates cultivados em jardins condensados nos fundos do restaurante. Este lugar mantinha sua qualidade onde importava: na comida. Fora disso, não davam a mínima.

O que o tornava perfeito para uma ex-rastreadora tentando conseguir almoço para seus amigos proibidos.

Minutos depois, com o pacote de pizzas preso às costas, Kat reuniu-se a um certo cachorro que cavava na grama molhada lá fora. Marrom e recentemente exposto, os gramados de Chicago ainda não haviam encontrado seu vigor primaveril e, se Seeker tivesse voz no assunto, jamais encontrariam. O husky parecia considerar qualquer oportunidade de criar um buraco como uma que não deveria ser desperdiçada, não importando quantas vezes Kat tentasse dizer não.

Para ser justa, ela não era boa nisso.

— Aqui — disse Kat, entregando vários pedaços de pepperoni que o dono do estabelecimento lhe havia dado. Um pequeno gesto que garantia que ela continuasse sendo cliente, embora o homem não soubesse que as opções de Kat para o almoço eram limitadas.

Seeker devorou a primeira iguaria entregue, então a segunda, e uma terceira antes que Kat mostrasse a palma vazia. O husky voltou os olhos para a pizzaria e bufou.

— Moderação, meu amigo — disse Kat, seguindo pela calçada e levando Seeker junto.

Um pod passou rapidamente, transportando pessoas em seu orbe tingido para destinos desconhecidos. A esfera com rodas não fazia mais que um zumbido agudo enquanto passava, os pneus esmagando a neve com um som mais alto do que as baterias que o impulsionavam. Kat poderia ter chamado um, teria se poupado quadras caminhando pelo ar frio, exceto pelo fato de que pods não eram privados.

Ziran estaria ouvindo.

Ziran sempre ouvia agora.

Os braços de Kat balançavam enquanto ela caminhava, o esquerdo superando o direito, sua leveza ainda uma sensação nova. O Tama que estivera ali se foi, junto com a pulseira que o segurava. Uma pequena placa estava em sua pele, coberta por uma manga longa, esperando para ser conectada. Teria que esperar muito mais. Kat não iria colocar um dispositivo fabricado por Ziran em seu corpo tão cedo.

Weed, o Paragon que agora atuava como líder de Chicago – como se tal coisa realmente existisse ainda – ainda tinha seu Tama e alegava que Ziran não havia se infiltrado em todos os sistemas Paragon. Aegis, o Campeão retornado dos mortos, aparentemente tinha um e ainda não havia sido localizado. Mesmo assim, Kat tinha um palpite de que Ziran mantinha suas cartas próximas.

Se seu inimigo estava contente em revelar sua posição, por que não deixá-lo?

O sol desapareceu rapidamente, uma sombra repentina que não pertencia a uma nuvem passageira. Kat captou o reflexo em uma janela próxima enquanto caminhava, um drone gladiador trazendo seu corpo do tamanho de um caminhão pela avenida. Uma patrulha normal que, alguns meses atrás, teria feito Kat se sentir segura e protegida. Agora ela virou o rosto, curvou-se como se fosse amarrar os cadarços das botas.

Ziran conhecia seu rosto. Wexley conhecia seu rosto. Ele poderia ter prioridades maiores agora, mas Kat imaginou que ele viria atrás dela eventualmente.

Ou seria vaidade falando? Wexley tinha o mundo para lutar agora. Provavelmente nem se lembrava que Kat existia. Ele não perderia tempo ordenando drones para encontrá-la.

Kat manteve o capuz levantado mesmo assim.

Cinco quadras depois, em um bairro residencial desgastado onde casas térreas falavam de construções centenárias há muito abandonadas, enquanto o dinheiro migrava para outros lugares, Kat recolheu alguns dejetos de Seeker e lançou um olhar ao redor.

Apesar da reviravolta, a humanidade seguia em frente. As pessoas pegavam trens e pods para seus empregos, ou se estabeleciam em escritórios domésticos. Kat podia ver cabeças grudadas em monitores nas janelas das salas de estar. Alguns poucos juntavam-se a ela na calçada, muitas vezes murmurando em seus Tamas enquanto participavam de reuniões a pé. Ninguém fazia o que Kat queria: gritar perguntando se todo mundo havia perdido o juízo.

Ela havia visto o que anômalos podiam fazer. Perdeu sua família para um deles quando as células de sua irmã se dobraram da maneira errada e mandaram os pais de Kat, sua casa e a própria irmã para a próxima vida. Kat não tinha amor especial por aqueles humanos afligidos com habilidades, mas tinha feito um lar na casa que os Paragons construíram. Havia funcionado, sido limpo e claro.

Agora Chicago marchava ao ritmo do medo, supervisionada e obediente a um enxame de máquinas que exigia que seus cidadãos continuassem. Enviassem seus e-mails, arquivassem seus relatórios e fizessem a economia se mover sem pensar em quem realmente se beneficiava.

— Eu gostava mais quando só tinha que capturar outro idiota — disse Kat, subindo por uma entrada com rachaduras destinadas a invasões de ervas daninhas.

— Quem você está chamando de idiota? — gritou Smoke, uma Paragon que havia abraçado o visual sem uniforme para descansar com roupas de ficar em casa, da varanda de cimento da casa.

— Ninguém — respondeu Kat, tirando a mochila das costas e deixando-a perto da porta. — O almoço está servido.

— Manteve quente desta vez? — Smoke olhou para a

caixa de pizza com algo entre desejo e nojo. — Se eu vou comer isso de novo, eu...

— Você é bem-vinda para ir buscar você mesma.

Kat não esperou Smoke encontrar uma resposta e entrou, com Seeker patinhando atrás dela. Ambas sabiam que Smoke não daria muitos passos para longe da casa, onde um drone poderia dar uma boa olhada nela. As máquinas pareciam reconhecer rostos Paragon à primeira vista – como Weed conciliava isso com sua recusa em acreditar que Ziran tinha acesso ao sistema Paragon, Kat não conseguia entender – e respondiam a uma captura potencial com entusiasmo.

Quando a ajuda chegava, os anômalos nem sequer estavam encontrando corpos mais.

Dentro, improvisação abundava. Duplas estranhas se agrupavam sobre telas montadas em mesas improvisadas, cabos de energia formando um labirinto de tropeços para qualquer recém-chegado desatento. Anômalos e normais, os poucos que se importavam o suficiente com os Paragons para querer que voltassem, enxameavam pelo espaço. Uma máquina de lavar louça zumbia por trás de tudo, e, mais fundo na casa, as máquinas de lavar continuavam suas vibrações constantes.

— Onde está Weed? — Kat perguntou a um homem parado logo dentro da porta, seus olhos na grande janela da frente.

O vigia designado da hora, secundário de Smoke no turno.

— Sala de reuniões — disse o homem sem desviar o olhar para Kat. — Eles não estão desistindo.

— Com todas as vitórias ultimamente, por que desistiríamos?

O homem franziu a testa, mas não ofereceu nada mais para acompanhar o sarcasmo de Kat. O humor morreu rápido depois que os drones viraram, apesar das tentativas de ressuscitação de Kat. Não que ela fosse parar: um pouco de riso era a única coisa mantendo sua sanidade.

Isso, e a esperança por um sinal.

A sala de reuniões teria sido uma piada em qualquer outro lugar. Um pátio de pedras rachadas nos fundos agora escondido sob uma tenda de festa verde-limão recuperada, um fracasso decorativo gritante abraçado por necessidade. Kat manteve suas críticas quietas: seu próprio apartamento, agora abandonado depois que ela descobriu drones rastreadores vigiando-o, teria falhado em qualquer avaliação de design.

Ela sentia falta de Tap, no entanto. A IA surfista que gerenciava sua vida lá havia sido um prazer constante. Será que Tap ainda existia, conversando com um apartamento vazio? Imaginando onde a mulher que pedia brunchs diários, tardios, tinha ido?

Seeker puxou o foco de Kat para a reunião, um evento sólido de seis pessoas, desenrolando-se diante deles enquanto Kat atravessava as portas de correr dos fundos. Weed dominava o ambiente, um projetor ligado ao Tama do homem lançando uma planta baixa contra um velho quadro-negro. Kat não reconheceu o layout, mas as palavras no topo dizendo *Estação de Energia* responderam a pergunta claramente.

— Por quê? Atacar isso e vamos derrubar os subúrbios do norte por três dias — disse Weed, o homem desgrenhado ainda assim mantendo-se ereto diante de seus subordinados. Calvin havia mencionado que gostava do homem.

Calvin.

Kat fechou os olhos por um segundo. Abriu-os de volta em equilíbrio.

— E por que isso importa? — continuou Weed. — Cada dia sem energia, cada dia que os negócios são interrompidos, nós os trazemos de volta para nosso lado. Esta é uma guerra longa, e venceremos com pequenas vitórias.

Olhando para as costas, Kat não conseguia dizer se a

plateia de Weed levava o homem a sério, mas quando Weed os dispensou para se prepararem, os cinco membros formando o esquadrão Rookery – Weed e Beth, a líder Elemental compartilhando o poder no local, usavam marcos de Chicago como nomes de esquadrões por variedade – se levantaram para reunir equipamentos.

— Incomode os cidadãos o suficiente e eles vão querer você de volta? — disse Kat, deixando Seeker livre para correr pelo quintal.

Weed, afastando a projeção, coçou o nariz e deu de ombros. — É algo para tentar. Mais do que isso, nos mantém em movimento.

— E morrendo lá fora.

— Melhor isso do que se lamentar aqui dentro. Pelo menos estamos tentando, e não estamos sozinhos. Aegis...

— Pegou outro barco. Adivinha quantos Ziran tem lá fora?

— Você sabe?

Kat desabou em uma cadeira dobrável, sua almofada rígida proporcionando precisamente zero conforto. — Claro que não sei, mas deve ser mais de um. — Ela balançou a cabeça, olhou para cima. — Alguma coisa?

Weed fez uma careta, imitou seu aceno de cabeça negativo. — Não ouvimos mais nada. Gordon não manda notícias há uma semana.

O rastreador havia desaparecido com alguns anômalos em uma missão para ver exatamente por que Paragons e Elementals desaparecidos eram apenas isso: desapareci-dos. Os drones, dadas as repetidas proclamações de Wexley e Ziran de que anômalos deveriam ser destruídos, deveriam estar deixando corpos crivados de balas nas ruas. Em vez disso, os anômalos simplesmente pareciam desaparecer.

Kat leu romances suficientes, viu filmes suficientes para ter ideias de sobra sobre onde eles poderiam estar, o que poderia estar acontecendo, mas até agora ninguém encontrou vestígios.

Calvin havia sido um deles. Weed descreveu o dia, quando Kat estava no hospital sob um mergulho de drogas tonteante para ajudá-la a passar por uma cirurgia de emergência. Calvin e outros Paragons, incluindo Weed, tentaram evitar o fim do mundo com um ataque a um centro de reparação de drones no lado sul de Chicago. A missão foi um sucesso, com Calvin sendo a única baixa.

Fogo e drones por toda parte, disse Weed. Eles não conseguiram ver o que aconteceu com Calvin, não puderam arriscar voltar para resgatá-lo.

Kat deu um bom soco em Lob, o Paragon que fazia os saltos de dentro e fora na missão, de qualquer forma. Agora ele saía das salas sempre que ela entrava, e Kat não sentia nem um pingo de arrependimento por isso.

— Então, a pizza chegou? — disse Weed após um longo suspiro.

O homem pelo menos teve a dignidade de parecer envergonhado ao perguntar.

— Se você quer um pedaço, é melhor entrar logo — respondeu Kat. Weed lhe deu um aceno e seguiu o conselho.

Acima, a luz do sol morreu novamente, desta vez de maneira mais lenta e natural. Gotas de chuva seguiram, batendo na lona com pancadas ocas e esparramadas. Kat encarou o quadro-negro, tentou encontrar algo significativo em sua superfície preta e vazia.

Pelo menos Seeker, mordiscando as gotas, se divertia.

A chuva se transformou em um aguaceiro, tão denso que até mesmo Seeker buscou refúgio sob a lona. A tempestade crepitante fazia tanto barulho, embaçou o quintal tão intensamente que Kat não notou a bolsa voando sobre a cerca até que um corpo a seguisse. Seeker latiu enquanto Kat se levantava, sua mão desaparecendo sob a jaqueta em direção à pistola de cano curto que ela mantinha consigo agora. Armas pareciam erradas em um mundo Paragon, mas estranhamente certas na nova distopia, prontas para acabar com a vida de um inimigo tão facilmente quanto com a própria vida de Kat, caso as circunstâncias piorassem demais.

Os latidos de Seeker fizeram a mão de Kat se afastar, seu tom sugerindo menos uma invasão e mais um retorno. Puxando o capuz novamente, Kat saiu da cobertura e correu pelo quintal até o corpo, suas botas já encharcadas na grama molhada e enlameada.

Gordon Holyoak parecia ter encontrado alguns inimigos. Hematomas cobriam seu rosto, e Kat viu o couro cabeludo do homem onde alguns cabelos haviam sido arrancados agressivamente. Sua roupa tinha rasgos e buracos, alguns indo até linhas sangrentas na pele do rastreador.

— Você está vivo, cara? — perguntou Kat, ajoelhando-se sobre ele, tomando o rosto de Gordon em suas mãos.

Seus olhos não mantiveram o suspense por muito tempo, tremulando abertos ao toque dela. A barba por fazer competia com a lama por espaço no rosto de Gordon, embora a chuva transformasse a última em rios marrons enquanto Kat erguia Gordon. Seeker saltitava ao redor deles, latindo e não ajudando nem um pouco.

— Ei — disse Gordon, palavras um sussurro sobre a chuva. — Pega minha bolsa?

Deixando Gordon apoiado sobre seus ombros, Kat se inclinou, pegou a mochila que fazia um novo lar no quintal enlameado. Passando seu braço esquerdo pela cintura de Gordon, Kat voltou-se para a casa.

Em pé atrás dela, alguns com armas levantadas e outros com braços estendidos, prontos para usar qualquer magia que suas células lhes deram, estavam o exército improvisado de Weed e Beth, ou pelo menos os quinze ou mais prontos para agir. Weed e Beth estavam à frente, ambos com os braços cruzados, olhos espreitando da lona.

— Uma ajuda, talvez? — chamou Kat. — É o Gordon, e ele está ferido?

— Como ele passou pela cerca, Kat? — perguntou Beth.

A mulher, uma líder Elemental e alguém com quem Kat não se importaria de fazer algumas rodadas em um ringue sem regras, encarou o novo mundo como se fosse um novo traje. Ela vestiu o desastre como um casaco e o usou para cobrir falhas, andando por entre suas forças diminuídas como algum gênio que poderia, com suficiente determinação e sujeira, colocar os Elementals e seus amigos Paragon destituídos, de volta ao topo.

Quando Kat mencionou que Beth estava por trás de inúmeros ataques a propriedades Paragon, quase matou a própria Kat com um truque sujo de anômala, Weed não fez muito mais que se afastar. Eles precisavam de cada anômalo agora, não importa seu passado.

Então Kat recebia as ordens de sua potencial assassina e as cumpria com um sorriso forçado atrás do outro.

Por quê?

Porque ficar aqui oferecia sua única chance de algo mais que as ruas. Ela havia entregado sua vida aos Paragons, e eles a recompensaram com uma carreira para chamar de sua. Ressuscitaram uma adolescente quebrada e a ensinaram como lutar, como rastrear um anômalo rebelde, como encarar uma parede de idiotas como esta e atravessá-la com um soco.

— Ele se puxou para cima — disse Kat. — Eu o vi.

— Parecendo assim? — perguntou Weed.

Gordon se endireitou, sibilando enquanto o fazia. — Tudo eu. Não me importaria de sair dessa chuva, no entanto?

Weed e Beth fizeram uma careta emparelhada que teria sido fofa se Kat não estivesse considerando puxar sua arma e dar um tiro na barriga dos dois ali mesmo. O líder Paragon, possivelmente alcançando muito fundo, encontrou seu coração e acenou para Kat e Gordon avançarem. Enquanto Kat e seu amigo seguiam, vários anômalos seguiram o sinal de Beth e saíram da linha. Eles passaram por Gordon, dirigindo-se para a cerca. Outro saltou no ar com um ruído de flauta, flutuando para cima como uma folha no aguaceiro.

Um movimento arriscado usar uma habilidade tão óbvia a céu aberto, mas melhor que arriscar toda a casa para alguma emboscada à espera.

Weed e Beth queriam um relatório imediato, mas Gordon relutou, alegando que a chance de se limpar e receber primeiros socorros tinha precedência. Kat ajudou o rastreador a descer, para um porão amplo expandido com habilidades judiciosas de anômalos para se estender sob todo o quintal. Os Elementals, que tinham alguma experiência construindo bases improvisadas, dividiram a nova câmara branca calcificada em várias salas, incluindo um micro hospital de três camas.

Gordon foi do banho para a cama, com Kat ajudando a aplicar bandagens. Seeker, seu aparente protetor, enrolou-se molhado aos pés deles, olhos azuis vigilantes.

— Você está quieto — disse Kat enquanto o silêncio consumia. Gordon não tinha dito uma palavra, exceto repetidos agradecimentos enquanto a recuperação prosseguia. — Vou deixar você se safar disso por mais um minuto, então vou perder a paciência.

Gordon riu uma vez, então virou seu rosto machucado para Kat. — Não estou falando porque estou tentando descobrir o que tenho que dizer.

— Aí está seu problema. Você não pode pensar demais. Apenas fale, Gordon. Quem fez tudo isso com você, e por quê? Você abandonou outra garota?

Outra risada, esta mais triste.

— Não é quem, Kat. É o quê. Eu não consegui tudo, mas encontrei o suficiente. Tenho uma localização.

— Uma localização para quê?

— Para os anômalos — disse Gordon, um sorriso ameaçando seus lábios. — Eles estão vivos, Kat. Calvin está vivo.

CAPÍTULO 3
VIDA FAMILIAR

RHIMES ESPREITA o objetivo sob as folhas de palmeira. Esconder armas pequenas sob uma camisa e shorts largos era mais complicado no clima de Los Angeles do que no de Chicago, mas o agente e sua equipe davam um jeito. Do outro lado da rua e se aproximando pela direção oposta, três mercenários completavam o esquadrão de quatro membros de Rhimes.

Eles apoiavam as armas principais: uma dupla metálica que se esgueirava pelos quintais vizinhos. Os drones rastreadores, robôs parecidos com baratas com muitas bordas afiadas, estariam liderando.

Rhimes não se importava nem um pouco em passar adiante as responsabilidades iniciais. Qualquer ataque carregava o maior perigo em seus primeiros momentos, quando os planos davam errado e as falhas de inteligência se tornavam evidentes. Melhor arriscar robôs que podiam ser produzidos aos centos todos os dias do que uma única vida normal.

Pelo menos, era isso que Rhimes dizia a Wexley, que não discutia.

— Última verificação — disse Rhimes. — Vamos?

Seus três agentes clicaram em afirmativo, e os dois drones,

localizados em algum lugar à esquerda de Rhimes atrás de uma cerca branca, seguiram com seus próprios sinais de confirmação. O alvo, um bangalô de dois andares com design moderno, todo em tons creme e madeira escura, estava à frente e parecia, como a maioria dos lugares nesta rua residencial, estar deserto.

Se ao menos fosse verdade.

— Vamos acabar com isso — disse Rhimes, disparando a operação.

Alcançando dentro da camisa frouxamente abotoada, Rhimes tirou uma pistola combinada de seu coldre de ombro. De cano duplo e projetada pelo seu verdadeiro, Rhimes tinha a Fábrica produzindo essas belezinhas rápido o suficiente para equipar toda a força de Ziran. Um pequeno interruptor alternava a arma entre letal e não-letal, uma distinção que se tornava mais importante a cada dia conforme a influência de Adriana afastava os instintos mais sangrentos de Wexley.

Rhimes não sabia o que Adriana fazia com seus prêmios, mas pelo menos ela mantinha o número de mortos baixo. Qualquer revolução vinha com baixas, mas Wexley queria que esses drones fossem transformados em executores de anomalias bem rápido, até Adriana convencê-lo do contrário. Não exatamente a sociedade de igualdade de oportunidades que Zhan-Yo havia pregado.

De qualquer forma, Rhimes configurou a pistola para atordoar e se aproximou da casa em uma corrida leve. À sua direita, viu seus agentes entrarem em outra casa, uma cooptada de seus proprietários subornados para o evento de hoje. Em alguns segundos, Rhimes teria cobertura do telhado. Em menos tempo, os drones estariam dentro.

Os drones rastreadores tinham sua própria inclinação letal, mas priorizariam um agente nervoso, um que enviaria o corpo da vítima ao choque estático por horas suficientes para levá-los aonde Adriana precisava que fossem.

Onde era isso, Rhimes não sabia. Ele não havia perguntado. Anomalias suficientes podiam ler mentes, então Rhimes mantinha sua própria vida o mais restrita possível.

Um helicóptero zumbiu lá em cima, seu ruído mascarando os drones rastreadores enquanto cortavam as janelas dos fundos da casa. Rhimes acompanhou a entrada em seu Tama enquanto se abrigava atrás de um módulo estacionado na rua perto da casa. Agora vinha a dança delicada entre observar o progresso do drone e manter seus próprios olhos preparados caso as anomalias decidissem fugir.

Mas, novamente, haveria muito barulho. Anomalias não operavam em silêncio.

Na tela do Tama, Rhimes captou um vídeo claro enquanto os drones rastreadores entravam. Sua visão escolhida desviou-se lateralmente quando a máquina escalou a parede até o teto, pronta para atacar qualquer corpo que entrasse. O segundo drone atravessou rapidamente a cozinha, posicionando-se em uma parede oposta às portas de vidro onde qualquer um que viesse investigar iria—

Ali. Um homem, segurando um café enquanto corria para a sala, olhos arregalados. Ele se virou, gritou algo de volta para a casa e notou o drone, com mais de um metro de comprimento, agarrado à parede.

O dardo, disparado de uma articulação na perna dianteira direita do drone, uma das seis pernas em forma de faca, atingiu o pescoço da anomalia. O homem cambaleou para trás, derrubou o café, depois caiu na poça marrom que se espalhava. Rhimes estremeceu quando a cabeça do homem bateu no azulejo. Provavelmente uma concussão desagradável.

Por outro lado, ele preferia isso a deixar a anomalia usar sua habilidade.

Os drones mantiveram sua posição, esperando que a nova isca funcionasse. Quantos eles poderiam adicionar à sua coleção? A inteligência reunida por esses mesmos drones rastreadores e vigilância aérea sugeria que pelo menos cinco anomalias — todos membros dos Elementos — viviam aqui.

— Movimento no segundo andar — veio um zumbido do segundo de Rhimes na missão, aquele que fornecia cobertura do telhado. Brielle tinha uma habilidade que Rhimes invejava, passando de filósofa eloquente para atiradora disciplinada em um segundo, e agora ela estava com seu jogo de competência ativado. — Devo atirar?

— Apenas na saída — respondeu Rhimes. — Deixe os drones fazerem seu trabalho. Quanto mais silencioso, melhor.

Nos dois meses desde a derrubada — Wexley continuava prometendo que encontraria um nome oficial para quando Ziran derrubou os Paragons em todo o mundo, mas ainda não o fizera — a sociedade civilizada oscilou entre pânico total e descrença sustentada de que algo em suas vidas havia mudado. Mercados, manufatura e o bom e velho dia a dia levaram seu tempo para se estabelecer, mas conforme o sol continuava nascendo todas as manhãs, mais e mais cidades, países e governos se encontraram lembrando do antes e voltando a ele.

Guerra total nas ruas ameaçava romper esse equilíbrio delicado, então Wexley e seus apoiadores misteriosos diziam. Rhimes tinha que ser silencioso, concentrado e afiado. Eliminar as anomalias, deixar as pessoas tomarem seus cafés. Um equilíbrio.

Mais duas formas apareceram nas câmeras do drone. Juntos, nenhum com bebidas nas mãos, o homem e a mulher, ambos além da meia-idade, olharam para o alvo caído e esperaram. Rhimes deslizou os dedos ao longo do Tama, ampliando o zoom no par. O drone que capturava a imagem tinha se espremido no teto, aninhado atrás de um ventilador, mas seria visto se os dois ousassem olhar para cima por mais de um segundo.

Com um olhar mais atento, Rhimes viu o que suspeitava: os dedos da mulher se moviam, como se tocasse piano no ar.

Os olhos do homem tinham uma expressão distante, em choque. Tocando no Tama, Rhimes enviou um comando diferente para os drones.

Sem mais espera. Hora de ir para a ofensiva, antes que as anomalias terminassem qualquer besteira que estivessem planejando.

Seu Tama vibrou. Uma chamada externa. Não atenderia agora.

Em vez disso, levantando a arma, Rhimes contornou o carro e se dirigiu à porta da frente da casa. A luz do sol cintilou nas calhas. Dois pardais rodopiantes passaram voando, alheios. Algumas crianças brincavam e gritavam em uma piscina do outro lado da rua. Rhimes manteve seu foco, olhou pelo cano para a porta vermelho-rosada.

Ela se abriu. Um rosto olhando para dentro da casa enquanto a porta se abria completamente. O homem mais velho. Rhimes atirou. A câmara superior sibilou, estourou, um lançamento silencioso abafado ainda mais pelo design da arma. O homem estremeceu quando o tiro de Rhimes o atingiu entre os ombros.

O homem principal de Wexley acelerou, começando a correr quando algo grande desmoronou dentro, metal rangendo contra madeira. O Tama vibrou novamente. Atrás de Rhimes, ele ouviu mais passos correndo. Seu reforço de dois agentes.

— Segundo andar — disse Brielle. — Adolescentes nas janelas.

— Anomalias? — perguntou Rhimes enquanto o homem que ele havia baleado cambaleava para a varanda de cimento.

Rhimes alcançou o homem quando ele se virou, colocou o pé esquerdo contra o calcanhar da vítima e o derrubou. Logo antes que a cabeça da anomalia tivesse um encontro rude com o concreto, Rhimes deslizou sua mão esquerda por baixo dela. Ganhou um arranhão nos nós dos dedos pelo esforço, mas a anomalia não deixou uma mancha sangrenta, em vez disso, piscando os olhos embaçados para Rhimes enquanto as drogas entorpecentes faziam seu trabalho.

— Incerto — disse Brielle. — Estão juntos. Três.

— Isso é mais do que o relatado — disse Rhimes, apontando de volta para a porta aberta. Uma rápida verificação no Tama mostrou duas chamadas perdidas e estática nos feeds dos drones. — Família?

— Você está fazendo perguntas que não posso responder.

Rhimes sinalizou para seu reforço esperar, observar a abertura enquanto ele entrava. Usando a porta como cobertura à sua esquerda, Rhimes olhou para a direita ao entrar. Uma sala de jantar, flores frescas em vidro sobre madeira escura. Cadeiras posicionadas adequadamente. Fotos emolduradas na parede, as crianças sorrindo. Ninguém esperando por ele.

— Você pode acertá-los? — disse Rhimes, pescando em seu cinto por ajuda. Arte vaga estava contra a parede interna turquesa à sua esquerda agora, a porta cobrindo suas costas, os dois lá fora cobrindo a porta e Brielle fazendo o que fazia no telhado oposto.

A planta da casa piscou em sua mente. As escadas estariam atrás dele, à direita. Se as crianças ficassem agitadas, fariam barulho.

Por outro lado, haveria muito barulho. Anomalias não operavam em silêncio.

— Posso — disse Brielle. — Eles fecharam a porta. Um está abrindo a janela. Vou?

As rodadas de atordoamento eram dosadas para adultos, não para crianças. Atingir alguém muito pequeno e as drogas poderiam nocauteá-los permanentemente. Os mais jovens poderiam nem ser anomalias — poderes nem sempre eram herdados. Balance isso contra um ser uma bomba adolescente.

Proteger seu pessoal. Ziran sempre poderia afirmar que toda a família tinha habilidades mais tarde.

— Vá — disse Rhimes. — E chame o médico.

Seu próprio risco, trazendo ajuda inocente para o jogo antes que ele tivesse garantido o local, mas Rhimes gostava de pensar que ainda não se perdera.

— Entendido.

Rhimes girou ao redor da entrada da sala de jantar, cobrindo a abertura que levava à cozinha. Carpete creme macio encontrava-se com azulejo bronzeado onde começava a cozinha, a cerâmica sendo inundada com os fluidos dourados e azuis encontrados nos drones. Vazava para a esquerda, além do arco de gesso onde Rhimes não podia ver.

O vidro estilhaçou-se novamente quando Brielle deu seus tiros.

— Vigiem as saídas — disse Rhimes, clicando duas vezes para esclarecer que a ordem era para seus dois agentes no solo. Eles se dividiriam, um nos fundos e um na frente enquanto ele limpava o interior. — Ninguém sai da propriedade.

— Médicos a caminho — disse Brielle, voz fria, quase feliz. — Dois neutralizados. O terceiro está escondido atrás da cama.

Rhimes aproximou-se da entrada da cozinha. Ouviu e ouviu estalos cintilantes. Os últimos suspiros de um drone, funções lutando por suas vidas. Ele debateu chamar, dando chance à rendição. Fazer isso revelaria sua própria posição, mas poderia poupar a mulher, ou seus agentes, ou ele mesmo.

Em vez disso, Rhimes olhou para a cozinha, observando à direita, onde o micro-ondas, um modelo novo e brilhante, serviu-lhe bem: seu acabamento de vidro proporcionou uma visão em espelho distorcida para a sala de estar, onde dois corpos longos e brilhantes mostravam drones que tiveram dias melhores. Ninguém mais estava com eles.

Rhimes respirou fundo, abraçou o medo cauteloso que sempre o assombrava em momentos como estes, e passou pelo arco.

Os drones exibiam sua destruição: um longo corte serpenteante cortava suas barrigas, menos como uma espada e mais como um pintor com um traço de lâmina. Suas entranhas derramavam circuitos e refrigerante por toda parte, condenando a casa a uma reforma assim que esta aventura terminasse. O segundo drone, agarrado ao teto, havia esmagado uma mesa de centro em sua queda, adicionando pedaços de madeira à bagunça. Uma TV montada sobre uma lareira, paredes cobertas com mais fotos de família.

Desenhos infantis tinham seu lugar na geladeira atrás dele. Bons também: traços fortes de giz de cera.

Rhimes avançou, rolando os pés com a arma erguida.

— Terceiro marcado — disse Brielle. — Ele foi para os irmãos. Médicos em três minutos.

Rhimes clicou em resposta. A parede à sua esquerda envolvia a escada central da casa. Ele a seguiu até o final, contornando a borda até o último quadrado. Um meio-banheiro à direita, porta aberta e ninguém dentro. A sala de estar vazia por toda parte.

Apenas a escada subindo. Ele queria perguntar se alguém havia visto a mulher, mas não haveria sentido. Sua equipe teria falado, eles eram bons. Um olhar para trás confirmou que seu agente tinha um lugar no quintal dos fundos perto da piscina, arma apontando para cima. Cada janela coberta, cada porta vigiada.

Hora de falar.

— Desista — gritou Rhimes. — Sua família está fora de combate. Se eles vivem ou não depende de você!

Sem resposta. Rhimes deu três batidas do coração, então deu mais um passo em direção às escadas. Um som rosado chamou sua atenção à direita, em direção àquela TV. Alguém a ligando. A tela foi para uma seleção inicial, ícones em abundância. Rhimes reconheceu um brilhando no topo, sinalizando uma conexão com o Tama de alguém.

Eles giraram pelos ícones, acertaram um e depois outro, e

Rhimes sentiu seu medo derreter em resignação. Um vídeo escolhido começou a ser reproduzido. Crianças, provavelmente as que estavam no andar de cima, rindo e correndo ao redor da piscina. Pais, ambos em uniformes branco e azul do Paragon, compartilhando uma bebida com seus avós vestidos de maneira casual. Pontos se conectaram, como sempre faziam.

— Então salve seus netos — Rhimes gritou escada acima. — Não seja egoísta.

Ele não podia dizer à mulher que ela se salvaria, que poderia vê-los novamente. Ele não faria promessas falsas, não agora.

— Porta abrindo — disse Brielle. — Quarto das crianças. É ela, mas não tenho um tiro. Ela está ficando atrás da porta.

— Subindo — respondeu Rhimes.

Uma escada de bordo, madeira clara com um carpete correndo pelo meio. Turquesa alegre, combinando com as paredes, a água da piscina em um dia ensolarado. Uma luz morta pendurada acima dele. Fotos de férias de ambos os lados, tão lotadas como se a família não pudesse suportar um pedaço nu. Rhimes continuou se movendo, rápido agora, e limpou o corredor a tempo de ver a mulher andar pela porta à frente, à direita.

— Atire! — disse Rhimes.

A parede de gesso à sua direita se abriu, uma linha verde cintilante cortando em direção a Rhimes. Ele caiu para trás, escorregou e rolou escada abaixo, pousando de costas com sua arma apontada para cima.

Um estampido soou pelo ar. Alto, agudo.

— Ela caiu — disse Brielle. — Jesse também.

Rhimes se levantou num impulso, subiu as escadas correndo e entrou no quarto, pistola erguida e pronta. Três adolescentes jaziam pelo quarto, desmaiados e inconscientes. O alvo, um vermelho fatal florescendo embaixo dela, estava deitado na cama. Além dela, cortes afiados atravessavam as paredes da casa, rasgando até o quintal onde Jesse, o terceiro agente de Rhimes nesta missão, havia perdido sua metade inferior.

Rhimes deixou a pistola cair ao seu lado, observou enquanto módulos médicos apareciam, enquanto mais drones entravam de cima.

Adeus ao silêncio.

Brielle o pegou na saída. O escritório Ziran no centro de LA agora servia muito mais do que a multidão de telecomunicações, seus andares acima e abaixo tomados pelas forças mantendo os normais no comando. Rhimes havia escorregado para dentro de um elevador revestido de vidro, pronto para fazer a descida de trinta andares até os chuveiros, um armário e depois uma rápida caminhada até o bar mais próximo.

Ele precisaria de três rodadas para dormir esta noite.

— Não tinha mais nenhum — disse Brielle enquanto ficava ao lado dele, vestindo uma jaqueta branca e laranja da Ziran. Sempre a legalista.

— Carregamos dois por alvo — disse Rhimes. — Se você...

— As crianças, Rhimes. Elas se moveram, usei todos os meus atordoantes. Eu não teria atirado, mas ela foi atrás de Jesse e achei que você seria o próximo.

Rhimes observou os escritórios passarem. Ainda cheios enquanto a tarde se arrastava para a noite. Pessoas trabalhando duro na revolução. Alguns provavelmente inventando uma história sobre o que Rhimes acabara de fazer. Uma família de anomalias, planejando atos terroristas, cuidada por nobres agentes da Ziran.

Todos heróis.

— Você tomou a decisão certa — disse Rhimes. — Eu assumo a culpa.

Wexley não ficaria feliz por terem perdido a mulher. Ou, verifique isso, Adriana não ficaria feliz. Ela os queria vivos, e Wexley dava isso a ela desde que as anomalias saíssem das ruas.

Ele havia cruzado a linha de chegada com Wexley, mas o jogo continuava. Agora ele batia o ponto, puxava o gatilho e esperava pelo fim.

— Faremos melhor da próxima vez — disse Brielle.

— Jesse não fará.

Os lábios de Brielle se apertaram enquanto o elevador encontrava seu lar térreo. Rhimes saiu, dirigindo-se ao vestiá-rio. Brielle o seguiu até a porta, pressionando sua mão contra ela quando Rhimes foi abri-la.

— Estou preocupada com você — disse Brielle. — Você não tem sido o mesmo ultimamente.

Rhimes recuou, deu algum espaço à porta do vestiário em troca de uma samambaia em vaso. Suas mãos permaneceram nos bolsos da jaqueta de couro preta à moda antiga. A pistola, recarregada, pendurada contra seu peito.

— Quem tem sido? Você?

— Com todo respeito, Rhimes, isto não é sobre mim. — Brielle esperou, como se tivesse apresentado uma bandeja para Rhimes carregar com sentimentos.

— Foi um dia ruim. Semana ruim. Acabamos de perder um agente, e eu preciso de um drink.

Brielle virou o rosto ligeiramente, estreitando os olhos. — Eu entendo. Desviando. Já fiz isso mesmo. Mas se você quiser se abrir, sempre pode me ligar.

— Agradeço — respondeu Rhimes. — Agora, um homem pode tomar um banho?

— Você realmente precisa — disse Brielle, então ela deu a Rhimes uma única pressão no ombro e saiu.

Dentro do vestiário, Rhimes perdeu suas roupas e encon-trou o chuveiro. Aumentou a temperatura e esperou o vapor preencher cada canto, a água rugindo de várias torneiras. Ninguém mais compartilhava o espaço, seja porque Rhimes pegou o momento certo ou porque ele parecia má companhia.

Ele verificou mesmo assim, confirmando que a sala estava vazia, antes de se enterrar no vapor. Em seu pulso esquerdo, lutando através da água com seu design inteligente da Ziran, Rhimes olhou para seu Tama. Um deslize enviou a tela, brilhante o suficiente para ser vista nas nuvens se Rhimes a aproximasse, para as mensagens.

O homem havia tentado ligar duas vezes, depois foi para uma mensagem de texto. Uma localização, um horário e um pedido.

Os mortos haviam voltado à vida, e queriam burritos.

CAPÍTULO 4
AO VENTO

CASSIDY LANÇOU O VAZIO, o pequeno rasgo na realidade cortando vários galhos e as pitaias rosa-esbranquiçadas que pendiam, derrubando-as no chão. Sobremesa, de novo. Atrás dela, três adolescentes observavam.

— Controle — disse Cassidy, deixando o vazio se dissipar. — É a primeira coisa que você precisa aprender, não importa qual seja sua habilidade.

Os adolescentes a encararam, e Cassidy se perguntou o quanto eles compreendiam. O inglês não era o idioma deles, e ela só tinha aprendido o básico de tailandês nos poucos meses que passara isolada naquele lugar selvagem. Mesmo assim, os jovens pareciam entender sua intenção, e seus acenos de cabeça davam alguma esperança de que todas essas demonstrações não fossem inúteis.

Porque se fossem, Cassidy poderia muito bem se jogar no mar.

Mais três pequenos vazios acabaram com o suprimento de frutas do cacto esguio, e o quarteto encheu suas improvisadas mochilas. A caminhada de volta transcorreu em meio a conversas, os adolescentes falando entre si enquanto Cassidy espantava os mosquitos que infestavam cada passo. No acampamento, pelo menos, as redes e a fumaça manteriam os insetos em um nível administrável.

Com o tempo, Apinya insistia, Cassidy deixaria completamente de perceber essas coisas.

Acima, a lua e as estrelas que a acompanhavam iluminavam a caminhada. Sempre que podia confiar no caminho à frente, Cassidy deixava seus olhos vagarem para cima, procurando por pontos em movimento entre os objetos celestes. Cada avião que passava trazia consigo alguma esperança, algum desespero.

Um sonho de que ela pudesse voltar para Pacifica, ver seus filhos.

Não mais crianças a essa altura — mais velhos que os adolescentes anômalos que a seguiam, definitivamente — Cassidy não sabia como sua família reagira ao novo alinhamento. À nova sociedade.

Ziran continuava mudando o nome da tomada de poder, testando a marca e decidindo o que funcionaria melhor com uma população confusa, assustada e, se fosse como os anômalos do acampamento, querendo estabilidade mais do que qualquer outra coisa. A julgar pelos drones caçadores que sobrevoavam diariamente, Ziran planejava conseguir essa estabilidade através do genocídio.

Apinya queria encontrar um avião. Eles haviam estabelecido o plano depois de fugir de Bangkok meses atrás, cheios de vingança e espírito de luta, apenas para descobrir os aeroportos congestionados com máquinas assassinas. O rosto de Apinya, como o de todos os Paragons, tinha um alvo anexado. Cassidy e Thane tentaram uma vez por conta própria, apostando em seu status de exilados para escapar da rede de Ziran.

Isso custou várias vidas e colocou o aeroporto menor de Bangkok em confinamento por três semanas. Apinya disse que podia ver os incêndios do acampamento, quilômetros ao norte.

Então eles decidiram apostar nos outros Campeões. Em anômalos mais próximos à Fábrica que pudessem fazer o resgate acontecer, salvar o mundo enquanto Cassidy ensinava alguns órfãos como evitar se matarem com seus milagres genéticos.

— Aqui — disse Cassidy, pegando uma pitaia e arremessando-a para um homem magro e velho, coberto de picadas de insetos. Ele estava sentado em um tronco perto de uma pequena fogueira, olhando fixamente para as chamas como se as respostas para todos os seus problemas pudessem ser encontradas naquele tremular. — É deliciosa.

Thane pegou a fruta com uma mão, olhou de relance para ela enquanto Cassidy se sentava em um toco próximo. — É a mesma coisa que temos comido todas as noites desta semana.

— Eu perguntei aos cactos. Eles não vão crescer nada além disso.

— Que pena.

A fogueira de Thane ficava perto do centro, com um crescimento em espiral se estendendo por muitos metros em todas as direções. O acampamento cresceu ao longo dos meses, à medida que os mensageiros de Apinya encontravam comunidades de anômalos por todo o sudeste asiático e os incentivavam a vir para cá em busca de refúgio. Cassidy se perguntava como os drones ainda não os haviam encontrado, não haviam organizado um ataque massivo, mas Apinya nunca pareceu se preocupar.

Talvez ele tivesse outro anômalo em seu bolso, um que mantivesse o grupo crescente escondido. Independentemente disso, eles já somavam vários milhares agora, e Cassidy imaginou que alguém logo cometeria um erro.

— Quando nos encontrarem — disse Cassidy entre mordidas na fruta macia com pintinhas pretas — vamos fugir novamente?

— Lutar — disse Thane, sem tirar os olhos de sua fruta, do fogo. — Apinya já decidiu. Ele acredita que podemos destruir drones suficientes para fazer uma resistência. Servir como símbolo para o mundo.

— E depois?

— Morrer. É assim que o caminho termina. Cada drone que Ziran cria é uma arma letal. A maioria dos anômalos tem habilidades inúteis. De todos os que reunimos aqui, menos de cem seriam úteis em uma luta.

— O que aconteceu com todo aquele otimismo da ilha? — perguntou Cassidy.

— Sou otimista quando há razão para ser. Todos os meus planos antigos são inúteis, concebidos para um mundo que não existe mais. Estou lutando para encontrar um caminho para um novo.

Cassidy poderia ter descartado as palavras sombrias se tivessem vindo de Apinya ou de outro anômalo. Vindas de Thane, especialmente em seu estado atual, definhado, ela só pôde olhar para o chão e arrastá-lo com os pés. As finas sandálias, tecidas por alguns anômalos com habilidades práticas, não faziam nada para manter a sujeira longe de seus dedos, não faziam nada para contra-atacar o pessimismo de Thane.

O homem enxergava tão longe quando não conseguia dar um único passo. Ele estaria agora mergulhado em pensamentos, correndo de um cenário para outro, caçando por uma chance. Variáveis se misturando e se dividindo em um liquidificador de probabilidades. Thane tinha descrito isso uma vez como uma corrida de adrenalina intelectual, interminável até que algo o arrancasse de seu doce domínio.

Por enquanto, Cassidy deixou Thane com sua fruta meio comida e o fogo. Ela acabou a sua e olhou para a tenda, uma coisa rasa que, no entanto, servia para mantê-los à sombra durante os dias cada vez mais quentes. Os habitantes locais disseram que em apenas alguns meses teriam as monções, mais chuva do que Cassidy poderia imaginar, afogando o acampamento e tudo ao redor.

Pelo menos estariam mais frescos, então.

Apinya mantinha sua corte no centro do acampamento, atingindo o zen com tanta facilidade e a todo momento que Cassidy evitava o Campeão sempre que podia. Ele encarava o desastre com uma graça irritante, adotando uma postura de sábio enquanto ensinava aos anômalos recém-chegados as máximas dos Paragons e técnicas de meditação. Cassidy lembrava-se de quando o mundo considerava Apinya um psíquico, um manipulador capaz de mudar sonhos e desejos de qualquer pessoa. Apinya pacificava vilões, incutia coragem nos hesitantes e inspirava campos científicos inteiros em conferências.

Cassidy sabia disso — ela assistira às transmissões simultâneas de Apinya motivando professores de todo o mundo a darem o melhor para cada aluno. Ela sentira seu toque em sua mente na época, algo leve e fugaz, mas que, mesmo assim, lavou a frustração com o financiamento de materiais, com os palhaços da classe e seu próprio salário. A sensação morreu em um dia, mas Cassidy voltava a ela com frequência, lembrando-se daquela sensação e abraçando-a sempre que as notas, as lições, pareciam demais.

Agora, Apinya entregava seu evangelho específico para três pessoas.

Cassidy inclinou a cabeça ao se aproximar, tentando identificar o grupo. Eles pareciam estar uniformizados, todos em pé enquanto Apinya falava, a fogueira do Campeão diminuindo para brasas atrás dele. Negligenciada, uma raridade. Apinya costumava manter seu fogo grande como um motivador, um sinal de que um Campeão ainda vivia no coração do acampamento.

Apinya percebeu a aproximação de Cassidy antes que ela se anunciasse. O Campeão tinha a mesma idade de Thane, mas enquanto o corpo de Thane carregava os restos de mil batalhas, décadas gastas com pouca nutrição e cuidado, Apinya tinha um brilho vivo. O homem não tinha mais cabelo em sua cabeça lisa, mas as rugas faziam poucos avanços em seu rosto, e músculos fibrosos envolviam os membros saudáveis que saíam da túnica tecida com capim de Apinya.

— Justo quando precisamos dela, ela aparece — disse Apinya enquanto Cassidy entrava na luz. — Cassidy, conheça nossos três novos amigos.

Cassidy acenou para o trio, todos se virando. Ela manteve suas mãos — sempre sussurrando, sempre esperando para lançar um vazio — ao lado do corpo. Observando melhor os recém-chegados, Cassidy viu sinais de provação. Seus uniformes estavam rasgados, manchados, e seus rostos tinham hematomas e cortes. O jovem à esquerda tinha um olho completamente inchado.

— Eles vêm da cidade — disse Apinya.

Mais? Cassidy pensou que qualquer anômalo tão próximo já teria fugido de Bangkok agora. Ela manteve sua pergunta em silêncio, deixando uma sobrancelha erguida fazê-la por ela.

— Recém-chegados lá também — continuou Apinya após uma pausa planejada. — Por meio de um jato Paragon. Parece que nossos amigos do outro lado do mar gostariam de nossa ajuda.

— Se eles vieram num jato, então onde ele está? — perguntou Cassidy, recusando-se a deixar a esperança se infiltrar. — Vocês não pousaram no pântano?

— Fomos forçados a descer por drones — disse o homem de um olho, revelando suas origens canadenses ao falar. — Mas esperávamos por isso. O jato está intacto e seguro.

— Este aqui — disse Apinya, acenando para o homem que falava — tem uma habilidade bastante maravilhosa.

— Podemos confiar nela? — disse a mulher, olhando para trás, para Apinya. — Nos disseram para buscar você e apenas aqueles que você acha que seriam úteis. Não há muito espaço.

— Não muito espaço? — perguntou Cassidy. — No jato?

— Parece que os Paragons não estão tão contentes em

deixar nosso mundo morrer como eu pensava — disse Apinya. — Aegis voltou para nós, e ele precisa de ajuda. — Apinya franziu a testa, acenou para o acampamento. — No entanto, se este jato se tornar de conhecimento geral, temo que possamos começar um pânico.

— Porque as pessoas podem querer deixar este paraíso?

— Porque um jato como este pode te levar para longe — disse a mulher. — Nós só vamos para Pacifica.

— Então o que estamos esperando? — perguntou Cassidy, os primeiros impulsos de esperança encontrando seu caminho através de sua repressão. — Apinya, você sabe quem vale a pena trazer. Vamos.

— Aí está o problema — disse Apinya. — Não podemos. O jato não está mais sob nosso controle.

Thane se moveu mais rápido do que Cassidy esperava. Ao conhecer os pilotos, o anômalo insistiu que a missão fosse iniciada imediatamente. Um esquadrão para liberar o jato e decolar com ele de volta para Pacifica. Os drones sem dúvida estariam esperando, mas com um ataque rápido o suficiente, eles poderiam ser derrotados e o jato utilizado antes que os reforços chegassem.

Apinya tentou atrasar a ação com uma ladainha burocrática, uma odisseia de possibilidades políticas e outras que recairiam sobre o acampamento caso ele desaparecesse junto com os anômalos mais poderosos da sociedade emergente.

Thane rosnou com isso. Cassidy teve uma resposta melhor.

— Você é um Campeão para o mundo, Apinya — disse Cassidy. — Pelo menos, foi isso que você nos disse quando você e seus amigos destroçaram o que conhecíamos e substituíram pelo que vocês queriam. Você tem uma responsabilidade de agir.

Quer tenham sido as palavras de Cassidy ou os olhares combinados dos outros dez anômalos que formavam o conjunto mais forte do acampamento — Daw e Kamnan entre eles — que convenceram o Campeão, Apinya cedeu. Com o tempo avançando para o início da manhã, café fresco circulava pelo grupo enquanto eles faziam as malas, apresentavam ideias para quebrar o controle dos drones sobre o jato e davam as últimas despedidas a amigos e familiares que ficariam para trás.

Cassidy tinha suas próprias despedidas a dizer, acordando e entregando um agradecimento, uma palavra de encorajamento e uma frase final aos órfãos que ela e Thane haviam salvado da casa da aldeia há tantas semanas.

— Você não vai voltar? — disse a jovem que liderava o grupo, que se mantivera junto em seu próprio enclave de tendas. Seus olhos sonolentos não podiam esconder certa tristeza, uma lágrima perdida escorrendo aqui e ali.

Cassidy havia sido a mãe substituta deles, um papel que ela assumira cada vez mais à medida que dias e noites pantanosos passavam na selva. O tédio se misturava com o desejo de uma ex-mãe de ver os filhos desamparados encontrarem seu caminho em um mundo difícil que só ficaria mais difícil. Agora, ela os estaria passando para o acampamento em geral, e Cassidy desejou que eles encontrassem seus lugares no que seria confusão após a partida de Apinya.

— Os Paragons que ficarem aqui não saberão o que fazer com todos vocês — disse Cassidy. — Não deixem que eles tomem suas decisões. Ouçam, depois decidam por si mesmos. Confiem em seu próprio julgamento. Fiquem juntos.

— Você fala como aqueles cartazes lá na base — um deles comentou.

— Aqueles cartazes tinham a ideia certa — Cassidy retrucou. — Quando vencermos, venham me procurar. Vou garantir que vocês tenham o que precisam.

— E se você não conseguir? — perguntou um garoto, sua voz soando como se a condenação de Cassidy fosse mais ou menos certa.

— Então vocês terão que contar consigo mesmos, como já estão fazendo — disse Cassidy. — Mas eu ficarei bem.

Se Cassidy acreditava nisso ou não, não importava.

A viagem até o aeroporto norte de Bangkok, o menor, Don Mueang, teria consumido a noite, não fosse pela segunda piloto do trio. A jovem mulher fez os quatorze membros se reunirem no escuro na extremidade sul do acampamento. Eles se juntaram, cautelosos e cansados, carregando mochilas improvisadas e almas brilhantes. Cassidy sentiu o nervosismo quando se juntou a Thane, o anômalo juntando alguma raiva para se colocar em um equilíbrio saudável.

Nervosismo, mas não medo. Esses Paragons, esses anômalos, estavam prontos para uma luta após semanas escondidos na lama e no pântano.

Apinya também se transformou. Agora em uma camisa e calças mais apropriadas para a missão, o Campeão segurava seu permanente bastão junto com sua língua, mantendo silêncio exceto para dar permissão à piloto assim que o último anômalo chegou.

A piloto, segurando um isqueiro e usando sua chama para navegar, colocou-se no centro do grupo.

— Fiquem parados — disse a piloto. — Isso pode levar um minuto, e quando começar, vai parecer estranho. Tentem não surtar.

— Isso é uma explicação? — murmurou Thane.

— Ela fala como você — disse Cassidy.

Thane bufou uma risada.

Uma brisa, um prazer ocasional tão profundo na selva, ondulou através da floresta. Árvores se moveram, folhas tremeram, e Cassidy sentiu o ar mais fresco beijar seu cabelo empapado de suor. Beijar e depois fluir através dele. Seu corpo se encheu de vento, de repente se sentindo leve e difuso, seus braços e pernas menos como membros e mais como sombras, sensações, sonhos.

Embaixo dela, ao seu redor, Cassidy podia sentir Thane e

todos os outros, mesmo quando o chão onde estavam sumia. Árvores passavam voando, Cassidy correndo ao redor delas, sobre samambaias e sob o dossel até que, com um impulso para cima, ela se ergueu sobre as folhas. Só que ela não estava realmente lá, pelo menos até onde podia perceber.

Ela também não conseguia ver mais ninguém. A lua poente, as estrelas e uma vasta extensão escura terminando com as luzes de Bangkok se aproximando. A brisa a carregava — carregava a si mesma? Cassidy não parecia mais ter um corpo — para o sul num ritmo de sprint. Muito mais rápido do que caminhar pela vegetação densa.

À deriva, Cassidy se viu abraçando a jornada. Pensamentos conscientes não conseguiam se formar, sensações dominavam enquanto seu eu-vento fluía em direção à cidade e, uma vez que passara pelos arredores, em direção às pistas piscantes do aeroporto.

Lá, isolado numa extensão de concreto separada de outros aviões, estava um fino jato privado Paragon. Ele mostrava as cores branca e azul do Paragon, cintilando sob os holofotes. Quatro drones o cercavam, dois gladiadores no chão e um par de máquinas de patrulha pairando acima. Uma defesa capaz, se não forte.

Cassidy não recebeu um aviso. A brisa os varreu em direção ao avião e ela se viu com os pés tocando o chão em uma corrida cambaleante enquanto as leis físicas novamente tomavam conta. Cassidy teria caído se uma mão não tivesse encontrado as rodas traseiras do jato para agarrar.

Ela tinha sido lenta.

Os gritos vieram rápidos, nítidos enquanto os Paragons ao seu redor se reformavam e cumpriam seu dever. Cassidy viu Daw piscando enquanto um Paragon lançava adagas amarelas puras contra o gladiador mais próximo. Os raios atingiram o drone amolecido, explodindo em estalos raivosos que corroíam o metal da máquina. Ela começou a se virar, trazendo uma arma funcional para atacar, apenas para Thane, agora com vários metros de altura e rugindo, transformar o crânio de metal do gladiador em massa.

Acima, um drone aéreo tentou contra-atacar, suas armas sendo preparadas apenas para os holofotes próximos girarem como tacos gigantes e o abaterem do ar. O Paragon causando esse dano estava agachado na base do jato, olhos fechados e mãos pressionadas contra as têmporas.

O segundo gladiador achou seu fogo, enviando balas e coisas piores em direção ao jato. Ignorando os Paragons para destruir sua fuga. Cassidy viu os projéteis impactarem seu avião, presumindo que todo o plano estaria perdido naquele segundo, apenas para não ver nada. Precisamente nada. Cada ataque que atingia a aeronave parecia desaparecer, como se tivesse sido sugado para um dos vazios de Cassidy.

Ah. Certo.

Sentindo a corrida em seus dedos, Cassidy lançou sua direita e esquerda, cada vazio deixando um estalo frio ao sair de seu corpo. O calor substituiu esse estalo rapidamente, cobrindo seu rosto enquanto os vazios atingiam o segundo gladiador, transformando um único drone em uma pilha de sucata de três peças. Atrás dela, Cassidy ouviu o outro drone aéreo cair no concreto, um fogo verde letal consumindo seu interior.

— Vamos? — anunciou o homem de um olho, em pé ao lado da entrada do jato.

— Por favor — respondeu Apinya.

A piloto tocou o jato, estremeceu e sorriu enquanto a porta de embarque da aeronave se abria. — Ela está pronta agora.

Cassidy, formando ao lado de um Thane que diminuía, só conseguiu piscar.

Anômalos. Sempre uma surpresa.

CAPÍTULO 5
PLANEJAMENTO DE BOLSO

O BONÉ SUFOCAVA SUA CABEÇA, vermelho-vivo e ostentando o logotipo de um time de LA que Aegis não conhecia nem se importava. Ele o usava junto com uma jaqueta pastel genérica, uma combinação de camisa e jeans feita para happy hours à beira-mar. As ondas não estavam longe, o sol da manhã deixando sua impressão dourada nas cristas brancas, seu constante quebrar um fundo sonoro interrompido por nomes gritados no ar. O sistema de entrega de bebidas da cafeteria não adicionava nenhum charme, mas muita eficiência à equipe de café da manhã do calçadão, uma população crescente à medida que Aegis atraía para sua luta aqueles Paragons que valiam a pena.

Sob seus pés calçados com tênis havia tábuas lixadas, e Aegis se pegou olhando para baixo, identificando lacunas que mostravam grãos brancos abaixo. Caranguejos e gaivotas esperando para comer migalhas negociavam ao redor da multidão que acordava, formando uma fila desorganizada.

De volta a Manhattan, em sua grande torre, Aegis teria sua bebida favorita esperando por ele ao sair do banho. Quente e perfeitamente preparada. Agora ele esperava atrás de engravatados se preparando para turnos no varejo e os poucos fanáticos prontos para aproveitar as promoções assim que as lojas do calçadão abrissem suas portas. Ao longo da praia, placas balançavam nas fachadas, anunciando ofertas em números grandes e redondos.

Os Paragons podiam estar cambaleando, Ziran e seus patrocinadores corporativos podiam estar instalando uma nova ordem mundial, mas maiôs e souvenirs ainda precisavam ser vendidos. A economia precisava continuar.

— Não esquece meu mocha — disse Celice, sua voz chegando ao ouvido de Aegis. — Com dose extra.

Aegis olhou para cima, fez uma careta ao ver as pessoas ainda à sua frente. Celice lidava melhor com a situação deles do que ele. Ela captava os desafios que surgiam e os transformava em tarefas, distribuindo trabalho e fazendo com que fossem completadas enquanto Aegis... bem, enquanto Aegis esperava na fila por café.

Tinha sido mais fácil, décadas atrás, usar seu espírito justiceiro para declarar que o mundo era um lugar corrupto e bagunçado. Ele ficava diante das câmeras, sua imagem sendo transmitida para todas as pessoas em sofrimento, dizendo que uma solução estava a caminho. As guerras, a pobreza, a fome, tudo acabaria, graças aos Paragons e seus salvadores super-humanos.

Atrás dele, na praia, uma criança se soltou dos pais com uma pipa. O pássaro vermelho e verde e sua linha atendente ganharam os ares, cavalgando a brisa com desenvoltura. Eles pareciam felizes o suficiente. Seguros o suficiente. Assim como muitos pareciam quando os Paragons cumpriram sua promessa.

Então por que tão poucos se levantavam em protesto? Onde estavam os normais prontos para ficar ao lado de Aegis e lutar pelo mundo melhor que ele havia criado?

— Vai fazer seu pedido, parceiro? — disse um cara de olhar apagado parado atrás dele.

Aparentemente as filas se moviam mais rápido do que

Aegis se lembrava. Bem, tinha sido muito tempo desde que ele ficara em uma.

Talvez ele fosse privilegiado demais.

A tela aceitou os toques de Aegis, direcionando-o para pagar suas reps em um tom animado. Aegis segurou seu Tama contra o terminal, e a mesma voz parabenizou 'Reed' pelo pagamento bem-sucedido. Mathieu e Celice organizaram isso, criando contas e personas para acompanhar a súbita necessidade dos Paragon de se manterem em segredo.

Quando perguntaram a Aegis qual nome novo ele queria, o Campeão sugeriu o original. Ele não usava seu nome de nascimento em público desde que adotara Aegis. O governo, para manter sua família e amigos protegidos, apagou qualquer referência à vida anterior de Aegis. Parecia seguro o suficiente, mas sua filha insistia no contrário. Algo aleatório, algo sem conexão que alguém pudesse traçar entre as sílabas e a pessoa que protegiam.

Então 'Reed', enigma aleatório, ficou de lado esperando seu pedido. Seu Tama chamava-o, vibrando com outra mensagem, outro recado. Ele não podia atender aqui, não com tantas pessoas ao redor que poderiam ouvir, mas podia ler. As pequenas mensagens se acumulavam na tela do tamanho de um pulso, algumas detalhando as operações do dia, outras os resultados de ontem ao redor do mundo.

Ataques a instalações de Ziran, movimentos defensivos para proteger os Paragon e outros grupos de anomalias. Golpes e bloqueios, estocadas e desvios.

Ele reconheceu o jogo, porque não fazia muito tempo Aegis estava do outro lado.

Os Paragons invadiram o mundo rapidamente, derrubando os grandes jogadores e forçando a resistência a se esconder. Assim como hoje, as pessoas olhavam ao redor e decidiam que, se pudessem alimentar suas famílias, manter suas casas, então não valia a pena pegar em armas na resistência. Principalmente quando o inimigo não era algum outro louco, mas vizinhos com acidentes genéticos.

Guerrilheiros lutavam de volta independentemente. Pequenas ações, tentativas de assassinato. O próprio Aegis levou um tiro de um franco-atirador na bochecha que o deixou inconsciente por uma tarde. Eventualmente, um passo de cada vez, os Paragons e seus Campeões líderes esmagaram as células e cimentaram seu controle.

Ziran faria o mesmo com eles?

Acima, um drone gladiador, todo branco e laranja nas cores de Ziran, flutuava. Onipresentes agora, aquelas coisas.

— Reed? — perguntou uma mulher, segurando um suporte de bebidas junto com seu próprio pedido. — Estão te chamando há alguns minutos.

Chegar até os Paragons não exigia códigos secretos, nem esforço fantástico. Aegis vagou por uma loja de roupas de praia, indo direto para os fundos. A loja não estava oficialmente aberta, mas as portas destrancadas deixaram Aegis entrar tão facilmente quanto o deixariam sair minutos atrás. Nos fundos, aninhada entre estantes de sandálias e boias infantis, uma porta fina marcada "Apenas Funcionários" aguardava.

Aegis olhou para a maçaneta. Deixou que seu lábio se curvasse em um pequeno sorriso enquanto olhava para trás, confirmando que as roupas de banho bloqueavam qualquer linha de visão. O Campeão deu um passo em direção à porta e atravessou para o outro lado, a loja ficando para trás.

Acima, onde deveria haver um teto, um brilho azul profundo constante se estendia até uma aparente infinidade. Ao redor de Aegis, pessoas se movimentavam apressadas, observando seus Tamas ou uns aos outros. Cliques e estalos soavam enquanto esquadrões se armavam em prateleiras que alinhavam paredes escuras. Placas de néon verde marcavam entradas e saídas como a que Aegis acabara de usar.

Algumas levavam a hotéis com propriedade amigável aos Paragon, onde anomalias podiam descansar. Outras levavam a restaurantes, academias, a qualquer outro lugar em uma área de aproximadamente cem quilômetros que um Paragon pudesse querer ir. Cabos amarrados saíam por uma porta dimensional para obter energia, Internet, e espalhar tudo ao redor para a tecnologia lá dentro.

Pocket, a anomalia que tinha criado o espaço, estava deitada em seu centro. Aegis aproximou-se dela com as bebidas, fazendo seu caminho através da vasta área lotada até a área reivindicada por sua filha para inteligência dos Paragon. Ver Pocket roubou o sorriso de Aegis: ela havia sido tratada com drogas estabilizadoras, conectada a IVs e cateteres, presa em um estado perpétuo para manter este lugar vivo.

Quantas vezes Pocket tinha criado lugares como este, menores mas igualmente focados, para dar aos Paragons uma plataforma para preparar um ataque? Até mesmo para se preparar para um show específico? Pocket escolhia suas pessoas, escolhia seus locais, e esticava os limites físicos do mundo para criar espaço. Depois, ela saía por uma porta, exalava um suspiro profundo, e o reino em miniatura que ela criara desaparecia no nada.

Sobre a cabeça de Pocket, amarrado a uma tela grande que eles trouxeram, um contador em números turquesa fazia a contagem regressiva. Aegis observou, fazendo os cálculos mentalmente.

— Resta um dia e nos movemos de novo — disse Celice, pegando sua bebida da bandeja e dando uma olhada. — Você foi a uma máquina, pai? De novo?

— Está bem ali — respondeu Aegis. — Fácil.

— O que você iguala a bom por alguma razão.

Aegis apontou para o contador. — Eu igualo a tempo. Já escolhemos o próximo local?

— Há um condomínio residencial voltando para a cidade

— respondeu Celice. — Existem vagas suficientes para não termos muita concorrência.

Encontrar um lugar que não se perguntasse sobre várias centenas de novos ocupantes aparecendo da noite para o dia exigia trabalho, particularmente quando tinham que repetir o processo a cada semana mais ou menos. Qualquer tempo maior na cama e Pocket poderia não sobreviver. Depois que ela descansasse por alguns dias, a dimensão ressurgia e seus ataques podiam começar novamente. Uma pausa necessária.

Se ela colapsasse sua dimensão com todos dentro?

Nem mesmo a cura de Aegis o salvaria então.

— E o próximo? — perguntou Aegis.

— Os próximos três — disse Celice. — Estamos ficando melhores nisso.

Sua filha mantinha um tom animado, uma reversão difícil do que, Aegis foi informado, havia sido seu comportamento enquanto Aegis estava na cuba. Sua recuperação surpreendente dominava o relacionamento pai-filha, com Celice tentando empurrar Aegis para cada função de bastidores, sem combate, que ela pudesse encontrar. Como se Aegis tivesse retornado feito de vidro.

Aegis seguiu Celice de volta à sua estação de trabalho, uma pletora de computadores com cada monitor correndo por leituras que Aegis não conseguia interpretar. Ele sabia mexer em um Tama, mas Celice operava em uma esfera diferente. Uma que parecia sempre encontrar distrações.

— Aqui estão os alvos de hoje — disse Celice, como dizia todas as manhãs desde que a guerra realmente começou, desde que eles retornaram à América do Norte. Ela deslizou em um monitor, a tela virando para cinco colunas divididas em linhas, cada uma detalhando um objetivo diferente. — Um bom conjunto hoje, risco mínimo. Ziran está tentando se ajustar, mas é lento. Como se não fôssemos uma prioridade.

— Porque não somos — disse Aegis.

— Se você vai dizer que eles estão pensando no mundo e nós estamos pensando pequeno, eu vou ficar irritada.

Aegis balançou a cabeça — Ontem à noite, no barco. Um helicóptero decolou com pessoas dentro. Havia células também.

— Vazias.

— Você sabe como estavam rotuladas.

Celice virou sua cadeira, inclinou a cabeça para seu pai — Sabemos que Ziran está levando anomalias quando pode. Isso não é surpresa.

— Mas transportá-las para o exterior? — Aegis se inclinou além de Celice, apontou para outra tela grande e larga mostrando relatórios de ação pela mídia, por pessoas capturando coisas em seus Tamas. — Vê tudo isso? As equipes que Ziran envia? Por que arriscar qualquer coisa quando um drone poderia eliminar um alvo à distância?

— Seus supervilões estão voltando para assombrá-lo, pai — disse Celice. — Vamos dizer que Ziran está levando anomalias. Para onde e por quê?

— Quero descobrir. Adicione à lista.

— Maior prioridade que o número um?

— Não. Isso fica.

Mynx e Mila tinham o lugar de destaque. Os Campeões, vistos pela última vez na Fábrica, não haviam sido vistos desde a tomada de poder de Ziran. Mynx jamais entregaria livremente a Fábrica e seus drones, seu orgulho e, se não alegria, obsessão. Celice e Matthias tinham pessoas vasculhando todos os canais, observando todos os feeds. Aegis tinha anomalias que podiam ler mentes pairando o mais próximo possível da Fábrica que o Campeão ousava, esperando roubar pensamentos úteis de um funcionário desavisado.

Nada ainda.

— Quero atacar novamente — disse Aegis.

Celice revirou os olhos, tocou em seu Tama. Uma tela de

chamada apareceu, atendida em um segundo por um homem que havia esfaqueado Aegis pelas costas.

— Você está aqui? — perguntou Celice. — Pode vir aqui e tirar meu pai da beirada?

— Três vezes — disse Zhan-Yo, encontrando-os em uma mesa de conferência estreita. A micro dimensão de Pocket não tinha muito para privacidade, então a mesa e suas cadeiras anexas ficavam separadas, mas sem paredes ou portas. O chão sob eles tinha um halo violeta, destacando-os dos ambientes de outra forma escuros da dimensão. — Tentamos três vezes e sempre falhou. Sempre custou vidas.

— Chegamos mais longe a cada tentativa — disse Aegis, lançando um olhar para Zhan-Yo, Celice e Mathieu. Uma equipe bem diferente dos Campeões com quem ele costumava trabalhar quando o mundo estava em crise, mas, exceto por ele mesmo, os outros Campeões estavam lutando contra Ziran em suas próprias regiões. — Na próxima, podemos conseguir.

— Mais longe? — disse Mathieu. — Aegis, não conseguimos nem chegar à porta da frente. Ziran transformou o lugar em algo impenetrável, em grande parte porque você deixou claro que a Fábrica é nosso único objetivo real.

— Ei — disse Celice, e Aegis viu como sua mão migrou para o pulso de Mathieu.

— Porque *é* nosso único objetivo real — rebateu Aegis. — A Fábrica produz a maioria dos drones do mundo. Todos são controlados de dentro daquelas paredes. Nós a conquistamos, o esforço de Ziran acaba.

Zhan-Yo levantou um dedo, então pegou seu Tama e deslizou da tela para a mesa. Nomes foram listados, divididos por localizações. Zhan-Yo deslizou um dedo ao longo de seu Tama e vários nomes foram destacados, incluindo um que fez Aegis rosnar antes de se conter.

— Não vou discutir com isso — disse Zhan-Yo —, mas já estive em sua posição, Aegis. Eu queria um fim rápido para a luta, mas não estava preparado para alcançá-lo. Em vez disso, fui pela metade e arruinei tudo.

— Se você está falando sobre a bomba, então está certo — respondeu Aegis.

— Pai. — Celice continuava fazendo papel de mediadora.

— Não podemos tomar a Fábrica como estamos agora — disse Zhan-Yo, lançando a Celice um aceno respeitoso. — Precisamos de mais ajuda, e estou trabalhando para consegui-la. Reforços estão vindo que podem virar o jogo a nosso favor.

Aegis apontou para um nome — Thane? Essa é sua ideia de uma carta vencedora? Ele vai tentar nos matar assim que entrar aqui.

— Apinya discorda.

— Apinya? Você tem falado com Apinya? — Aegis encarou Zhan-Yo, mãos pressionando a mesa. Que este homem, este assassino, estaria indo pelas costas de Aegis e-

— Pai — disse Celice, mais alto desta vez. — Podemos conversar, lá fora?

A brisa do mar esfriou a raiva de Aegis. De volta ao calçadão, cafés nas mãos, pai e filha caminharam ao longo de um píer sobre as ondas. Céu azul, sol, cheiro de spray de sal. Famílias rindo, alguns pescadores lançando suas iscas na superfície.

— Ele está assumindo o controle — Aegis continuou, insistindo no ponto apesar dos contra-argumentos constantes de Celice. — Agora Zhan-Yo está indo pelas minhas costas, reunindo os outros Campeões do lado dele.

— Ele está fazendo o que sabe fazer — disse Celice. — Todos nós estamos. Zhan-Yo conhece estratégia. Você sabe como bater nas pessoas com muita força.

— Obrigado por isso.

Celice sorriu de lado — Não era só você da última vez também, sabia?

Claro, mas quando Aegis e os outros Campeões se uniram, eles estavam em ascensão. A força insurgente, certa de sua causa e de sua vitória inevitável. Aegis podia ser, e foi, o porta-estandarte enquanto Mynx, Apinya e os outros lidavam com os detalhes.

E a mãe de Celice também estava lá, lutando ao lado dele, garantindo que Aegis não fizesse as coisas estúpidas nas quais ele frequentemente se fixava. Assim como Celice fazia agora.

— Cometemos erros naquela época também — disse Aegis, encontrando um lugar vazio e apoiando os cotovelos no corrimão de madeira. — Compromissos que tiraram um pouco do brilho em troca de vitórias mais limpas. Menos corpos. Não quero repetir isso.

— É aí que Thane entra?

— Primeiro nós o usamos como um martelo. Ele e eu invadíamos juntos, o instrumento contundente entregando a justiça dos Paragon a qualquer um que desafiasse nosso controle. — Aegis esfregou o queixo. Não precisava se barbear desde que Mila fez sua coisa. Mais forte que nunca, talvez, mas seu corpo havia mudado. — Sua mãe o acalmava depois das missões, trazendo-o de volta a um estado estável.

Celice permaneceu quieta.

— Funcionou bem até não funcionar mais — disse Aegis. — Pensamos que tínhamos pego todos, até que um idiota com uma arma decidiu que era hora de sair atirando. Sua mãe estava com Thane nos braços, acalmando-o, quando as balas acertaram. Não sei quantas, não importava. Ele quebrou o pescoço dela antes que o homem parasse de atirar.

Nem mesmo Mila podia trazer alguém de volta dos mortos. Ela tentou mesmo assim. Não demorou muito depois disso para que os Campeões se separassem. Trauma demais e tempo insuficiente para curar.

— Não foi culpa dele.

— Eu sei — disse Aegis. — Eu sei, eu sei, eu sei. Droga. Mas ele é imprevisível, Celice. Ele pode fazer o mesmo com qualquer um. Com você. Comigo.

— Se não entrarmos naquela Fábrica — disse Celice —, um drone vai fazer o que Thane pode fazer. Ziran vai apagar os Paragons do planeta, e as anomalias junto com eles. Zhan-Yo está certo em tentar isso.

Aegis colocou uma mão no ombro de sua filha — Então, quando chegar a hora, fique longe dele. De todos eles. Enterrei sua mãe e não vou enterrar você.

CAPÍTULO 6
DIÁLOGO AO JANTAR

CHICAGO DIMINUÍA NO RETROVISOR. Seus grandes edifícios, um horizonte do qual Kat não estivera sem por tantos anos, desaparecendo com a chuva. A rodovia interestadual, lotada de pods correndo em eficiência sincronizada, seguia em direção ao horizonte e além. Eles estariam nela por esse trajeto e muito mais.

Gordon, remendado e descansando, dormia ao lado de Kat. Sua respiração vinha com o barulho revelador sugerindo um resfriado chegando, algo que Kat não tinha desejo algum de pegar, mas sem opções para evitar. Pegar pods separados para uma viagem transcontinental parecia estúpido, resfriado ou não, e um avião teria sido ainda mais idiota.

Os drones teriam atirado em Gordon se ele aparecesse num aeroporto. Depois poderiam atirar em Kat também, só porque sim.

Gordon não tinha uma localização exata, mas tinha uma ideia aproximada. Uma região extraída do sinal de um rastreador. Gordon vendeu a história de volta na pequena casa, com Paragons e Elementais amontoados ao seu redor, ansiosos para descobrir para onde seus amigos haviam ido.

Ele estivera caminhando ao redor do quartel-general de

Ziran, tentando encontrar uma maneira de entrar que não terminasse com suas entranhas para fora. Uma anomalia — Gordon supôs que o culpado fosse um Paragon descontente — usou seus poderes contra um drone, danificando-o com um spray ácido e chamando atenção. Enquanto os drones desciam, Gordon encontrou seu rastreador, correu fingindo pânico e grudou o rastreador na anomalia.

O fogo dos drones atingiu Gordon enquanto o homem fugia, mas as máquinas estavam com suas mãos metálicas ocupadas com o Paragon. Escorregando e deslizando de um pod para o próximo, de uma rua lateral para outra, Gordon fez seu caminho sangrento de volta.

— E o rastreador? — perguntou Beth, a Elemental pairando sobre as pernas de Gordon no final da cama de campanha.

Uma luminária de canto não podia competir com os monitores de computador e sua luz azul respingante. O brilho se espremeu entre o círculo de ombro a ombro, atingindo Gordon com uma silhueta sombreada listrada.

— Ainda funcionando — disse Gordon. — Indo para o oeste rapidamente.

— Espera — Weed, ao lado direito de Gordon, manifestou-se. — Você disse que as anomalias estão vivas. Um rastreador não te diz isso.

— Mas a direção delas sim — disse Kat, poupando Gordon de alguns suspiros. — Se eles estivessem apenas matando as anomalias, por que levá-las para longe da cidade? Ziran deve querê-las para alguma coisa.

— Você está fazendo uma grande suposição — disse Beth.

— Oi, eu sou sua realidade. Estou desesperada e preciso de uma grande virada para mudar as coisas, então que tal seguirmos com essa ideia?

— Porque não podemos nos dar ao luxo de perseguir sonhos — disse Weed. — Aegis nos deu nossas ordens. Incomodar e atrapalhar o máximo possível até que ele e os outros Campeões consertem as coisas.

— Estou dizendo a verdade — protestou Gordon, parecendo tão patético naquela cama.

— Ninguém está duvidando de você. — Weed deu de ombros. — Eu só não posso arriscar vidas perseguindo um drone que já cruzou o Mississippi.

— Então você não precisa — disse Kat. — Só me faça um favor: fique de olho no meu cachorro.

Kat observava seu Tama, um vídeo tocando na pequena tela. Tap, a IA do seu apartamento, enviou-o para ela semanas atrás, a gravação de meses antes. A IA tinha um reflexo programado para gravar momentos felizes, coisas que Kat poderia querer reviver. No seu Tama, Calvin brincava com Seeker. Kat não estava lá — numa reunião Elemental, muito provavelmente — mas a anomalia e o cachorro de Kat dançavam pelo apartamento, brincando com uma corda de brinquedo. Calvin ria, provocava o husky, que não se importava nem um pouco.

Um vídeo meloso, meio cafona. Não algo que Kat teria procurado por conta própria, teria procurado alguns meses atrás.

— Mas, de novo, o que não mudou? — murmurou Kat.

Ao seu redor, Kat sentia seu traje, seu conjunto de gadgets aninhados em seus pulsos, contra sua cintura, pernas e repousando em sua cabeça. Cada objeto comprado e integrado para capturar aquelas anomalias assim como os drones de Ziran estavam fazendo agora. Naquela época, ela fazia isso pelo dinheiro. Como um meio de sobrevivência.

Agora?

Ela poderia usá-los para algo um pouco mais importante do que reps.

— Já chegamos? — perguntou Gordon, sentando-se.

— Os subúrbios? — respondeu Kat. — Você perdeu eles.

— Ah não. — Gordon balançou a cabeça, olhando para a

estrada. Para a tela do pod mostrando as horas absurdas que levariam para chegar a LA. — Não me diga que você trouxe um baralho?

O rastreador colocou a anomalia de Gordon bem ao norte da cidade, mas mesmo a natureza imprudente de Kat não sugeria enviar dois humanos contra o que quer que Ziran estivesse fazendo lá. Kat imaginou que os drones guardando todas essas anomalias deveriam ser centenas, milhares.

A Fábrica de Mynx poderia fazer um milhão dessas coisas?

— Nunca tive um — disse Kat.

— O quê, cartas? — respondeu Gordon. — Nunca? Nem mesmo como, tipo, uma lembrança?

— Com quem eu jogaria? Seeker?

— Eu nem sempre estive fora.

Kat deixou o canto do lábio curvar-se para cima enquanto olhava de volta para seu Tama, o vídeo com Calvin e Seeker voltando para mais uma reprodução.

— E você nunca pareceu tão triste — continuou Gordon.

— Eu não estava triste, e não estou agora — respondeu Kat. — Só porque eu não escolhi ser como você, não significa que minha vida não era boa.

Gordon levantou as mãos. — Paz, Kat. Essa não é uma viagem curta, e eu não quero passar esse tempo brigando.

— Então que tal planejar? — disse Kat.

— Para algo que não conhecemos ou entendemos? — disse Gordon. — Meu *plano* era dar uma boa olhada no lugar e seguir a partir daí.

— Suponho que você esteja certo — Kat afastou o vídeo no Tama com um gesto, recostando-se no assento. — Não sei, Gordon. Como você gostaria de passar a viagem?

— Filmes? — Gordon acenou para o console do pod. — Acho que há alguns milhares ali dentro. Não lembro a última vez que assisti um.

— Vi o suficiente no hospital.

Aqueles tinham sido dias sombrios. Gordon aparecendo de vez em quando, mas com os Paragons entrando em colapso, tudo e todos estavam tensos. Kat, largamente imobilizada, teve que decidir se abraçava o caos e afundava nas notícias terríveis ou escapava de tudo. Ela escolheu a última opção, especialmente quando Calvin nunca respondeu, quando Gordon disse que não conseguia encontrar a anomalia.

Mais fácil escapar, uma hora de fantasia por vez.

— Sim — disse Gordon. — Mas aposto que você não viu meus favoritos.

Kat fechou os olhos, deixou seus lábios sorrirem novamente. — Tudo bem Gordon, escolha um. Me surpreenda.

Em defesa de Gordon, as misturas de comédia-drama que compunham sua playlist de pod transformaram a viagem do dia em um trabalho rápido. Com o pod deslizando pelos quilômetros, Kat e Gordon se envolveram em casos ridículos, suas risadas, apostas absurdas e conclusões reconfortantes suavizando as bordas da viagem até o pod deslizar para o destino da primeira noite.

Lincoln, aninhada em campos estéreis de Nebraska, parecia praticamente intocada pela revolução. A Universidade dominava, embora Gordon tenha orientado o pod a ficar na periferia da cidade. Kat teria sugerido dormir na droga do pod se não fosse pelos ferimentos de Gordon. Curativos precisavam ser trocados, banhos precisavam ser tomados.

E, sendo sincera, dormir em uma cama de verdade em vez de um sofá compartilhado parecia uma boa ideia.

A rede de hotéis que o pod escolheu — Gordon inseriu o orçamento de reps e ele escolheu de acordo — dispensava atendimento pessoal, deixando o par fazer check-in através de uma tela na entrada. As chaves caíram em uma ranhura, junto com uma recomendação insípida para experimentar o restaurante do hotel, também totalmente robótico.

— Simplesmente encantador — disse Kat enquanto

seguiam por um corredor sem graça até o quarto designado.
— Por que não viajo com mais frequência quando é tão divertido?

— Ei, calma — disse Gordon. — Os filmes não foram tão ruins, foram?

— Eles foram bons — disse Kat, abandonando o cinismo. — Obrigada.

— Ah, não me agradeça ainda. — Gordon passou a chave, destrancando a porta para outro quarto sem vida. Duas camas os aguardavam, junto com a TV padrão e impressões de flores nas paredes. — Temos mais dois dias disso.

Dois dias mais longos, mas pelo menos a paisagem seria mais interessante. Kat se agarrou a essa ideia enquanto se revezavam no banho, revisando suas escassas malas em busca de roupas novas, e finalmente saindo para encontrar um lugar para comer. O pod estava em sua estação de carregamento, absorvendo energia. Gordon se direcionou para ele até Kat colocar a mão em seu braço.

— Não vou voltar para aquela coisa até amanhã — disse ela. — Que tal ali?

O hotel deles ficava sobre um bairro clássico de beira de estrada, com poucas casas e muitas redes. A indústria de passagem prosperava ainda mais com os pods por perto, já que viajar ficou barato e ninguém tinha que gastar reps em gasolina ou seguro de carro. O pai de Kat, quando ela era pequena, apontava para esses estranhos oásis como uma mistura de futuro-passado.

O tempo não leva tudo. Pelo menos não imediatamente.

Então ele sorria, pedia a Kat para escolher um lugar, era para lá que iam, todos os quatro. Sorrindo, rindo, e...

— Já sabe o que vai pedir? — disse Gordon, o menu laminado sobre a mesa branca salpicada entre eles. — Os hambúrgueres parecem bons. É muito clichê pedir um milk-shake e batatas fritas?

— Nunca — respondeu Kat.

Ela mesma estava de olho nas bebidas de sobremesa. O restaurante não era uma lanchonete, mas um estabelecimento que recheava seu cardápio com tendências de toda a América. Páginas demais, opções demais e ambiente demais.

Por fora, o restaurante — *Americana* — parecia um lugar divertido, com neon e lembranças ao longo de seu revestimento de madeira. Placas de licença, antigas e novas, cobriam as paredes. Fotos autografadas de várias celebridades, a maioria que Kat não conhecia, decoravam a entrada. Gordon achou que não eram verdadeiras, mas quem sabia e quem se importava.

Pelo menos esse lugar tinha humanos reais servindo, embora esses parecessem ser os únicos no lugar. Kat verificou seu Tama novamente. Apenas nove horas. Não exatamente tarde, mas ela operava no horário de Chicago. Talvez Nebraska fizesse as coisas de forma diferente.

Ou talvez... Kat percebeu movimento, olhou para cima quando uma pessoa que definitivamente não era o jovem que os acomodara veio em sua direção. Este cara parecia ter o dobro da idade de Kat, usava brincos e cabelo prateado penteado para trás combinando com seu avental de chef. Uma longa queimadura subia pelo braço direito do homem, facilmente visível quando ele colocou ambas as palmas na mesa deles.

— Não sei quem vocês são, mas sei o que vocês são — disse o homem. — E não quero vocês aqui.

Gordon parecia atordoado, como se o rastreador nunca pudesse esperar tamanha grosseria dirigida a ele. Kat tinha circulado pelos lugares mais sombrios de Chicago, no entanto, onde ser educado raramente combinava com a realidade. Passar muito tempo no pod também a deixou tensa, então quando a exigência do homem ofereceu a oportunidade de virar o interruptor de Kat, toda a energia acumulada deu-lhe o sinal verde.

— Quem você acha que somos? — disse Kat, plantando o cotovelo na mesa e o queixo na mão, encarando o homem.

— Rastreadores têm um jeito de andar — respondeu o homem. — Um jeito de olhar ao redor que eu não gosto.

— Porque você é uma anomalia operando abaixo do radar?

O homem suspirou, endireitou-se e acenou em direção à porta do restaurante. — Pedi para vocês saírem.

— Vamos, Kat — começou Gordon antes de Kat dispensá-lo com um gesto.

Sem se mover, ela inclinou a cabeça em direção ao chef. — Qual é o seu problema, cara? Você sabe que os rastreadores não estão mais operando. Não somos nada agora. Apenas pessoas normais. Como você.

O homem já estava balançando a cabeça antes de Kat terminar. — Não importa o que vocês são agora. Pessoas como vocês empurraram meus amigos para os Paragons. Vocês não pensam, só puxam seus gatilhos. Afirmam que é tudo pelo bem. — Ele se conteve, apontando agora para a saída. — Por favor, só vão embora.

Gordon tentou novamente, e desta vez Kat deixou. Juntos, eles saíram da cabine. O chef deu-lhes espaço. Gordon aproveitou, mas, de pé, Kat encarou o homem. Ela leu seus olhos de perto, as linhas em seu rosto. Isso não era raiva falando, mas experiência, experiência exausta.

— Sinto muito pelos seus amigos — disse Kat, então acenou com um braço para o restaurante silencioso. — Tem certeza que quer nos expulsar? Não parece que você tem muito movimento.

— Isso não é problema seu. — O homem corou, mais em sua garganta curtida que em qualquer outro lugar.

— Vamos embora, Kat — sussurrou Gordon.

— Não, ainda não — disse Kat, cruzando os braços. — Sabe o que você aprende a fazer rapidamente como rastreador? Ler pessoas, entender quando estão mentindo, quando estão escondendo algo.

O homem cruzou seus próprios braços, imitando Kat. — Saiam.

— Qual é a sua habilidade? — disse Kat. — Fazer um ponto médio-mal passado perfeito todas as vezes?

Gordon agarrou Kat, puxou-a, — O que você está fazendo?

Kat se libertou, colocou um passo de distância entre ela, Gordon e o homem, um triângulo humano entre as cabines.

— Eles são todos anomalias, Gordon — disse Kat, apontando para o homem, a anfitriã, o menino que os acomodou à mesa. — E quanto a todos nos fundos também?

Agora o rubor do homem desapareceu, aqueles braços musculosos caindo livres. Sua cabeça balançou novamente, mas sem qualquer convicção.

— Por que isso importa? — perguntou Gordon. — Quem se importa se eles são...

— Porque eles estão se escondendo, Gordon — disse Kat. — Eles estão se escondendo aqui em vez de lutar. Os Paragons estão morrendo todos os dias, e eles poderiam ajudar. Em vez disso, esse cara está aqui fazendo milk-shakes com, o quê, cinco? Dez anomalias?

— Trinta e quatro — disse o homem, endireitando-se. — Todos refugiados dos seus Paragons, ou dos drones que vieram depois. Não queremos participar da sua guerra.

— Minha guerra? — Kat riu, sentindo uma pequena fatia de loucura nela. — Você não leu história? Não sabe o que acontece com pessoas que não se levantam quando seu número é chamado?

Gordon olhou entre os dois, perdido. Desde que ele ficasse quieto, Kat não se importava. Calvin, tão refugiado quanto essas pessoas, se jogou na luta. Que esse cara ousasse manter tantas anomalias à margem... não parecia justo. Mesmo que suas habilidades não tivessem lugar no campo de batalha, eles ainda poderiam cozinhar, limpar, consertar coisas para os Paragons que podiam lutar.

— Sei que os Paragons locais todos morreram no dia em que Ziran assumiu — disse o homem. — Sei que alguns não acordaram quando os drones explodiram seu prédio. Sei que é isso que fariam conosco. Não é a coisa mais corajosa, mas temos crianças aqui. Mães, pais, famílias. Eles não pertencem a essa luta.

— Eles podem não ter escolha — Kat devolveu e, novamente, o homem deu de ombros.

O chef não parecia que iria ceder. Ele não fez nenhum chamado à ação, não teve nenhuma epifania sobre embarcar com sua equipe para onde quer que a célula de resistência mais próxima residisse. Kat não podia se chamar de diplomata, e não tinha mais nada a dizer.

Em vez disso, cedendo à insistência de Gordon, Kat virou-se e os dois deixaram o restaurante. Eles pararam em outro lugar, dirigido por robôs, e pegaram alguma comida picante para viagem, caminhando de volta no escuro para o quarto do hotel.

— Você tinha que brigar com aquele cara? — perguntou Gordon enquanto se acomodavam. — Você realmente tinha que fazer isso?

— Não sei por quê — disse Kat, olhando para seu arroz frito como se pudesse conter algumas respostas. — Nunca me senti parte de nada antes. Não até agora, e ver todos nós apertados naquela casa, lutando para sobreviver, enquanto essas pessoas apenas ficam à margem?

— É escolha deles, Kat. As vidas deles, a escolha deles.

— Eles estão escolhendo errado.

— Os Paragons tentaram fazer escolhas por eles, e veja o que aconteceu? Talvez seja por isso que estamos aqui.

— Os Paragons?

Gordon assentiu, e pela primeira vez, Kat achou que ele poderia estar certo. Aegis e seus Campeões, seu código rígido. Ela conseguiu contorná-lo através de seus genes normais, mas para aquelas anomalias, nada havia realmente mudado. Antes, eles eram caçados por rastreadores. Agora, por drones.

— Então o que estamos fazendo, Gordon? Estamos ajudando as pessoas erradas?

— Do jeito que vejo — disse Gordon, quebrando os pauzinhos baratos —, estamos recuperando nosso amigo.

Isso, pelo menos, era uma causa que Kat poderia apoiar.

CAPÍTULO 7
PROMOÇÕES

ANDAR pela casa de outra pessoa deixava Rhimes nervoso. Mas, na verdade, ele mal notou seu nervosismo ao passar pelas portas espessas que separavam a Fábrica da residência pessoal de Mynx. As enormes barreiras eram tão estranhas comparadas a escritórios comuns, casas, qualquer lugar, que tendiam a apagar seus pensamentos.

Rhimes, lavado e esgotado pelo ataque de ontem, tendo queimado o dia em debriefings e trabalho de escritório, dispensou o equipamento tático por um terno cinza folgado. Sem coldres, sem armas, assim passou pela inspeção do gladiador pessoal de Wexley. O drone se erguia imponente logo após as portas, observando Rhimes com sua postura implacável.

— Viu só? Tudo bem — disse Rhimes à máquina.

O drone não respondeu, exceto para, com seus quatro braços, gesticular para que Rhimes prosseguisse. Mesmo assim, enquanto Rhimes dava seus primeiros passos suaves, um companheiro zumbidor escapou das costas do gladiador para segui-lo. Pronto e disposto com um dardo atordoante ou, caso a situação escalasse, um letal, o drone pairou um metro atrás da cabeça de Rhimes.

A segurança ocupava posição primordial nos dias de hoje, com todas as anomalias tendo o rosto de Wexley no topo de suas listas de alvos. No início, mesmo antes de terem atacado a Fábrica, Rhimes queria saber o que Wexley planejava para esta parte.

Como você se defende contra pessoas que poderiam ser qualquer um, estar em qualquer lugar, poderiam destruir uma cidade com um olhar desagradável?

A resposta, segundo Wexley, era garantir que estivessem apavorados demais para agir. Então, enquanto as anomalias hesitavam, usar os drones para capturá-las ou matá-las primeiro. Até agora a estratégia funcionava, embora algumas células Paragon se recusassem a morrer.

Rhimes atribuía essa teimosia ao reaparecimento de Aegis. O retorno do Campeão deu uma espinha dorsal aos Paragons desorientados, empurrando-os de volta de uma beira desorganizada para uma força irritante. Quando Wexley enviou a solicitação de reunião a Rhimes, ele imaginou que a campanha contínua seria o assunto principal.

Esperançosamente a reunião seria curta. Rhimes tinha outro lugar para ir.

A casa principal de Mynx tinha um luxo limpo e suave. O design oceânico se misturava com uma eficiência desinteressada para criar um interior branco, cheio de vidro e brilhante. Madeiras macias e tapetes elaborados. Fotos em preto e branco emolduradas dos dias de glória dos Campeões. Mynx tinha até algumas capas de revistas, aqueles artefatos impressos, iluminadas. Não tanto para ser clichê, mas o suficiente para que um visitante soubesse que seu anfitrião tinha reputação.

Esse anfitrião, agora, estava sentado em um tubo nas profundezas da Fábrica. Rhimes estimava que menos de cinco pessoas conheciam a localização final de Mynx, ou se ela ainda vivia. Ele mesmo desceu para vê-la, em parte para avaliar a prisão do Campeão e garantir que não a libertaria tão cedo. Em parte, também, para olhar para uma lenda sem precisar atirar nela.

Porque apesar de toda a conversa, de todas as esperanças e sonhos promovidos por Zhan-Yo e agora adotados por Wexley, eles ainda estavam lutando contra as pessoas que definiram o mundo de Rhimes por décadas. Aegis e seu grupo podem ter se transformado em ditadores, mas no início eram verdadeiros heróis. Voando pelo mundo e às vezes além dele para afastar o perigo onde quer que surgisse.

— Distraído? — perguntou Wexley, acenando para que Rhimes o seguisse até a porta de vidro deslizante que levava à vasta varanda. — Eu diria para você se entregar ao que está pensando, mas estamos com pressa hoje.

— Pressa? — perguntou Rhimes, seguindo a direção de Wexley para fora, onde a brisa do mar se misturava com o sol quente.

A varanda dominava um recanto entre os penhascos íngremes e seu primo oceânico. Um caminho esculpido levava da plataforma de madeira branca até a areia e as ondas além, enquanto atrás, pedras e árvores esparsas forneciam uma barreira entre a casa e as engrenagens giratórias da Fábrica.

Wexley tinha uma aparência adequada, com a camisa de botões solta balançando, seus óculos escuros grossos e o cabelo estilizado em um corte agressivo. Queimaduras rosadas, no entanto, prejudicavam a imagem, marcando para cima e para baixo os braços e o peito do homem, visíveis através do tecido fino da camisa. O preço da vitória, Wexley chamava.

Uma anomalia poderia ter eliminado essas cicatrizes em qualquer hospital importante, mas até agora Wexley as havia deixado como estavam.

— Aegis e seu irritante grupo atacaram outro navio ontem à noite — disse Wexley. — Outros cinco passaram sem problemas, mas mesmo assim. Ele é uma praga.

— Estamos tentando rastreá-los — Rhimes recorreu às palavras que praticara no trajeto de pod até ali. — Eles se movem frequentemente, e não de maneiras que entendemos.

— Porque eles têm uma anomalia ajudando. Essa é sempre a resposta, Rhimes. Quando alguém trapaceia agora, não é porque é inteligente, mas porque encontrou alguém que pode quebrar as regras sem tentar.

— Certo — disse Rhimes, pegando a água com gás que Wexley lhe oferecia. Uma salada de salmão meio comida adornava a longa mesa de vidro da varanda, com telas embutidas exibindo notícias espalhadas ao redor do prato. — Vamos encontrá-los eventualmente.

— É por isso que te chamei aqui — disse Wexley. O líder de Ziran e, por extensão, do mundo, acenou com seu próprio copo em direção ao oceano. Formas cinzentas sombrias moviam-se no horizonte, cargueiros de Ziran trazendo peças para a Fábrica. — Eu não preciso que *você* encontre Aegis. Preciso que você supervisione esse esforço. Preciso que você gerencie minha segurança. Preciso que você olhe para este planeta que nos encontramos controlando e garanta que continue assim.

Rhimes lutou para manter uma expressão neutra enquanto Wexley falava. Esperou até que o homem fizesse uma pausa, leu o sorriso leve e conhecedor no rosto de Wexley e soube que Wexley esperava que Rhimes dissesse exatamente o que estava prestes a falar.

Mas a verdade era a verdade.

— Não sou um gerente — disse Rhimes.

— Você lidera um esquadrão muito bem — disse Wexley. — De volta a Chicago, você administrava todo o nosso empreendimento externo. Não pode se chamar de outra coisa senão um gerente.

Rhimes abriu a boca, e Wexley colocou a mão livre no ombro de Rhimes.

— Esta é a parte em que você diz sim — disse Wexley. —

Não há ninguém em quem eu confie que possa lidar com isso. Não vou ter você em campo, onde qualquer anomalia pode ter sorte. Você vai ficar aqui, na Fábrica, trabalhando comigo para definir um futuro melhor. — Wexley pousou seu copo, tirou a mão do ombro de Rhimes e ofereceu a outra para um aperto. — Marque seu lugar na história, Rhimes. Seja meu general.

Com o drone e suas armas mortais zumbindo atrás dele, Rhimes fez a única coisa que podia: apertou a mão.

Wexley não demorou a colocar seu general para trabalhar. Assim que o aperto de mãos terminou, o Tama de Rhimes explodiu com mensagens recebidas. Todas pré-programadas, e todas colocando Rhimes em iniciativas que abrangiam o globo. Havia ataques destinados a eliminar Elementais em Londres, um esforço coordenado de rastreamento cibernético na China destinado a bloquear métodos de comunicações Paragon e, é claro, implantações de drones em todos os continentes para revisar.

Mais importante? Encontrar os Campeões ainda vivos e garantir que estivessem mortos ou capturados o mais rápido possível.

Saindo da Fábrica, Rhimes chamou um pod e definiu um curso específico, afastando as demandas ruidosas em seu pulso e recostando-se nas almofadas finas do assento enquanto a paisagem urbana de Los Angeles se desenrolava.

Ele começou na Ziran como segurança, uma maneira de baixo nível de aproveitar sua experiência militar em um mundo que não precisava mais de militares. Competência sobe escadas, e antes de muito tempo Rhimes se viu em pé do lado de fora do escritório principal. Conheceu uma mulher chamada Sylvie quando ela saiu de uma reunião a sós com Zhan-Yo. Ela o avaliou, tirou um pequeno caderno, escreveu um lugar e uma hora em uma página, arrancou-a e entregou a ele.

Agora Sylvie ocupava um túmulo em algum lugar

naquela cidade e Rhimes empregava um truque que ela lhe ensinara: nunca pegue um pod diretamente para onde você quer ir.

Rhimes deixou este a quarteirões de distância, mas dentro da agitada construção e demolição. O estádio destruído meses atrás ainda absorvia a indústria de LA em sua remoção e renovação, drones e humanos igualmente enxameando ao redor do local, deixando evidências em sinais de aviso, fitas de precaução e negócios fechados.

Não que as bandeiras afastassem o alvo de Rhimes. O homem ocupava um banco, burrito na mão e uma sacola com a própria escolha de Rhimes segurando um lugar no assento de madeira bronzeada. Do outro lado de uma rua fechada ao tráfego, o casco dilacerado do estádio se escondia atrás de andaimes, lonas e corpos em movimento, tanto mecânicos quanto não. Megafones misturavam-se com bipes anônimos misturados com a música diurna estridente que acompanha o trabalho em todos os lugares. O turno do dia transferindo-se para a noite, a limpeza um assunto de todas as horas.

Rhimes tomou o assento, ajustou seu casaco, manteve os olhos fixos à frente. Zhan-Yo, ao seu lado, inclinou-se para frente em seu chapéu de palha, camisa fina estampada com flores e shorts brancos exibindo joelhos nodosos, pernas um pouco atrofiadas pelo tempo escondido. Óculos escuros escondiam os olhos do homem, molho de salsa fazia uma linha gotejante em seu queixo e caía em um guardanapo bem colocado no colo.

— Quanto tempo — disse Zhan-Yo.

— Não faz tanto tempo assim — respondeu Rhimes. — Me diz que você tem um motivo para me chamar aqui além de burritos.

— Você quer um assim tão desesperadamente?

A voz de Zhan-Yo crepitava, vivacidade escondida por trás das mordidas. Se Wexley oferecia eficiência fria, Zhan-Yo soava como o verdadeiro revolucionário, sempre a um suspiro de distância de algum discurso épico.

— Um burrito?

— Um motivo para deixá-lo — respondeu Zhan-Yo.

— Não é o que eu esperava — disse Rhimes. Não havia motivo para esconder coisas de Z. O chefe sempre foi perspicaz sobre seus funcionários, se nem sempre sobre seus próprios objetivos. — Você pensa que venceu e então descobre que há muito mais, e é muito pior.

— Pior?

Rhimes estendeu a mão, olhou na sacola. Um burrito, algumas batatas fritas. Ele pegou as últimas, mordeu o sal. Desejou ter trazido água.

— Não vou dizer mais nada até descobrir o que você está fazendo — disse Rhimes. — Ninguém ouviu uma palavra sua desde Londres.

— Soube disso, não é?

— O mundo viu você ser colocado em uma plataforma, sua cabeça prestes a dar um passeio.

— Quando não aconteceu, mudei de lado.

O chefe continuou enquanto Rhimes trocava suas batatas pelo burrito, mergulhando no frango adobo enquanto Zhan-Yo detalhava uma jornada de capa e espada pelo Atlântico e o vasto meio americano para chegar aqui. A necessidade cimentou alianças entre ele e Aegis, entre os Paragons que puderam encontrar e os normais que antes lutavam para miná-los.

— A maioria das pessoas quer igualdade, liberdade — disse Zhan-Yo. — Elas não querem destruição total ou genocídio.

— Wexley chamaria isso de controle — Rhimes limpou as mãos, a boca. Tinha sido um burrito muito bom. — É difícil deixar bombas vivas andarem livremente.

— Um humano não precisa ser uma anomalia para causar danos. — Zhan-Yo acenou com a cabeça para o óbvio diante deles. — Aegis e eu somos um começo. Se Wexley pudesse ser convencido, se parássemos as incursões e os ataques de drones, poderíamos formar um mundo comum juntos.

— Se Wexley pudesse ser convencido a fazer o quê? Abandonar tudo?

Zhan-Yo recostou-se no banco, olhou para o sol e um drone deslizando lá em cima, — Todos têm suas motivações. Quais são as suas?

— Entrei na Ziran por um emprego. Ajudei você por uma causa. Nunca me inscrevi para um extermínio, mas é isso que é. Não vou fingir ser algum idealista, mas pensei que isso fosse mais do que uma contagem de corpos.

— Se você lembrar isso a Wexley, ele pode ver as coisas como você vê. Em seu curso atual, não há como escapar. Ele vai perder ou ganhar, mas será um monstro de qualquer maneira.

— Tá, e eu faço o quê? Entro lá e digo ei, cara, que tal você relaxar um minuto e cancelar toda essa coisa?

— Não você. — Zhan-Yo enfiou a mão no bolso frontal de sua camisa, decorada com uma orquídea cor de pêssego. Ele tirou outro pequeno caderno, assim como o que Sylvie usava. Arrancou uma página sem escrever nela primeiro, entregando-a a Rhimes. — Ela.

Um nome sem graça, um endereço interessante. Uma casa de repouso nos subúrbios do norte de Chicago.

— Quem é essa? — disse Rhimes.

— Ela vai te contar — respondeu Zhan-Yo, levantando-se e estendendo os dois braços bem alto sobre sua cabeça. — Ela tem a chave para deter Wexley tempo suficiente, talvez, para que ele reconsidere.

— Ela deve ser algo.

— Ela certamente é isso. Mantenhamos contato, meu amigo. Pode ser que possamos impedir que isso piore muito mais.

De volta à Fábrica, Rhimes olhou ao redor de um escritório vazio. O espaço se abria para uma vista sobre o andar ocupado e agitado dos drones e, dados os vários ganchos no teto, havia sido projetado para algum trabalho de protótipo antes de sua designação atual. Nenhuma arte pendurada nas paredes, apenas uma mesa pré-fabricada e uma cadeira giratória preta ocupavam seu centro.

Uma conexão para o Tama e um monitor o esperavam.

À medida que a tarde diminuía, Rhimes queimou as mensagens, os relatórios de atribuição. Ele delegou com uma velocidade inquieta, confiando no comando dado por Wexley - para ordenar, não para fazer - como guia. No início, Rhimes ouviu as perguntas nas respostas das pessoas, a confusão com sua mudança de tom. Silêncios pontilharam as conversas enquanto os parceiros, agentes e técnicos de Rhimes esperavam a habitual responsabilidade de Rhimes que não veio, não desta vez.

— Não posso — disse Rhimes quando Brielle perguntou por que Rhimes não estaria comandando uma incursão pessoalmente. — Wexley mudou minha descrição de cargo. Está me promovendo, e agora estou promovendo você.

— Você acha que estou pronta para liderar uma equipe sozinha? — perguntou Brielle.

— Se eu não achasse, não estaria perguntando.

— Então onde você vai ficar? Atrás de uma mesa?

Rhimes suspirou, enfiou a mão no bolso e tirou o papel de Zhan-Yo. Releu o endereço. Ele passou as últimas horas assinando mandados de morte e captura de anomalias em todo o globo. Cada um trouxe consigo precisamente zero satisfação. Ele queria lutar por algo, ou ser pago para proteger alguém.

Agora ele se sentia como o caçador de ratos mais hightech do mundo, expulsando os vermes antes que estragassem a festa.

— Vou fazer uma pequena viagem — disse Rhimes, e quando Brielle começou a perguntar sobre férias, ele a interrompeu. — Só preciso limpar algumas sobras no escritório principal.

— Chicago? Leve algumas roupas quentes.

— Já estive lá uma ou duas vezes. — Rhimes tocou seu Tama, chamou um pod para buscá-lo. Ele verificaria os voos no caminho, haveria um voo noturno disponível. — Faça-me um favor, Brielle, e não se deixe matar.

— Você também, chefe. Você também.

CAPÍTULO 8

POUSO FORÇADO

QUANDO O JATO fez uma curva acentuada para o norte, Cassidy jurou que as pontas das asas tocaram as ondas. O pôr do sol colocou o voo em foco, a corrida em direção à Califórnia e à Fábrica quase concluída e agora interrompida, segundo os pilotos Paragon, pela forte presença de drones. A zona de pouso planejada estava coberta por máquinas voadoras que verificavam os números dos voos e as listas de passageiros das aeronaves que chegavam.

Algo que os Paragons, não importa quais fossem suas habilidades de anomalia, não conseguiriam falsificar.

— Mantenham a calma — anunciou Apinya pelo interior do jato, palavras que pouco faziam por si só, mas quando apoiadas pelo sutil empurrão mental da Campeã, acalmaram a vontade de Cassidy de disparar um vazio.

Com Thane ao seu lado, outro mergulho com bombas na água não parecia assim tão impossível.

— Você nadou até aqui da última vez — Cassidy murmurou para Thane, que mantinha os olhos fixos em um Tama portátil. Outro artigo sobre o alcance global da Ziran, suas propostas para um mundo pós-Paragon. — Você poderia fazer isso de novo, certo?

— Sim.

Thane não ofereceu nada mais e Cassidy não perguntou.

No geral, as horas queimadas no ar haviam transcorrido em silêncio. A própria Cassidy dormira por algumas, e depois respondera a perguntas de outros Paragons que nunca tinham atravessado o oceano. Como era a Califórnia, para o que deveriam estar preparados.

Cassidy lhes deu informações defasadas em uma década, mas eles pareceram satisfeitos, e Cassidy não podia se enganar: era bom ser professora novamente, sentir-se necessária e útil. Se seus alunos desta vez fossem adultos, mais velhos e mais jovens que ela e com compreensão variada do inglês, que assim fosse.

À medida que a aeronave se aproximava da costa de Pacifica, os pilotos interromperam a conversa. Turbulência, provavelmente não natural e forçada pelas patrulhas de drones da Ziran, seria provável. Então Cassidy e Thane se sentaram, presos aos seus assentos, Thane em sua tela Tama e Cassidy olhando pela janela estreita.

Com a curva para o norte concluída, o jato acelerou em uma subida, ganhando altura rapidamente e deixando as ondas para trás. Cassidy não entendeu o porquê até que uma anomalia à sua frente, Daw, recuou de sua janela com olhos arregalados e um aperto forte em seu companheiro de assento, seu mentor e aparentemente onipresente guarda, Kemnan.

— Eles nos encontraram — disse Daw, sua voz ecoando pelo jato, com o interior silencioso e as turbinas elétricas do avião operando suavemente.

— Confiem nos pilotos — respondeu Kemnan, o homem estoico mantendo os olhos fixos à frente. — Eles já fizeram isso antes.

Como se colocando as palavras de Kemnan à prova, o jato estremeceu, balançando para a esquerda e direita enquanto sua ascensão continuava. Lá fora, as ondas se fundiram em uma massa azul, com finos fiapos de nuvens atrapalhando a vista. Novas formas entraram no campo de visão, manchas branco-alaranjadas que se revelaram como vários drones enquanto subiam atrás do jato. Os motores dos drones deixavam rastros nebulosos atrás das próprias máquinas, traços desfocados contra o chão distante.

Cassidy olhou para Thane, franzindo a testa. Dessa altura, não havia como sobreviverem a uma queda.

— Fomos avistados — disse a piloto principal, a mesma mulher que se juntara a todos com o vento e os levara ao avião. — Qualquer um que possa derrubar um drone de dentro do avião, mãos à obra. Todos os demais, permaneçam sentados e presos. Haverá quedas repentinas.

Quedas repentinas?

Pela janela, os drones deixaram claras suas intenções. Cassidy viu suas armas darem aviso, clarões brilhantes subindo e passando pelo avião. Erros, apesar de o jato não ser exatamente ágil.

— Tiros de aviso — disse Kemnan para Daw, que continuava importunando o homem sobre o que deveriam fazer. — Eles vão nos forçar a descer, se puderem.

— Por quê? — perguntou Daw.

— Porque derrubar aviões não é um comportamento estável — disse Thane, colocando o Tama no compartimento do apoio de braço ao seu lado. — A Ziran não quer explicar um jato caído. Eles não querem pânico. Querem normalidade.

Mais clarões. O jato virou para o leste. Duas anomalias que haviam viajado de Bangkok se desataram e foram para a parte traseira. Cassidy não conhecia seus poderes, mas, dada a determinação em seus rostos, a dupla parecia pronta para entregar destruição aos drones.

Ela poderia ter feito o mesmo se existisse uma porta ou janela aberta para lançar seus vazios. De dentro do avião, no entanto, Cassidy só destruiria a aeronave. Então ela observou, oferecendo um aceno quando um deles olhou em sua direção.

— Então eles não vão nos machucar? — continuou Daw.

— Um algoritmo — disse Thane. — Um relógio que marca tanto o tempo quanto a distância. À medida que nos aproximamos da costa, os drones mudarão suas táticas.

— E então?

— Veremos o quão bons são esses pilotos.

Kemnan lançou um olhar furioso para Thane.

— Não há necessidade de assustá-lo.

— Daw não é uma criança — Thane olhou além de Kemnan, para Daw. — Ele precisa que você o proteja?

Daw balançou a cabeça, abandonando a conversa ao se virar de volta para a janela. Kemnan se acomodou em um cenho franzido. Thane voltou-se para Cassidy em seguida. O jato tremeu novamente, seu nariz inclinando-se para baixo.

— Eu lidei bem com isso? — perguntou Thane baixinho.

— O quê?

— Você e Apinya deixaram claro ao longo destes últimos meses que lealdade é mais do que poder em si — disse Thane. — Se eu quiser encontrar um lugar aqui...

O jato congelou, caiu. O estômago de Cassidy subiu-lhe à garganta, nervos em alerta. Ela se ergueu, o cinto de segurança cravando em sua cintura. Ela poderia ter gritado, exceto que não conseguia encontrar seu fôlego. Ao seu lado, Thane cresceu, aproveitando aquele medo para se tornar tão invencível quanto podia.

Suavemente, o jato se descongelou e avançou, detendo sua queda e disparando em direção à costa da Califórnia. Cassidy viu os drones agora acima deles, virando-se para perseguir uma aeronave que devia parecer em queda terminal.

— Agora — Thane sussurrou com a garganta se contraindo, sua mente retornando. — Eles atacarão com toda força.

Os drones fizeram conforme Thane sugeriu, lançando mais energia branco-quente, mas complementando esses tiros com projéteis físicos. O jato parava e partia, congelava e descongelava em uma descida acelerada. Toda vez que o avião parecia travar no lugar, Cassidy ouvia os ruídos metálicos quando as balas ricocheteavam na fuselagem indestrutível do jato.

O outro piloto, o que mantivera o jato invencível lá em Bangkok, fazendo sua parte.

A dança entre aceleração vulnerável e mergulho seguro tornou-se rapidamente desfavorável aos Paragons. Os drones se aproximaram, intensificaram o fogo, e Cassidy sentiu seu estômago passando por intervalos cada vez mais longos entre as pausas. O avião também ribombou e estalou quando os tiros chegaram através dos segundos protegidos.

Pelo menos a queda de altitude os colocara mais perto das ondas, dos penhascos arenosos que marcavam a costa. Novamente Cassidy pôde distinguir as cristas brancas das ondas, pôde ver uma estrada sinuosa com alguns pods deslizando por ela. De volta à distância segura para uma queda com Thane?

Thane, no entanto, não seria capaz de salvar mais do que Cassidy.

Esse pensamento fez seus olhos percorrerem o avião. A maioria dos Paragons a bordo estava quase em pânico, mãos agarrando amigos ou parceiros ou apoios de braço. Daw estava cintilando, enquanto Kemnan permanecia estoico, olhando diretamente para frente e pronto para aceitar o que a vida lhe desse. Thane mantinha um estado mais forte, ocasionalmente olhando por cima de Cassidy para ver pela sua janela e murmurando para si mesmo. Os olhos de Apinya estavam fechados, sem dúvida envolvida em alguma manobra mental.

De volta à ilha de Mynx, Cassidy tinha tratado as outras anomalias como recursos. Alguns se tornaram amigos, sim, mas todos entendiam que suas vidas eram coisas frágeis. Fáceis de perder em meio a uma luta de poder entre anomalias.

Aqui?

Todos estavam do mesmo lado, assumindo o manto de Paragon para tentar impedir um genocídio de anomalias conduzido por drones.

Cassidy desafivelou sua contenção, levantou-se cambaleante. Thane perguntou o que ela estava fazendo, para onde Cassidy estava indo, e ela o ignorou. Foi direto para a cabine e as saídas dianteiras. As duas anomalias que responderam ao chamado inicial por ajuda com os drones estavam ao lado da porta fechada da cabine em estados que indicavam que não estavam realmente ali.

A mulher estava sentada no chão, olhos fechados e cabeça apoiada contra a parede do avião. Uma fina linha sangrenta corria de suas orelhas, mas Cassidy viu seu peito subir e descer. Do outro lado, o homem estava totalmente imóvel, mãos cruzadas sobre o peito. Apesar das voltas e reviravoltas do jato, o homem nunca perdeu o equilíbrio, nem parecia se mover. Seus olhos, abertos, olhavam através de Cassidy.

O que quer que o par estivesse fazendo, Cassidy não podia ver de dentro. Ela continuou, pressionando a maçaneta da porta da cabine e abrindo-a. A costa dourada exposta através da janela frontal da cabine. Rochas arenosas e árvores altas se aproximavam rapidamente. Balas e raios de energia cortavam em torno das bordas da visão, caindo no mar ou quebrando nas rochas.

À direita, o homem que tornava o avião invencível fez isso novamente, travando seus braços contra o painel de instrumentos. O jato estremeceu, seu nariz apontado para baixo, e Cassidy estendeu as mãos para os lados, pressionando para evitar cair para frente.

— Feche essa porta e saia! — gritou a mulher à esquerda. — Você deveria estar presa ao assento, não aqui!

O homem libertou seus braços, libertou o jato, que voltou ao voo nivelado. Vários alarmes soaram.

— Vocês têm que pousar — disse Cassidy. — Não podemos ajudá-los a lutar enquanto estivermos no ar.

— Se pousarmos, seremos cercados — disse a mulher, inclinando o avião para o sul enquanto deixava o oceano para trás. Agora qualquer pouso forçado seria na rocha, não na água. — Não há escapatória se...

— Não há chance se vocês não nos deixarem na estrada — disse Cassidy. — Façam isso!

— O que você...

— Ela está certa — disse o homem. — Posso nos manter seguros quando atingirmos. Estamos perdendo muito ar para continuar.

Uma explosão mais forte, um alarme selvagem forçou o ponto de Cassidy. A mulher xingou, observando que a cauda do jato havia sido explodida. O jato começou um giro lento, mergulhando para baixo e ao redor. Longe daquela estrada. A torção jogou Cassidy de seu apoio, espalhando-a pelo chão do jato. O vidro se estilhaçou enquanto os drones, continuando seu ataque, acertaram em cheio. Balas atravessaram a fuselagem, as aberturas estourando a pressão da cabine e estourando os ouvidos de Cassidy.

Em algum momento, ela mordeu a língua, o gosto de sangue ferroso inundando sua boca. Instintos embaralhados, músculos machucados. O cheiro ardente de fogo fez cócegas em seu nariz e trouxe Cassidy de volta ao foco.

— Não consigo desviar da árvore — dizia a mulher. — Sem potência restante.

Os vazios chamaram e, desta vez, Cassidy respondeu.

Ela lançou o primeiro em um arremesso selvagem, o rasgo na realidade cortando pelo nariz do avião e atingindo uma árvore grossa bem em seu caminho descendente. O vazio cortou o tronco, transformando uma barreira sólida em uma solta enquanto o jato saltava sobre a árvore meio caída. Metal voou por toda parte, e o corte acelerou o giro do jato.

— Belo tiro — disse o homem, olhando para ela. — Você consegue mover aquele penhasco?

O próximo obstáculo do jato cobria o horizonte, uma parede bege destinada a espalhar o avião e seus ocupantes como panquecas. Cassidy calculou que o truque de invulnerabilidade do homem não faria nada para parar seu impulso, transformando o avião quebrado em um caixão.

A menos que Cassidy pudesse quebrar o caminho.

Ela lançou um segundo vazio para baixo e para frente, cortando pelo avião sob os dois pilotos. Com seus assentos de repente sem nada por baixo, os dois pilotos caíram pelo buraco, mergulhando para o chão. Um pouso áspero, talvez, mas uma chance de vida. Girando de volta, Cassidy enviou outro vazio cortando pelo trem de pouso do avião.

Metal rasgou e desapareceu, expondo a terra metros abaixo. Fumaça e fogo encobriram a vista, o suspiro moribundo do avião em queda. Daw e Kemnan caíram pelo buraco. Outros seguiram enquanto Cassidy lançava um vazio após o outro, cortando buracos no avião até que ele se despedaçasse, sua própria seção girando com seu próprio impulso.

Pelo menos ela tinha uma brisa agradável.

A estrutura da porta da cabine de Cassidy caiu e ela se soltou, juntando-se aos escombros, aos corpos, enquanto os Paragons mergulhavam em direção à estrada. Ela esperava que estivessem perto o suficiente para sobreviver, perto o suficiente para pousar com ossos quebrados, mas vivos.

Ela estava errada: a árvore que cortara ficava em uma saliência, e a fuga improvisada de Cassidy canalizou as pessoas para uma queda livre a mais de cem metros do solo.

Habilidades brilharam enquanto os Paragons tentavam se salvar. O próprio cabelo de Cassidy soprou para seus olhos, o vento corria contra ela, e ela imaginou que esta última queda revoltante seria o fim.

Pelo menos ela morrera fazendo a coisa certa, tentando salvar seus amigos.

Braços de aço evitaram o desastre. Cassidy, passando por um último eu-te-amo mental para seus filhos, achou o impacto forte, mas não destruidor de vida. Um choque sólido ressoou por seus ossos, o ar foi expulso de seus pulmões, mas ela vivia e abriu os olhos.

Um drone a segurava em uma única garra. O gladiador, um monstro de quatro braços, segurava o copiloto invencível no membro oposto a Cassidy. O drone cravou suas garras na carga, com Cassidy sentindo os cortes ao longo de sua pele, em suas costas. Ela cortou um grito, em vez disso esticando o pescoço para tentar entender o que diabos havia acontecido.

A evidência não era difícil de encontrar: os drones que estavam atacando o transporte mergulharam para salvar seus ocupantes. Anomalias em queda se viram recolhidas por salvadores metálicos, os drones agora subindo de volta ao céu com seus prêmios.

Por que as máquinas não as deixaram cair?

Cassidy não tinha resposta para essa pergunta, mas tinha vazios. Mesmo quando Cassidy procurava invocá-los, seu drone subiu rapidamente para o ar, colocando um ataque de vazio em questão. Ela acabara de ser salva de uma falha fatal, será que Cassidy realmente queria arriscar outra?

— O que está acontecendo? — gritou Cassidy.

— Não sei! — respondeu o homem, bem apertado na garra do drone. — Não consigo me libertar.

— Não estava falando com você — disse Cassidy, mas como o drone não lhe dava resposta, o homem teria que servir. — Por que ele nos salvou?

Abaixo deles, o penhasco californiano desapareceu. Pinheiros costeiros majestosos entraram em cena, uma vista bonita se não fosse pela situação. Cassidy apertou os olhos, viu algumas dessas árvores balançando, caindo em um caminho que os seguia.

— Acho que estamos sendo levados para algum lugar —

disse o homem, declarando o óbvio com calma resignada. — A Ziran tem capturado anomalias, mas não sabemos por quê.

Ah, ótimo. Cassidy poderia ter morrido de forma rápida e tranquila, mas agora receberia o tratamento de laboratório. As histórias de Thane sobre anos preso em uma instalação Paragon, drogado e deixado sozinho, surgiram ao seu redor. Nada bom, não uma vida que ela pudesse suportar.

— Você se importa se eu destruir essa coisa? — disse Cassidy.

— Vá em frente. Eu vou ficar bem!

Claro que ficaria.

Cassidy se contorceu, tentando colocar um braço em posição. Se ela lançasse o vazio da maneira certa, talvez não destruísse o drone inteiro imediatamente, talvez tivesse uma chance de...

Ela lançou o vazio estreito e cortante. Ele atravessou a seção média do drone e o pescoço da coisa. Faíscas choveram, fios se espalharam como aranhas, e a máquina entrou em um mergulho acentuado. Exatamente o que Cassidy não queria.

— Outro ótimo tiro — disse o homem. — Acho que agora você está morta!

As garras do drone se afrouxaram enquanto sua programação falhava em lidar com seu novo estado decepado. Cassidy tentou colocar a garra embaixo dela, tentou colocar o volume metálico do drone no caminho.

Mais tarde, Cassidy insistiu que teria conseguido. Que teria cavalgado a carapaça do drone até a superfície com estilo.

Thane garantiu que isso não acontecesse. Um monstro em disparada, Thane lançou-se da floresta em um salto muito desajeitado, muito brutal para ser majestoso. Todo pele esticada e saliva voando, Thane chocou-se contra o corpo superior do drone e o envolveu em seu abraço enquanto caíam. Presa entre a garra do drone e o corpo volumoso de Thane,

Cassidy perguntou, longe de ser a primeira vez, como diabos sua vida tinha se transformado nisso.

Eles pousaram com um estrondo esmagador, agulhas de pinheiro voando por toda parte. Arranhões adicionaram seus picos de dor ao novo repertório de Cassidy, o corpo do drone saltando para longe, fogo e detritos seguindo junto. Thane respirava atrás dela, bufos raivosos que se acalmavam a cada respiração.

— Bem, então — disse o homem invencível, contornando uma árvore quebrada. Suas roupas eram trapos, mas o corpo do homem não tinha um único arranhão. — Isso foi péssimo, não foi? — Ele fez uma careta. — Acho que esse foi o nosso último jato, também.

— Aegis — rosnou Thane enquanto Cassidy se afastava, esfregava os braços e olhava para o céu. — Onde ele está?

Cassidy não captou a resposta. Por enquanto, ela apenas sentia a floresta sob seus pés, o ar fresco entrando nos pulmões machucados. A viagem tinha sido um desastre, mas aqui ela estava de pé pela primeira vez em tantos anos. Seus filhos não estavam mais a uma distância impossível. Se ela quisesse, se tivesse a chance, poderia ir...

Para casa.

CAPÍTULO 9
DESTROÇOS

ZIRAN ATACOU O JATO.

O sinal de socorro chegou urgente. Aegis ouviu o relatório e se retirou de outra sessão de planejamento de ataque a navio. A equipe de resgate seria pequena: o esconderijo roxo-escuro de Pocket abrigava menos anomalias que o normal, a maioria em missões noturnas garantindo suprimentos, emboscando drones ou aproveitando um descanso bem merecido.

Celice e Mathieu, no entanto, mantinham suas posições, absortos no brilho azul das telas. Aegis se aproximou por trás de sua filha e ela nem precisou perguntar o motivo.

— Eles têm duas anomalias confundindo os drones de dentro do jato — disse Celice, alternando entre as telas. — Não estão sendo muito eficazes.

— O que significa "não muito eficazes"? — perguntou Aegis, tentando interpretar o que via na tela de Celice. Um monitor mostrava uma extensão negra com uma cruz safira no meio, cercada por quadrados vermelhos turbilhonantes. No lado direito da tela, uma grande mancha verde-grama se aproximava. — Eles vão conseguir ou não?

— Acho que não — disse Celice, levando um dedo aos

lábios. — Deveríamos tê-los direcionado mais para o norte, longe daqui.

— Transportá-los por terra tem seus próprios riscos. Ziran está chegando mais perto a cada dia, e precisamos agir rápido. Podemos conseguir alguma ajuda para eles?

— Nada que vá fazer diferença na luta.

— Mas depois?

Mathieu, caminhando de sua estação, se inclinou e olhou para o monitor, colocando uma mão no ombro de Celice. — Quando esses drones terminarem, não vai sobrar muito para encontrar.

Celice franziu a testa, igualando o olhar de seu pai para Mathieu, embora não tivesse os olhos estreitados de Aegis. — Quando você se tornou tão insensível? Sempre há esperança.

— Há diferença entre esperança e ilusão — respondeu Mathieu. — Nem tudo dá certo.

— Para você, talvez — disse Aegis, ignorando os olhos revirados de Mathieu. — Celice, encontre quem estiver livre e um pod. Se houver chance de Apinya sair viva, vou aproveitá-la.

— Mathieu, você ouviu meu pai — Celice empurrou sua cadeira e se levantou. — Arranje um pod para nós.

— Nós? — perguntou Aegis.

— Você vê mais alguém aqui disposto a te seguir nessa confusão? Não? Então acho que este é o dia pai e filha.

Aegis poderia ter sorrido, poderia ter rido, mas na tela atrás de Celice, aqueles quadrados vermelhos convergiam. A cruz azul desacelerava. Outro aviso de emergência soava baixo pelos alto-falantes de Celice.

Sua equipe estava em perigo, e Aegis não estava lá.

Eles encontraram destroços bem antes do local do acidente. Atravessando uma rodovia em um pod desconectado da rede de Ziran, um reprogramado por alguns refugiados Elementais para permitir controle manual, Aegis e Celice desaceleraram ao passar por uma asa quebrada espetada na areia como algum túmulo rudimentar. O sol perseguia a tarde, lançando reflexos sobre o oceano e para dentro do seu veículo de vidro arredondado. A própria estrada não tinha ocupantes, todos os pods normais desviados da cena.

A causa declarada piscando nos Tamas locais? Deslizamento de terra.

Ziran, sempre bom em encobrir seus rastros.

— Não posso dizer que isso seja um bom presságio — murmurou Celice enquanto o pod passava. Ela tinha suas mãos na alavanca de controle manual, um braço metálico estranho que emergia do chão do pod. — Se começarmos a ver corpos...

— Não veremos — respondeu Aegis.

— Acha que todos conseguiram escapar com vida?

Os sinais de socorro do jato haviam cessado quando Celice e seu pai embarcaram no pod. O piloto do jato, coberto por arranhões e vidros quebrados, apareceu enquanto eles entravam, declarando o avião perdido. Segundos depois veio a mensagem de afastamento de Ziran. Embora Aegis não pudesse saber o destino final do jato, sua fuga parecia a opção menos provável. Os poderes que alguns a bordo tinham poderiam garantir a sobrevivência, se não a perfeição, e anomalias feridas a pé não teriam muita chance contra drones perseguidores.

Mas Ziran não estava interessado em mortes. Pelo menos não imediatamente. E mesmo um corpo poderia ser útil para o que quer que Ziran estivesse fazendo.

— Capturados — disse Aegis. — Todos eles.

— Então, exatamente, por que estamos aqui?

Mais fragmentos de metal pontilhavam a estrada, com Celice navegando ao redor deles. Penhascos se erguiam à direita, banhados em laranja.

— Porque alguns ainda podem estar lutando — disse Aegis.

— E nós vamos virar o jogo?

Aegis suspirou. Celice tinha suas armas, incluindo novas pistolas equipadas com munições EMP que o próprio Ziran havia desenvolvido para combater os drones de Mynx. Os Paragons fizeram engenharia reversa das balas depois de encontrar várias nos gambitos de Wexley em Chicago e agora todos tinham algumas em seus cintos. Aegis, também, tinha seus punhos quase invencíveis.

Nenhum dos dois resistiria muito tempo contra um ataque de drones.

— Aliviar e resgatar — disse Aegis. — Eles podem ter se escondido também. Há uma chance.

— Sempre há uma chance — repetiu sua filha.

Essa chance apareceu não muitos minutos depois, ainda sob a sombra fumegante do jato. A carcaça enviava sua fumaça negra para o céu, enquanto rochas quebradas e árvores rachadas emolduravam o destroço. Cápsulas de balas e escória queimada pela estrada, arbustos e terra contavam a história do assalto. Não apenas um acidente de avião, mas uma aniquilação.

E nem um único corpo.

— Quase sinistro — disse Celice, parando o pod e abrindo a cúpula. — Não há ninguém aqui.

— Teríamos enviado uma equipe de resgate — disse Aegis, juntando-se a ela no asfalto. — Mesmo se todos neste avião fossem inimigos, teríamos feito o mínimo.

Celice o olhou de soslaio. — Você teria se certificado de que estavam mortos.

— Se fosse necessário, sim. Não vou recuar do que tivemos que fazer para manter o mundo seguro.

— Eu acreditei em tudo isso, sabe. Mas afirmações como essa podem ser o motivo pelo qual Wexley queria você fora.

— Isso não tem nada a ver com os Paragons — disse Aegis. — Aquele homem quer poder, pura e simplesmente, e ele não gostava de nós o termos em vez dele.

Uma brisa forte passou, direcionando a fumaça para eles.

Aegis avançou em direção aos destroços, não sabendo exatamente o que poderia encontrar, mas achando que sua jornada merecia pelo menos uma olhada. Celice o seguiu, com os olhos voltados para as estrelas, observando por luzes de drones.

— Zhan-Yo diz diferente — disse Celice. — Ele acha que Wexley, como ele, quer uma sociedade mais igualitária. Você já pensou em fazer isso, quando estava no comando?

— Nós tornamos a sociedade igualitária — respondeu Aegis, chegando perto do nariz do jato e, com a ajuda de suas pernas, empurrando a bagunça fraturada para o lado. Nenhum corpo esmagado embaixo. — Ricos e pobres estavam mais próximos do que nunca. Direitos básicos não viam cor de pele, gênero, cidadania.

— Eles com certeza viam anomalias e normais.

— Porque você não pode ignorar poderes. Sinto muito, simplesmente não pode. Qualquer um que pudesse nivelar um quarteirão ou curar qualquer doença com um piscar de olhos precisa ser tratado de forma diferente do que... — Ele tentou encontrar um exemplo adequado que não soasse insultante para a mulher parada ali, uma normal. — Você entende.

— Talvez seja por isso que é o normal que está dirigindo o mundo agora — disse Celice. — Você nunca nos viu como uma ameaça.

Aegis não tinha uma resposta para isso e deu de ombros. Deu mais uma longa olhada ao redor dos destroços. Nenhuma evidência, nenhum rastro para seguir. Ele chamou o nome de Apinya várias vezes, gritos altos que ecoaram para cima e para baixo dos penhascos.

— Eles pegaram cada um deles — disse Aegis quando nada voltou. — Cada maldito deles.

Celice já tinha o pod virado, a rota de volta para Pocket e o antigo centro comercial que escondia seu atual quartel-general, quando a estrada à frente se dividiu e desapareceu. Um buraco novo, bem no centro, engolindo a linha amarela.

Celice parou o pod e Aegis saltou rapidamente, sacando sua arma neutralizadora de drones e procurando um alvo.

— Desculpe! — gritou uma mulher, atrás e acima na encosta. Um Tama — não o dela — brilhava por perto, iluminando seu rosto em cinza-esverdeado. — Não sabia como mais chamar sua atenção.

Acenando ao lado dela, Aegis reconheceu Samir. A anomalia tinha uma habilidade notável, ótima para salvaguardar pessoas ou peças valiosas. Ele tinha sido o co-piloto nesta extração em particular, e sua presença aqui significava...

A mente de Aegis ficou em branco ao ver o próximo corpo ao redor da árvore. Magro, definhado, mas com olhos tão brilhantes como sempre, Thane encontrou o olhar de Aegis com um olhar zombeteiro. Não importa o quão duro Aegis tentasse, o olhar de Thane parecia dizer, Thane sempre sobreviveria, sempre voltaria.

— Pai? — disse Celice, juntando-se a ele fora do pod. — Você vai guardar sua arma?

— Aquele é Thane — respondeu Aegis. — Ali mesmo, aquele é o homem que matou sua mãe.

— O velho? Pensei que Thane fosse um grande monstro?

— Só quando está com raiva. — Aegis se moveu, colocando-se na frente de Celice. — Fique atrás de mim. Não sei o que Samir está fazendo, ou aquela mulher, mas Thane não é um amigo.

A mulher no penhasco, a que gritara, parecia compartilhar a confusão de Celice. Ela olhou entre Aegis e Thane antes de jogar os braços para cima e acenar para Samir avançar. O Paragon a guiou pelas rochas arenosas e arbustivas enquanto Thane permaneceu exatamente onde estava, igualando Aegis segundo por segundo em um concurso de olhares que significava muito mais.

Na última vez que se encontraram, Thane havia infligido a Aegis uma surra quase mortal. Claro, horas depois, Aegis e seus reforços Paragon, incluindo Mynx, haviam derrotado

Thane com pura força de fogo, mas a humilhação individual ainda persistia. Pior, Aegis não tinha esse reforço agora. Se Thane decidisse que queria enviar Aegis e sua filha para uma viagem rápida ao além, Aegis poderia não conseguir detê-lo.

— Celice — disse Aegis. — Não espere. Entre no pod e vá.

— O quê?

— Thane não conseguirá te alcançar se você sair agora. Vá, depois chame Ziran se não tiver notícias minhas. Diga para mandarem os drones. Deixe que seu exército se despedace contra ele.

Talvez Wexley e os drones pudessem vencer. Entregar uma boa morte para o planeta.

— Pai — disse Celice, não fazendo nenhum movimento em direção ao pod. — Por que você acha que ele está aqui?

— Como eu deveria saber?

— Ele está parado lá com Samir, perto do jato acidentado. Talvez Apinya estivesse trazendo-o pelo oceano?

— Nunca.

Enquanto Aegis falava, Samir e a mulher chegaram ao fundo. Ela lançou um olhar sacudindo a cabeça de volta para Thane, então a dupla caminhou direto até Aegis. Samir, com suas roupas rasgadas, ainda assim parecia perfeito. Sua recém-encontrada parceira, no entanto, sangrava de arranhões por todo o corpo, com pouca proteção dos trapos rasgados que serviam como roupas. A mulher estendeu a mão e, quando Aegis hesitou, Celice a cumprimentou.

— Cassidy — disse a mulher.

— Celice. Eu diria que é um prazer, mas prefiro perguntar a vocês dois se sabem o que aconteceu?

— Ainda não — disse Cassidy, cortando Samir antes que o homem pudesse começar seu relato. — Acho que tem algumas coisas que precisam ser esclarecidas primeiro.

— Você acha? — respondeu Celice, acenando para Aegis.

— Eu acho. Por mais que eu gostaria de um banho e

algumas roupas de verdade, o que quero primeiro é um pedido de desculpas e uma promessa. Dele, e de você.

Thane se aproximou enquanto Cassidy falava, depois que ficou claro para todos que a rixa entre Aegis e seu rival de longa data não era o único problema em sua lama atual. O velho anomalia manteve-se esbelto, então Aegis colocou sua arma no coldre e manteve um olho na direção de Thane enquanto sua atenção se fixava na história de Cassidy.

Uma vida interrompida por uma década na ilha-prisão de Mynx. As palavras pareciam irreais enquanto Cassidy as falava, e Aegis mais uma vez encontrou seu mundo tremendo. Ele pensou, como líder dos Campeões e porta-bandeira dos Paragons por tanto tempo, que entendia o mundo que Aegis e seus amigos haviam criado. Em vez disso, ele continuava encontrando nichos que escapavam à compreensão de Aegis, ao seu conhecimento.

Ele sabia da ilha de Mynx, é claro. Sabia que Mynx a usava como depósito para anomalias impossíveis ou inconvenientes de matar. Uma sentença de prisão perpétua para uma bomba nuclear. Aegis supôs que as anomalias deixadas lá inevitavelmente se matavam umas às outras, ou na melhor das hipóteses, levavam alguma existência esquecida até que doença ou tempo cuidassem do problema.

No entanto, aqui estava alguém carregando as cicatrizes dessa escolha. Aegis não conseguia lembrar dos crimes de Cassidy, mas a justiça dos Paragons tinha uma margem absoluta. Pouca simpatia e pouco recurso para os acusados, porque qualquer outra coisa significaria arriscar anomalias descontroladas. Quantos júris poderiam ser influenciados por uma única anomalia com poderes que dobram a mente? Impossível. Se uma anomalia não quisesse se juntar aos Paragons, então era uma ameaça, e eles —

— Pai? Você vai se desculpar como ela está pedindo?

Cassidy tinha um olhar de sobrancelha erguida em sua

direção, como uma professora que sabia que ele conhecia a resposta certa para a pergunta, mas tinha dúvidas se ele a diria.

— Você quer que eu diga que criamos um mundo falho — disse Aegis.

— Muito — respondeu Cassidy.

— Por que isso importa? Você está fora da ilha agora, se o lugar ainda existe.

— Porque voltei aqui a pedido do seu Campeão. Ele quer que ajudemos a colocar os Paragons de volta no controle, e não tenho certeza se é uma boa ideia, visto que vocês são um bando de cretinos vingativos.

— Uma coisa e tanto para dizer se está viajando com aquele lá. — Aegis lançou seu olhar para Thane.

— Ah, o cara que vocês mantiveram preso, drogado em um porão pela maior parte da vida dele? — Cassidy estendeu a mão, colocou um dedo contra o peito de Aegis. Os olhos de Celice se arregalaram com o movimento, sua mão indo em direção à cintura, mas Aegis balançou a cabeça para ela. — Você causou tanta dor para tantas pessoas, e no entanto aqui estamos nós, quase morrendo, só para que você possa fazer isso de novo. Então sim, eu gostaria que você dissesse que sente muito. — Cassidy respirou fundo, um leve rubor beijando suas bochechas enquanto ela atingia seu clímax. — E se isso soa como se eu estivesse falando com uma criança, é porque acho que estou. Uma criança que não sabe melhor, e que precisa crescer se quiser ter a minha ajuda.

Aegis piscou enquanto Cassidy retirava a mão, enquanto ela cruzava os braços. O trecho de asfalto desaparecido persistia à sua direita, um lembrete de que, não importa o quanto Aegis pudesse querer ceder aos seus instintos agressivos e mostrar a Cassidy por que ameaçá-lo não era uma boa ideia... talvez ameaçá-la também não fosse o melhor plano.

Além disso, andar por aí com o Pocket nessas semanas

havia provado um ponto contínuo: a sociedade não parecia encarar a destruição dos Paragons com desespero. Se Ziran não era melhor que os Paragons com seus drones, não eram muito piores. Ver o trabalho da sua vida passar da Terra com um dar de ombros tinha uma maneira de fazer alguém reavaliar.

— Você quer um pedido de desculpas — disse Aegis — então mereça-o. Não sou perfeito, nunca afirmei ser, mas Mynx colocou você naquela ilha por um motivo. Esta é sua oportunidade de consertar isso, e estou disposto a dar-lhe essa chance.

— Isso é o melhor que vai conseguir — acrescentou Celice. — O melhor que já vi alguém conseguir, na verdade.

Cassidy considerou, então deixou seus braços caírem livres. — Não tenho exatamente muitas opções. Mas e quanto a esse cara?

Thane veio ao lado de Cassidy, ainda olhando fixamente para Aegis.

— Você disse que Apinya trouxe você? — perguntou Aegis, e Cassidy assentiu. — Thane, Apinya trouxe *você*?

— Nós tínhamos um plano — disse Thane lentamente, sua voz rouca e fraca. — Um plano que ainda tem chance se você puder ser inteligente pela primeira vez na sua vida.

— Vamos descobrir — disse Aegis, sentindo a preocupação de Celice em sua direção. Ela achava que ele estaria dando um soco agora. E ele queria, como sempre quis mandar Thane direto para o chão. O jato, porém, continuava fumegando ao redor deles. Todos aqueles Paragons e Apinya desaparecidos. Não era hora para rivalidades, acertos de contas. — Não estou perdoando você, mas estamos em uma situação difícil. Poderíamos usar sua ajuda. De verdade.

— Com uma promessa — disse Thane. — Nós vencemos, então ficamos livres. Registros limpos.

— Isso não parece você. Onde está a dominação mundial? Os grandes planos?

— Um passo de cada vez, Aegis. — Os lábios finos e defi-
nhados de Thane se curvaram em um sorriso. — Um passo de
cada vez.

CAPÍTULO 10

JANTAR NOTURNO

A MÁQUINA de venda automática não impressionou. Com o relógio marcando quase onze horas e a influência do jantar desaparecendo, Kat tinha ido em busca de lanches. Havia muitos salgadinhos e doces, junto com algumas barras de cereal que pareciam estar uma década além do prazo de validade. Ela queria algo com mais substância, mais manteiga de amendoim. Pairou o dedo sobre uma seleção, mordendo o lábio e se perguntando se essa era a escolha certa. Se Kat comprasse, teria que comê-la, e então ficaria muito cheia para escolher outra, então...

O maldito restaurante a incomodava. Tinha acabado com o clima da noite logo de cara, depois se agravou durante um filme ruim e a ida prematura de Gordon para a cama. A desculpa dele? Que se fossem discutir sobre isso o dia inteiro amanhã, era melhor ele descansar.

Não era um plano ruim.

Kat olhou para sua camiseta e pijama. Um traje que não usava fora de seu apartamento há anos, agora desfilando pelo empoeirado e amarelado corredor do hotel. A máquina de gelo gorgolhou, talvez em julgamento.

— Você também não parece tão bem — disse Kat para a caixa quadrada e marrom.

Não que isso a impedisse de pegar gelo. A água da torneira precisava de tudo que Kat pudesse adicionar esta noite.

Caminhando de volta, com a barra de chocolate e o balde de gelo na mão, Kat captou um clarão através da janela no fim do corredor. Uma luz branca que não combinava com o brilho do próprio hotel e desapareceu num movimento suave. Uma pessoa qualquer poderia não saber o que tinha acabado de ver, poderia não se importar, mas Kat estava condicionada demais para não catalogar a visão e identificar sua provável causa: um drone.

Kat deixou o gelo do lado de fora de seu quarto, ficou com a barra e deu uma mordida enquanto ia até o final do corredor. A janela manchada, com resquícios de lama do inverno, oferecia uma visão comprometida: do outro lado do estacionamento e à esquerda estava o restaurante e seu grupo de anomalias. Os drones — Kat contou quatro — circulavam o edifício. O volume das máquinas sugeria gladiadores, os drones principais da Ziran para coleta de anomalias.

Dois se separaram da vigilância aérea, pousando no estacionamento e se aproximando da entrada do restaurante. Os drones ativaram luzes nos ombros e peitos, banhando o letreiro de neon com um branco intenso destinado a cegar qualquer emboscada à espreita. O par que ainda pairava se deslocou para os fundos do restaurante antes de pousar também, aproximando-se com passos pesados que Kat podia ouvir.

Qualquer anomalia no novo mundo de Ziran tinha motivos para temer, tinha que esperar que um drone pudesse chegar a qualquer momento com a intenção de matar ou levá-los. Ainda assim, Kat achou difícil relacionar o ataque desta noite com a chegada dela e de Gordon. Coincidência parecia uma explicação simples demais.

Ela não encontraria respostas no corredor.

Gordon não demorou a acordar depois que Kat mencionou os drones. Ligar as lâmpadas brilhantes do quarto e jogar a bolsa de Gordon sobre sua cama também ajudou. A experiência fez com que vestissem seus equipamentos rapidamente, prontos para partir quando Kat terminou sua barra. O longo casaco escuro de Gordon escondia armas em uma dúzia de bolsos, calças táticas cinzas e colete proporcionando esconderijos para ferramentas variadas e mortais. O próprio traje branco de rastreadora de Kat, carregado com lançadores de pulso, um capacete com capuz equipado com uma viseira de monitoramento vital, ajustava a temperatura de Kat para seu ideal de combate enquanto o par deixava o hotel.

— E você acha que somos os responsáveis? — murmurou Gordon enquanto caminhavam para um estacionamento silencioso, com alguns pods estacionados e escuros em espaços alinhados, resquícios de outra era.

— Não sei — respondeu Kat —, mas gostaria de descobrir. Já tenho coisas suficientes para me sentir culpada sem adicionar algumas anomalias assustadas à mistura.

Ela teria que se mover rápido para fazer a diferença: os drones não tinham esperado pelos rastreadores. A entrada do restaurante — Kat não conseguia ver os fundos do nível do solo — tinha suas portas quebradas, seu letreiro partido e soltando faíscas pela calçada danificada. Clarões saíam pelas janelas quebradas, estática crepitante cortando o ar enquanto habilidades de anomalias enfrentavam as armas dos drones e seus estrondos secos.

— Ainda estão lutando — disse Gordon, olhando para Kat. — Última chance?

— Temos tirado vidas por muito tempo — disse Kat. — Vamos salvar algumas, certo?

Ela não esperou por Gordon e começou a correr. Com um estalo rápido, Kat armou um gancho de escalada em seu pulso esquerdo. Com outro movimento, carregou seu direito com duas esferas prateadas, modificadas pelos Elementais para se divertir com seus oponentes mais mecânicos.

Os dois rastreadores atravessaram o estacionamento do hotel, depois a rua em frente ao restaurante sob céus nublados. O traje de Kat registrava a temperatura em torno de dezesseis graus com vento, um cenário perfeito para uma briga. Um cenário prejudicado por um repentino pilar de chamas azuis explodindo do centro do restaurante e subindo pelo ar. Gordon xingou, Kat interrompeu sua corrida, e ambos observaram enquanto brasas voavam daquele pilar. Não pequenas faíscas, mas grandes formas planando até o telhado e o estacionamento.

Uma pousou a dois metros do par de rastreadores, sua forma brilhante esfriando e se revelando como uma adolescente. Atrás dela, a linha ardente diminuiu e desapareceu, deixando fumaça em seu rastro. Kat correu para frente, estendeu a mão para ajudar a garota a se levantar. A criança do fogo olhou para o rosto de Kat, contraindo o próprio em um medo sem fôlego, suas mãos recuando e começando a brilhar.

— Espera! — disse Kat, erguendo a mão e retraindo sua viseira. — Humana, viu? Estou do seu lado.

— Do nosso lado? — perguntou a garota, balançando a cabeça, então olhou de volta para o restaurante. As outras brasas se transformaram em mais anomalias e crianças mais jovens. Todos corriam para a beirada do restaurante, tentando descer do telhado. — Os drones estão...

— Entendemos isso — disse Gordon. — Vocês não vão vencê-los. Precisam correr.

— Correr para onde? — a garota se levantou, voltando suas mãos brilhantes para o restaurante. — Este é nosso lar.

— Não mais — respondeu Kat. — Tem mais alguém lá dentro?

A garota assentiu. Enquanto fazia isso, algo gemeu no restaurante, e três drones gladiadores irromperam pelo telhado, pousando no frágil teto. Poderes de anomalias, variados em luz, som e cor, dispararam de mãos, mentes e corpos em pânico contra as máquinas em uma onda fluorescente. Os drones não se importavam, seus próprios ataques atravessando tudo. Dardos e coisas piores atingiram as anomalias em fuga, derrubando alguns do telhado em longas quedas até o concreto. Outros desapareceram atrás da borda do telhado, abatidos e derrubados.

Não importava se havia mais dentro. Kat e Gordon teriam dificuldades para salvar os que estavam aqui fora.

— Encontrem pods — Kat disse à garota. — Vamos mantê-los ocupados o máximo que pudermos.

— Você sobe — disse Gordon, contornando a garota, que ainda parecia confusa. Ela teria que entender as coisas, os rastreadores não podiam perder mais tempo. — Eu fico embaixo.

— Claro — Kat baixou sua viseira enquanto se dirigia ao restaurante, sua programação já encontrando pontos ideais para o gancho. — Manda três drones pra cima de mim.

— Você tem o traje sofisticado — gritou Gordon, virando à direita ao se aproximarem do restaurante e mirando em um buraco aberto na parede frontal.

Um traje projetado para anomalias, não para gladiadores, mas Kat segurou a língua e disparou seu gancho mesmo assim. O cabo de aço lançou-se de seu pulso, encontrando apoio no grande letreiro quebrado que permanecia sobre o telhado. Kat dobrou os joelhos e saltou enquanto corria, mexendo o pulso o suficiente para iniciar a tração do gancho.

O cabo puxou Kat para frente e ela balançou as pernas para cima, deixando-as atingir a parede frontal do restaurante. Impulsionando-se, Kat correu pela lateral da parede enquanto raios de energia azuis e brancos cintilavam acima dela. Chamados para esquivar, atacar ou correr soavam entre repetidos comandos dos drones para se renderem. Balas atingiam com um toque mais suave, indicando a Kat sua composição de borracha, uma abordagem incapacitante em vez de letal.

A Ziran devia realmente querer todas essas anomalias vivas.

Com sorte, isso significava que Calvin ainda sobrevivia.

Kat alcançou o telhado, desconectando seu gancho do letreiro enquanto se esgueirava sob sua estrutura de arame. À frente, os drones travavam uma guerra vitoriosa contra um bando de anomalias. Ao lado de Kat e indo na direção oposta, pulando do telhado e sendo apanhados em mais gêiseres ardentes e teleportadores, estavam crianças. Irmãos mais velhos guiavam os mais novos, gritando encorajamento enquanto saltavam.

Atrás deles, seus pais atrasavam, distraíam os drones.

A viseira de Kat destacou os combatentes, exibindo as quinze anomalias adultas ainda lutando em halos verdementa. Os três drones em vermelho rubi, cada um com seus quatro braços mirando e atacando. Os gladiadores marchavam para frente, pés pesados rachando o telhado quebrado a cada passo e ativando jatos embutidos sempre que as telhas desmoronavam.

Contra uma força treinada de Paragon, Kat calculou que quinze anomalias poderiam vencer, poderiam até vencer facilmente se suas habilidades atingissem os pontos certos. À primeira vista, esses não estavam à altura. Ela viu um deles atirando talheres brilhando em laranja, os garfos e colheres atingindo os drones e derretendo em líquido quente, sem deixar marcas e não causando danos. Um homem mais velho golpeava seus punhos no ar, seus socos atingindo um drone, irritando-o o suficiente para que a máquina o atingisse com vários dardos de uma vez.

Outra agitava os braços, criando rachaduras no ar que capturavam dardos saindo dos canhões dos drones e os mantinham no lugar, pelo menos proporcionando algum valor. Alguns outros lançavam suas habilidades, encharcando os drones com líquidos pegajosos, chuvas geladas ou raios violeta.

Nenhum fazia muito além de atrair atenção devastadora.

Kat poderia fazer melhor que isso.

Correndo direto para os drones, que se espalhavam uniformemente pelo telhado do restaurante, Kat abriu seu pulso esquerdo, tocou alguns botões em seu Tama. Um programa entrou em movimento, marcando o tempo para comprar uma oportunidade. Kat sacudiu seu pulso e enviou seu gancho voando novamente, desta vez contra o drone da esquerda.

O gancho de aço perfurante disparou direto contra a máquina, apenas para o drone vê-lo, mover seu braço direito superior em uma velocidade rápida demais para humanos acompanharem e agarrar o gancho de Kat.

Ótimo.

O programa Tama disparou, e a viseira de Kat crepitou enquanto todas as frequências de rádio se viram cobertas por interferência direcionada. Cada comando no catálogo de Mynx, todos projetados para fazer os drones pararem, voltarem para casa ou recuarem, transmitido em todos os idiomas que os drones suportavam. Weed apostou que a Ziran não reescreveria todo o livro de códigos, não todo ele e não imediatamente. Kat não estava tão certa, mas uma chance era melhor que nada.

— Corram, seus idiotas! — gritou Kat enquanto puxava seu gancho, voando em direção a um drone hesitante.

Olhares a seguiram enquanto as anomalias notavam a rastreadora em traje no meio deles, ou melhor, viam a forma de Kat pular pelo ar ardente. A rastreadora ouviu alguns chamados para correr, para pegar amigos caídos, e então se viu com os pés plantados em um gladiador de quatro metros de altura. O rosto metálico do drone parecia atordoado, seus olhos vazios enquanto lidava com a avalanche de comandos.

Talvez Weed estivesse certo.

Com o gancho prendendo-a ao braço do drone, Kat foi até seu cinto com a mão direita. Pegou uma nova ferramenta montada em Chicago, uma bateria fina com dois pinos apenas esperando por um circuito completo. Segurando-a na mão direita, Kat esperou, respirou, olhou para o estacionamento.

A garota provou ser melhor do que assustada, afinal: pods disparavam para o espaço, com as anomalias entrando neles. Pais descendo do telhado encontravam suas famílias, empurravam seus filhos para os veículos. A Ziran poderia rastrear os pods, claro, então teriam que abandoná-los logo, mas...

O rosto do drone zumbiu quando se moveu, aqueles olhos implacáveis encontrando Kat. Sem pupilas, sem brancos, mas Kat sentiu o olhar de qualquer maneira. E com certeza viu seu outro braço alcançando-a.

— Quase um minuto — disse Kat enquanto afrouxava o gancho, caindo no telhado e afastando-se do braço que a alcançava, deixando a linha de aço no aperto do drone. — Nada mal, Weed.

Ela enfiou a bateria no pé direito do drone, a coisa com garras de metal branco provando ser um alvo amplo. Kat mirou na lacuna entre placas blindadas, uma faixa fina difícil de acertar se você não estivesse em cima dela. Os espigões penetraram, a bateria fez seu trabalho, e o drone congelou enquanto a corrente forte derretia seus fios, sobrecarregava seus transistores.

O ombro esquerdo de Kat girou com força quando algo a atingiu. O culpado quicou nas telhas instáveis do telhado, um dardo atordoante rolando pelas lajes. A rastreadora girou do drone morto para ver seus dois amigos focados nela.

— Gordon? — Kat gritou, o traje enviando a transmissão para o outro rastreador em sua conexão localizada. — Ajuda?

Oito braços, cada um carregado com coisas muito desagradáveis, dispararam.

Kat mergulhou para frente, esperando que os drones assumissem o contrário. A estratégia falhou quando os drones cobriram todas as opções, e Kat sentiu dois golpes pesados atingirem sua cabeça e suas costas enquanto rolava no telhado. Sua visão ficou turva, um zumbido abafou a resposta de Gordon, e a parte inferior do corpo de Kat ficou dormente por um momento aterrorizante.

Mas seu impulso manteve Kat em movimento. Seus instintos, aprimorados por muitas anomalias em muitas situações terríveis, disseram a Kat para mexer seu pulso esquerdo. O gancho respondeu, quase quebrando o braço de Kat, mas atirando-a para cima e para longe do campo de tiro. Kat atingiu o braço do drone frito com força, adicionando mais estrelas ao seu crânio chocado.

Kat imaginou que pagaria por essas concussões algum dia, mas isso seria mais tarde. Ela poderia morrer agora.

Ela se agarrou ao braço da máquina morta, lutando para colocar o metal entre ela e os drones, enquanto ele permanecia no telhado do restaurante, as telhas sob seus pés já enfraquecidas com seus companheiros caindo. As balas de borracha, os dardos dos outros dois drones empurraram o telhado rangendo além de sua borda fraturada, e o drone morto tombou para trás. Não era o passeio que Kat esperava, mas à medida que os outros dois drones marchavam mais perto, tentando conseguir um alvo claro, a rastreadora aceitaria qualquer coisa para afastá-la.

Ela queria ajudar as anomalias, não morrer por elas.

A queda não durou muito. Um colapso de uma fração de segundo terminou com um barulho estridente e crepitante quando Kat e seu drone morto atingiram algo abaixo deles. Algo que não suportou o peso do drone por mais que um momento. Kat, com a cabeça girando, as pernas bambas, sua viseira dizendo uma coisa ruim após a outra, acompanhou a segunda queda até o chão, onde o impacto a soltou.

Deitada de costas no peito do drone, Kat olhou para um céu noturno desbotado pelas luzes. Não as do restaurante, não as da rua próxima, mas aqueles dois malditos drones.

Eles pairavam acima enquanto Kat sacudia seu pulso e reco-lhia seu gancho.

— Kat! — gritou Gordon, sua voz, sua voz real, vindo de perto. — Obrigado pela ajuda! Drone esmagando drone!

Oito braços se ergueram novamente, miraram novamente. Kat queria se mover, mas suas pernas estavam como geleia.

— Gordon? — gritou Kat. — Ajuda?

Ela começou a rolar, indo para a esquerda, em direção ao lado do restaurante e um telhado que ainda estava de pé. Ela trouxe seu braço direito quando um dardo atingiu perto do ombro de Kat. Um erro seguido por um acerto de bala de borracha, este diretamente no peito de Kat. Seu traje absorveu o impacto, a bala tirou seu fôlego. Tossindo, ofegando, Kat virou a cabeça para ver Gordon mancando em sua direção.

O rastreador tinha pânico e dor por todo o rosto, seu casaco rasgado e um dardo atordoante saindo de sua perna como algum terrível apêndice extra. Atrás dele, pelas janelas, Kat podia ver os pods disparando, as anomalias em fuga.

A garra metálica cortou sua visão quando Kat sentiu o calor dos jatos do drone. Seus dedos de aço fecharam-se ao redor do corpo de Kat, apertando com força e puxando-a para cima. Gordon, sacando uma arma, disparou uma rodada. Ricocheteou no gladiador, a bala desaparecendo no caos. Gordon atirou novamente e novamente, cada tiro passando ao redor de Kat, atingindo seu grande alvo e não fazendo nada enquanto o captor de Kat subia para o céu.

Olhando para cima, Kat viu o reflexo ardente no peito do drone enquanto a máquina subia, sua armadura marcada mas ainda brilhando branca. Seu parceiro, funcionando e bem, assumiu a perseguição, descendo para o restaurante em colapso atrás de Gordon. Com sorte, o homem perceberia que tinham feito o que precisavam fazer e correria.

Com sorte, Gordon escaparia. Com sorte, Kat não perderia seus dois melhores amigos para esta maldita guerra.

— Diga-me para onde estamos indo — sussurrou Kat para

sua viseira enquanto o drone continuava subindo cada vez mais alto no céu.

A viseira, calculando sua velocidade, a capacidade da bateria do drone e destinos prováveis, apresentou uma lista em amarelo suave nos olhos doloridos de Kat. Eles estavam se movendo rápido e indo para o oeste.

CAPÍTULO 11
LEALDADES

MAIS UM CAMPEÃO CAPTURADO VIVO. Wexley entregou a notícia quando Rhimes subia aos céus de Los Angeles em um voo público para Chicago. Seu chefe queria uma videochamada, uma longa conversa sobre o que a apreensão de Apinya poderia significar para a estratégia deles, mas Rhimes escapou. Alegou que o horário tardio e a enxurrada de relatórios diários impediam qualquer conversa. Além disso, Rhimes argumentou em mensagens rápidas do seu assento na primeira classe, os drones levaram Apinya e as outras anomalias recém-chegadas para um lugar seguro. Eles tinham tempo para planejar, para decidir como a Ziran poderia divulgar a grande vitória.

Adriana salvou Rhimes então, levando Wexley para comemorar. Rhimes pediu seu próprio uísque para brindar à mulher e seu timing perfeito, e os carrinhos robóticos que circulavam pelos corredores entregaram a bebida em segundos. Seu sabor defumado padronizado penetrou enquanto Rhimes refletia sobre a mulher, que havia chegado com tudo à Wexley, à Ziran e à revolução deles.

Representações, apoio vocal em reuniões e um impulso para empurrar Wexley cada vez mais longe conquistaram

Wexley para Adriana, e Rhimes não podia culpar nenhum dos dois. Os dois pertenciam um ao outro como um casal poderoso, encaixando-se nas engrenagens um do outro como se por design. Assim que Wexley garantiu a segurança da Fábrica, Adriana transferiu seus outros negócios – os uniformes da Paragon não estavam mais em alta demanda – para vários executivos e mudou-se imediatamente.

Os testes de anomalia haviam sido ideia dela, e Rhimes não contestou. Adriana pressionou por isso imediatamente e Wexley deu a ela a autorização, deu a ela tudo o que pediu. Ela se jogou na ideia desde o início, garantindo espaço, os drones para fazer aquilo funcionar, e orientando Rhimes e suas equipes a se concentrarem na captura em vez da eliminação.

Não que Rhimes se importasse tanto. Embora ele imaginasse que as anomalias não estivessem indo para um hotel de luxo depois que sua equipe as levasse embora, pelo menos elas não se tornariam manchas de sangue na parede.

Adriana também alimentava Rhimes e Wexley com argumentos: testar as anomalias, descobrir seus segredos e aprender a desativá-las. Um adolescente levado para esse nobre esforço seria visto de forma diferente de um baleado na rua. Um pai anomalia roubado na calada da noite poderia ser apresentado como um risco para sua família, seu bairro, com a esperança brilhante de que um dia ele pudesse ser curado e devolvido.

Justamente quando Rhimes começou a acreditar que Adriana poderia estar sendo sincera sobre tudo aquilo, ela soltou o número final: com tempo suficiente, eles poderiam aprender não apenas como desativar as anomalias, mas quais habilidades ativar. Escolher entre os leais, aqueles que poderiam fazer o bem sem trair a causa da Ziran.

Agora Adriana trabalhava a uma hora ao norte fazendo exatamente o que disse.

Rhimes aterrissou, recebendo um beijo úmido e nebuloso

da primavera de Chicago. O drone tocou Rhimes no ombro e o soldado se sobressaltou, olhou para trás para um avião vazio. O pequeno robô de serviço anunciou algo sobre regulamentos e o próximo voo, então Rhimes saiu apressadamente, já de volta ao seu Tama enquanto seus pés o carregavam em um trajeto muito memorizado da pista de pouso até o táxi.

Ele deu uma segunda olhada no endereço rabiscado de Zhan-Yo e inseriu os números e o nome na tela brilhante do pod. A máquina cuspiu uma tarifa representativa que Rhimes dispensou com sua conta particular. A Ziran teria pago qualquer corrida de pod que Rhimes fizesse, mas algumas coisas era melhor manter fora dos registros.

Por falar nisso, o Tama de Rhimes continha um excelente material de leitura. Relatórios noturnos de ataques de drones e mercenários se acumulavam com o passar dos minutos, a maioria detalhando sucessos e fracassos em várias colunas bem definidas. Vidas reduzidas a variáveis, xis e círculos contra um fundo preto. Eles haviam atingido setenta por cento de sucesso na noite passada, um novo recorde e uma marca superior na curva ascendente do gráfico que crescia desde que a Ziran assumira o controle dos drones.

Rhimes não precisava se perguntar por que as máquinas e seus supervisores haviam melhorado: simples atrito. Os drones podiam sair noite após noite, com reparos para danos realizados rapidamente na Fábrica e em outros centros incansáveis. Qualquer anomalia em fuga, por outro lado, precisava de comida, primeiros socorros, sono. Eles conseguiriam passar por um ataque – como esse grupo em Nebraska que achava que poderia fugir do alcance da Ziran – mas no segundo, estariam mais fracos.

No terceiro, estariam capturados ou mortos.

O encontro em Nebraska manteve a atenção de Rhimes enquanto o pod se afastava de O'Hare em uma subida que contornava o centro da cidade. O líder em Omaha marcou o ataque com um distintivo de evento excepcional, algo que

Rhimes havia incorporado como forma de sinalizar atividade da Paragon ou de Campeões. Clicando rapidamente, Rhimes pulou a descrição digitada e foi direto para o feed da câmera do drone.

Ele assistiu àquele maldito filme cinco vezes, a cada repetição esperando que terminasse diferente. Kat deveria ter sido espalhada por todo aquele telhado, ou enterrada nos restos brilhantes daquele restaurante em chamas. Rhimes não conhecia o outro que a ajudava, visto apenas em um relance no final. O homem provavelmente foi com aquelas anomalias. Ele seria capturado quando os drones continuassem o ataque esta noite.

Mas Kat?

O drone a havia levado para um centro de detenção no Kansas. Eles a testariam lá, descobririam se Kat tinha algum poder de anomalia, e quando descobrissem que ela era apenas normal... Rhimes esfregou o rosto, olhou para os centros comerciais, outdoors anunciando os shows do verão. Como uma normal, ela seria acusada de interferência. Trancada.

Bom demais para alguém que quase colocou uma bala em seu cérebro. Que matou alguns dos melhores soldados de Rhimes perto daquele lago congelado.

Uma ligação, duas mensagens, e o destino de Kat mudou de rumo. Nada de cela de prisão para ela. Adriana sempre poderia usar mais corpos saudáveis para os experimentos. Kat deveria ser boa, em forma e perfeita para uma falha precoce e fatal.

Fazer esses movimentos não provocou alguma satisfação florescente, alguma risada selvagem. Rhimes apenas acenou com a cabeça em direção ao teto do pod, em direção aos que ele havia perdido. Eles entenderiam, saberiam que Rhimes nunca os esqueceria.

E agora seriam vingados.

O endereço de Zhan-Yo provou ser bonito. Isolado no

fundo dos bosques e em outra margem de lago, o pod deixou Rhimes em um lugar tão diferente da vida que ele havia levado desde... a infância? As flores do final da primavera abundavam, e embora a hora ainda marcasse cedo, cozinheiros e seus cafés zumbiam ao redor. O início da manhã mantinha sua apresentação em tons de cinza, o chuvisco pontilhando Rhimes enquanto ele saía do pod.

Rhimes se aproximou das portas da frente, esperando que as portas deslizantes se abrissem com sua aproximação. Em vez disso, elas permaneceram fechadas. A filha de alguém apareceu atrás dele, acenando seu Tama em direção a uma câmera que se projetava de uma samambaia em vaso do lado esquerdo da porta, e a entrada se abriu. Rhimes deu um passo atrás da mulher, fazendo-se de reboque.

— Pare, por favor — veio uma voz aguda e curta de lugar nenhum. — Presumo que você não tenha um cartão, ou saberia como usá-lo?

Rhimes recuou, mantendo as mãos livres. Ele havia dispensado o equipamento tático hoje, optando por uma camisa leve com botões e jeans como uma aparência civil padrão. Suas armas e trajes espinhosos esperavam em sua mala, que estava no pod descendo a entrada acumulando taxas de representação neste exato momento.

— Estou tentando ver Regina? — perguntou Rhimes.

— Regina quem?

— Regina Porter.

A voz ficou quieta por tempo suficiente para Rhimes desejar ter parado para tomar café. O instinto lhe dizia que o nome de Regina Porter tinha uma longa lista de requisitos anexados, aros para serem pulados antes que alguém pudesse entrar para vê-la.

— Como você disse que se chama? — perguntou a voz.

— Não disse — respondeu Rhimes.

— Se importa em compartilhar? Não podemos deixar ninguém entrar sem um nome. Política, você entende.

E aqui veio o ponto de virada. Rhimes poderia dar seu nome, e seria sinalizado. Wexley poderia receber uma nota em seu Tama imediatamente, e em dez minutos Rhimes estaria na defensiva contra a empresa dominante do mundo e seu homem de frente. Ele queria enfrentar tudo isso só porque Zhan-Yo lhe deu uma nota em um banco?

Só porque uma revolução por um mundo melhor parecia estar caminhando para a distopia?

— Desculpe — disse Rhimes. — Voltarei mais tarde.

A voz não respondeu e Rhimes voltou para o pod, espremeu-se para dentro e disse para levá-lo para tomar café. As mãos foram novamente ao rosto e Rhimes respirou. Não eram seus nervos, nunca seus nervos afetando-o. A ideia, no entanto, de que ele se voltaria contra Wexley. Ridículo. Estúpido. Ele não deveria ter voado até aqui.

Mas.

Depois que Zhan-Yo matou Aegis, Rhimes havia sido o guarda-costas pessoal do homem. Ele escoltou Zhan-Yo de um esconderijo para outro, pegou comida, lavanderia e qualquer outra coisa que Zhan-Yo precisasse. Eles passaram noites em sacos de dormir e dias observando o mundo de canteiros de obras silenciosos ou bares escuros. Embora Rhimes pudesse se sentar e passar horas sem dizer uma palavra, Zhan-Yo provou ser o oposto.

Como se o homem precisasse que Rhimes acreditasse, Zhan-Yo lançava sua visão repetidamente. O relato, o objetivo nunca era idêntico, com variações introduzidas cada vez que Zhan-Yo completava sua revolução. Desta vez haveria um comitê escolhido aleatoriamente entre todos, naquela vez anomalias e normais elegeriam seus líderes, e a última eliminou totalmente a variância: representação regionalizada, independentemente do status de normal ou anomalia.

Rhimes respeitava mais essa última: pare de dividir as pessoas por algo que não podiam controlar. Cor da pele, idioma, história familiar, toda essa porcaria não importava comparada com o que uma pessoa fazia com seu tempo. Coloque todos na mesma base e talvez Rhimes tivesse menos razões para carregar uma arma, menos razões para apertar o gatilho.

A cafeteria escolhida pelo pod tinha uma atmosfera luminosa, um lugar local com caráter e pessoas reais atrás de seus balcões. O pod deixou Rhimes na porta e foi encontrar um canto para se aninhar. Rhimes leu o cardápio, escolheu um scone e um mocha, depois sentou-se em uma mesa de madeira instável. Madeira de praia pintada com dizeres bregas dominavam as paredes, intercaladas com fotos de família que deviam pertencer aos proprietários.

— Aqui está — disse o barista, deixando a deliciosa dose dupla.

— Uma pergunta pra você — disse Rhimes antes que o jovem pudesse correr de volta ao balcão. Não que a cafeteria tivesse uma centena de clientes agora, de qualquer forma.

— Claro?

Ah, aquele nervosismo constrangedor. Rhimes imaginou que também devia ter sido assim há muito tempo. Quão rapidamente isso morria quando vidas começavam a depender de suas ações.

— Digamos que você tenha dois amigos, e eles não gostem mais um do outro — disse Rhimes, e embora o barista continuasse olhando para o balcão, ele parecia estar ouvindo. — Um pede sua ajuda com algo importante, mas isso deixaria o outro irritado. Vale o risco?

Rhimes estremeceu internamente com sua própria explicação.

— Não sei, senhor — disse o barista. — Acho que dependeria do quão importante é e de qual amigo você gosta mais.

O barista não esperou que Rhimes continuasse. O rapaz não exatamente deixou cair uma pérola de sabedoria ali, mas o que Rhimes esperava? Clareza de um garoto com menos da metade de sua idade?

Não, se ele realmente quisesse respostas, teria que ir à fonte.

Rhimes pegou seu Tama, discou o número e deixou tocar. Dois toques e Zhan-Yo atendeu.

— Estou aqui — disse Rhimes.

— E?

— Ainda não entrei. Eles vão saber, ele vai saber quando eu fizer isso.

— Ele vai descobrir eventualmente — respondeu Zhan-Yo. Estática enxameava no fundo, como se o homem tivesse uma janela aberta enquanto seu pod corria pela rodovia. — Você tem que fazer a escolha certa.

— Entendi, ele tem alguma mulher secreta escondida aqui — disse Rhimes. — O que não estou vendo é como isso vai valer a pena transformar minha vida em lixo.

— É porque ela vai saber as palavras.

— Que palavras?

— Todo drone tem uma proteção. Aegis nos disse. Mynx a colocou lá, mas tentamos a dela e não funciona — disse Zhan-Yo. — Wexley deve ter substituído.

— Ou deletado.

A risada de Zhan-Yo veio através, — Ele tem medo de anomalias, qualquer coisa mais forte que humanos. Não há como ele tirar a única arma que tem contra os drones. Precisamos desse código.

Rhimes recostou-se em sua cadeira, olhou para as paredes do café. Todas aquelas pessoas felizes, não incomodadas por máquinas furiosas, anomalias furiosas.

— Entendi, você usa em um drone e ele é alterado novamente — disse Rhimes. — É um plano ruim.

— Não. Você consegue, entra na sede da Ziran lá, e envia para todos os drones. Todos de uma vez. Isso nos dá tempo suficiente para fazer o que precisa ser feito. — Zhan-Yo respirou fundo. — Está vendo?

Rhimes poderia ter dito que Wexley faria mais na Fábrica,

mas não precisava perguntar. Não precisava pressionar por que Zhan-Yo não estava aqui fora com algum esquadrão de ataque de anomalias fazendo esse trabalho. O resto deles, todos aqueles Paragons sorrateiros, estariam atacando a Fábrica com tudo o que tinham. Provavelmente conseguiriam alguma coordenação mundial nisso, atacariam todos os lugares de fabricação de drones do planeta ao mesmo tempo.

Um movimento ousado, talvez a única jogada que eles tinham. Agora Rhimes entendeu. O livro inteiro. Ele poderia ligar para Wexley e ele embaralharia o código, tornando-o aleatório, incognoscível. Então seria um deslize lento para um fim inevitável.

— Por que você está me contando tudo isso? — disse Rhimes. — Você não contou antes?

— Porque você foi a Chicago — respondeu Zhan-Yo. — Você confiou em mim até aqui. Estou confiando em você em troca. Bilhões de vidas estão esperando que você as salve, Rhimes. Por favor.

— Vou pensar sobre isso.

— Não pense muito. Coisas estão em movimento que não podemos parar. Me avise quando tiver o código.

Rhimes desligou. Olhou fixamente para seu mocha, pegou o scone e experimentou uma mordida. Doce, com pequenos flocos de laranja. O barista o observava de trás do balcão. Talvez o garoto tivesse ouvido a conversa, não que isso importasse.

Ele terminou o scone, metade do mocha, depois se levantou. Dirigiu-se de volta ao balcão e esperou atrás de dois estudantes do ensino médio e um entregador apressado. O barista perguntou o que ele gostaria.

— Conhece alguém que gostaria de ganhar um rep ou dois? — perguntou Rhimes.

Desta vez, o barista não pareceu tão confuso.

CAPÍTULO 12
DUCHAS E SURPRESAS

NECESSIDADES BÁSICAS COMPETIAM com o trauma persistente enquanto Cassidy observava o pod partir com Aegis, Thane e Samir, deixando-a sozinha com Celice em meio aos destroços do jato. Ela queria água, um banho, algo para limpar os cortes que sofrera ao cair em uma floresta, e, sabe como é, Cassidy poderia realmente, teria realmente gostado de um bálsamo para as cicatrizes em sua mente.

Repetidas vezes, ela havia superado o choque que dilacerava os nervos quando um companheiro, um amigo, deixava a vida para trás. Cassidy tinha passado pelas provações usuais durante o crescimento: parentes falecendo aqui e ali, funerais e elegias e o acerto de contas com a marcha inevitável do tempo. Depois que Mynx abandonou Cassidy na ilha-prisão, no entanto, essa marcha tornou-se uma corrida visceral.

No início, as anomalias se despedaçavam umas às outras. Desesperados por qualquer vantagem, ou simplesmente porque seus atos na civilização os tornaram inadequados para qualquer coisa que lembrasse uma sociedade, os demônios lançados de paraquedas na ilha às vezes precisavam ser severamente eliminados. Foi aí que Cassidy aprendeu a dividir alguém com seu vazio, aprendeu como olhar a morte nos olhos sem piscar.

— Nunca fica mais fácil — disse Celice, a filha de Aegis olhava para a ruína ainda fumegante. Os metais reluzentes brilhavam contra a luz das estrelas, os penhascos eram obeliscos na noite. Celice inspecionava como uma detetive, a luz de seu Tama deslizando pelos cantos, como se algum Paragom pudesse estar escondido sob as rochas. — Essas missões, mesmo antes de tudo isso, perdíamos pessoas todos os dias.

— Você é leitora de mentes? — perguntou Cassidy, permanecendo em seu lado distante da rua.

O oceano se estendia por ali, uma extensão negra quebrada pelos ocasionais brilhos em movimento fornecidos por navios rumando ao sul em direção às docas de Los Angeles. As ondas quebrando tinham o mesmo som reconfortante que sempre tiveram, um eco de uma juventude crescendo na costa de Oregon. A exaustão chegou com a ressaca, e ela teve vontade de se deitar, bem ali na terra, e afundar no sono.

— Não realmente — disse Celice —, mas você teria que ser um pouco monstruosa para não pensar na morte depois de tudo isso.

— Eles podem não estar mortos — respondeu Cassidy. Estavam gritando, Cassidy percebeu, para dentro e sobre a brisa, as ondas. Fácil de fazer aqui fora, quando você não estava pensando nas paredes, em quem poderia estar ouvindo. — Os drones pareciam não querer nos matar.

— As anomalias nunca saem daquele acampamento — respondeu Celice, triturando o caminho para encontrar Cassidy, sua inspeção aparentemente concluída. — Nenhuma que encontramos. Ziran capturou alguns bons Paragons, fortes o suficiente para terem se libertado de quase qualquer lugar, mas não ouvimos nada. — Ela olhou para seu Tama. — O pod está quase aqui.

— E depois?

— Voltamos. Nos limpamos. Olhamos o que aprendemos e planejamos a próxima missão.

— Para salvar Apinya.

— E os outros — rebateu Celice. — Enviamos o jato para a Tailândia por Apinya, sim, mas não só por ele. Precisamos de lutadores. Você e Thane e todos os outros Paragons naquele avião.

— E se eu estiver cansada?

Celice riu. — Então você vai se encaixar perfeitamente.

Cassidy fez o pod parar no meio do caminho de volta em uma loja de conveniência aberta a noite toda. Nos arredores de LA, suas prateleiras tinham marcas que Cassidy reconhecia. Ela havia provado um pouco no Havaí, mas aquela escapada havia sido muito rápida, muito frenética para qualquer devaneio. E por mais que Cassidy quisesse um banho, assim que o pod chegasse aonde quer que Celice o levasse, Cassidy estaria acorrentada novamente.

Passando os dedos pelas bebidas na grande geladeira da loja, Cassidy viu as que seus filhos amavam. Os estilos dos logotipos haviam mudado, é claro, mas os nomes permaneciam os mesmos. Os sabores também. Ela poderia encher um carrinho com os favoritos deles agora, poderia se lembrar da lista de compras como se fosse...

— Sabe por que pedi para ficar com você? — perguntou Celice, entrando no corredor e fazendo Cassidy se sobressaltar. Ela disfarçou pegando uma garrafa - lima-limão energético alguma coisa - e deixando-a cair na cesta de Celice.

— Porque compartilhar um pod com Thane e Aegis seria um pesadelo?

Um leve sorriso, triste e sarcástico ao mesmo tempo. — Ele matou minha mãe, sabe. — Cassidy ergueu uma sobrancelha. — Thane, quero dizer. Um acidente.

— Ele estava com raiva — adivinhou Cassidy.

— Ele tinha todo o direito de estar.

— Essa é uma perspectiva e tanto — disse Cassidy,

levando Celice para um corredor diferente, um com produtos para pele, sabonetes, xampus. Quem sabia o que os Paragons realmente estocavam em seu esconderijo maltrapilho. — Eu devo ser uns vinte anos mais velha que você e não acho que poderia deixar isso passar.

— Já tive vingança suficiente. Não é tão divertido quanto parece, nem tão satisfatório.

Cassidy achou melhor deixar o júri indeciso sobre esse veredito por um tempo. Embora os drones a tivessem levado embora, incendiar as máquinas não a fez sentir-se exatamente como um anjo vingador. Não, isso esperaria até que ela chegasse ao norte, até encontrar seu ex-marido e ter uma longa e agradável conversa.

Isso viria depois. Por enquanto, ela havia despejado o suficiente na cesta de Celice para se limpar, para ter outra roupa quando a primeira terminasse de se desintegrar em trapos, e a dupla passou pelo caixa. Celice passou seu Tama e elas voltaram ao estacionamento, vazio, exceto por seu pod e outro que estava chegando.

Cassidy pegou sua bebida, acenou para a calçada na frente da loja, e Celice entendeu a dica, pegando seu próprio chá gelado engarrafado.

— Você já fez isso antes? — perguntou Cassidy enquanto escolhiam seu lugar, sentando-se com os pés no concreto. Atrás delas, luzes amarelo-brancas queimavam intensamente.

— Sentar do lado de fora de uma loja? — Celice balançou a cabeça. — Na verdade, não.

— Costumávamos tomar sorvete, minha família e eu. Era mais agradável onde morávamos. Não tantas rodovias, não tantos prédios. Mas pegávamos nossos cones e sentávamos na calçada exatamente assim. — Ela respirou fundo e Celice não interrompeu, deixando Cassidy continuar deslizando pelas lembranças. — Na época, os Paragons pareciam novidade. Já fazia anos, mas você não muda tudo de uma hora para outra.

— Só podemos esperar que sim.

— Mantínhamos o foco nas coisas menores. Escola. Esportes. O clima ou o próximo videogame que eles queriam. — Cassidy tomou um gole. Tinha o mesmo gosto, doce e picante, como sempre teve. — Enquanto à noite meu marido e eu discutíamos sobre o que viria a seguir. Como você poderia contar a seus filhos sobre seu futuro quando tudo poderia ir pelos ares quando completassem treze anos?

— Treze?

— Os testes. Os exames de anomalia que os Paragons fazem com todas as crianças. — Cassidy balançou a cabeça. — Eu entendia por quê, todos nós entendíamos, ou pelo menos era o que dizíamos a nós mesmos. — Um suspiro, Cassidy mordeu o lábio. — Eu não estava lá quando aconteceu. Não pude abraçá-los, dizer que ficaria tudo bem, porque eu estava naquela maldita ilha.

Celice não disse nada. Ela bebeu, ela olhou fixamente para o pod. Cassidy esperou, e talvez magoada porque achava que as duas estavam formando alguma conexão, falou com uma ponta mais afiada: — Nada a dizer?

Um dar de ombros. — A ilha pode não ser a melhor ideia de Mynx, mas a alternativa? Seríamos como Ziran é agora. Pegue todos que cometem um crime e os coloque em uma cela. Ou mate-os. — Celice colocou sua bebida no chão, deslizou em seu Tama e chamou o pod. — Quando tudo isso acabar, se você sobreviver, pelo menos poderá ir ver sua família.

— Isso é uma promessa?

— Não uma que eu possa fazer — disse Celice enquanto o pod se aproximava —, mas uma que você pode conquistar.

O esconderijo interdimensional de Pocket não tinha água corrente. Para isso, Cassidy teve que pegar um pod separado até um hotel próximo. Ela alugou um quarto usando um nome e conta que Celice lhe deu, recompôs-se e tirou um cochilo bem necessário em uma cama de verdade enquanto os outros se dedicavam ao planejamento. De certa forma, era uma bênção ser uma coadjuvante: ela podia se enrolar nos lençóis frescos enquanto todos os outros ficavam acordados tentando salvar o planeta.

A chamada chegou muito antes de Cassidy querer acordar. O sol já estava bem adiantado em seu passeio matinal, mas as aventuras de ontem não se prestavam a dormir até tarde. No entanto, Celice falou pelo telefone do quarto, disse a Cassidy para se aprontar e encontrá-la no saguão. Depois de seu segundo banho - não tão bom quanto o primeiro, mas ainda incrível depois de tanto tempo nos pântanos tailandeses - Cassidy trocou para a camiseta e jeans esfarrapados da loja de conveniência e desceu.

Celice, inalterada desde a noite anterior, exceto pelas crescentes olheiras e o boné de beisebol preto na cabeça, já tinha um café esperando quando Cassidy saiu do elevador. Com pouco preâmbulo, Cassidy atravessou o monótono saguão e saiu, onde esperava que um pod estivesse esperando.

Em vez disso, nada. Um estacionamento com alguns pods parados e luz solar. Palmeiras alinhadas na borda do hotel.

— O quê, tem um pod invisível agora? — disse Cassidy. — Outra anomalia que pode nos fazer flutuar com o vento?

— Não exatamente. — Celice manteve um rosto impassível sob aquele boné. — Como está o café?

Cassidy bebeu. Um pouco turvo, e ela o preferiria com um pouco de leite, mas novamente, depois da ilha e dos pântanos, não iria reclamar.

— O melhor que tomei em muito tempo — disse Cassidy e Celice assentiu.

— Bom, continue bebendo e me siga.

Cassidy afastou o copo dos lábios. — O quê?

Celice virou à direita, em direção à rua e uma calçada castigada pelo sol. Do outro lado da rua, os negócios estavam abrindo, lojistas baixando placas de fechado e colocando placas de aberto. Pássaros pousados em arbustos faziam-se notar. Cassidy percebeu que os sapatos que comprara na loja na noite anterior não serviam muito bem, esfregando seus pés a cada passo.

Não que a irritação importasse ao lado do que quer que Celice estivesse tramando.

— O plano — disse Celice — exige que você continue bebendo esse café até acabar.

— O que acontece então? Eu me transformo em algo? — Nunca se podia ter certeza com anomalias. — E qual é o resto desse plano?

— Ainda não posso te contar. Sempre existe a chance de alguém poder ler sua mente. Ou te quebrar.

Cassidy parou ao lado do final do hotel, balançou o copo sobre as finas samambaias que faziam um lar na cobertura marrom ali.

— Ou você me diz, ou eu derrubo isso agora mesmo.

— É para sua segurança e a minha. — Celice, já na calçada, voltou-se para Cassidy. — Eu nem sei o resto. Apenas para fazer você beber isso e andar por aqui.

De todas as injustiças. Quanto Cassidy havia feito por Thane, por quanto ela havia passado só para ele poder perseguir todas as suas bobagens, e agora, de novo, ela estava sendo lançada em algum esquema. Thane tinha que estar por trás disso também: Aegis não conhecia Cassidy de maneira alguma, e se Celice não conhecia o plano, então ela não seria a pessoa oferecendo Cassidy para isso.

— Se ajudar — disse Celice —, Thane está fraco. Muito fraco. Ele está usando tudo o que tem para isso. Ele disse que você era a única em quem ele confiaria para esta parte.

— Ele disse isso?

Celice não piscou, não deu de ombros, não desviou o olhar. Direta com aqueles olhos frios. Cassidy quis se encolher pelo fato de alguém mais poder estar tão danificado quanto ela. Ela puxou o café de volta da beira, engoliu tudo.

Ela nunca chegaria ao norte para sua família, não sem ajuda.

— Sabe — disse Cassidy quando terminou o copo inteiro —, nunca confiamos nos Paragons. Nunca mesmo. Isso não está ajudando.

— Não preciso que confie em mim. Só precisamos que você faça o que dizemos.

— Novamente, não está ajudando.

Mas ela seguiu Celice pela estrada mesmo assim. Cinco quarteirões enquanto o dia esquentava. Um céu sem nuvens dava ao sol reinado livre, e a estrela o usava. Celice não falou e Cassidy não pediu para ela falar. Os shopping centers, os laboratórios para carne e vegetais, alternavam-se entre si até se nivelarem em um parque. Espaço verde, todo bem cuidado e pronto para ser apreciado.

Cassidy contou cinco crianças no playground já, pais perseguindo-as. Celice entrou no parque, mas se manteve longe das famílias. Em vez disso, ela dirigiu Cassidy para um campo vazio.

— Não posso dizer que entendo o que está acontecendo aqui — disse Cassidy.

— Espere — respondeu Celice. — Fique aqui. Mantenha a calma. Você vai ficar bem.

Celice colocou a mão no ombro de Cassidy quando chegaram ao centro do campo, deu um aceno à anomalia. Então correu. Uma corrida a toda velocidade que não teve faísca óbvia até, até...

Droga.

Eles vieram rápido, de todos os lados. Três gladiadores de cima, dois drones rastreadores de baixo explodindo através dos arbustos. Seus alarmes uivaram, advertiram os pedestres para se afastarem. Cassidy sentiu os vazios saltarem para as pontas de seus dedos enquanto girava, tentando decidir qual destruir primeiro.

— Renda-se — disse um gladiador enquanto os drones se aproximavam, esquemas de cores branco-laranja selvagemente fora de lugar no parque natural.

Cassidy teria, deveria ter partido o drone ao meio com um vazio. Ela contraiu um braço naquela direção, mas parou. Sentiu o café na língua, ouviu Celice falando em sua mente.

Espere, mantenha a calma. O plano de Thane.

Além dos drones, Cassidy viu as crianças assistindo, seus pais pegando os pequenos e levando-os embora. Se ela lutasse contra os drones agora, havia uma chance de morrer. Poderia infligir àquelas crianças uma visão que nunca esqueceriam.

— Tudo bem — disse Cassidy. — Vocês me querem? Podem me pegar.

Eles vieram devagar então, garras de aço rasgando a grama. Os drones rastreadores e todas as suas pernas reluziam, as grandes baratas se aproximando. Um gladiador decidiu assumir a liderança e, quando chegou a um metro, Cassidy virou-se para ele, levantando ambas as mãos em um adorável duplo gesto obsceno.

Ela sentiu uma picada, um golpe atingiu suas costas. O entorpecimento veio rapidamente, seus joelhos cedendo em um suspiro. Pelo menos a grama ofereceu um pouso suave. Pelo menos ela não sentiu o drone pegá-la.

Ela viu, enquanto sua visão escurecia em um túnel, aqueles pais em pânico e suas crianças olhando em sua direção. Nesses rostos, Cassidy não viu ódio.

Mas viu medo, e não direcionado a ela.

CAPÍTULO 13

REVOLUCIONÁRIOS

O DESGRAÇADO insensível observou os drones levarem sua amiga – namorada? Amor? – sem dizer uma palavra. Aegis, de braços cruzados, mantinha o olhar fixo do outro lado do parque, no restaurante. Dentro, atrás de grandes janelas que capturavam a luz do sol, o trio explorava café, aguardava ovos e mantinha um lugar vago para Celice se juntar a eles. Roupas civis abundavam, sem qualquer sinal de Paragon entre Thane, Zhan-Yo e Aegis. O próprio grande vilão permanecia magro, ressecado.

A cadeira de rodas de Thane estava próxima à entrada, escondida entre uma samambaia alta e uma recepcionista entediada.

— Fiz ela passar por muita coisa — disse Thane finalmente, voltando seus olhos afiados e encovados para eles. — Ela lidou bem com tudo.

— Tão perto do remorso, e ainda tão longe — respondeu Aegis. — Como se você soubesse o que essa palavra significa.

A viagem de cápsula de volta ao esconderijo de Pocket na noite anterior tinha sido um exercício estudado em silêncio. Samir espalhou a história do jato por toda a viagem, dando a Aegis oportunidades para fazer perguntas ao piloto e evitar notar Thane. Nem um olhar, nem uma palavra, nem um tapinha nas costas para a anomalia que poderia salvar o sonho de Aegis.

Porque, sentado ali e naquela cápsula, Aegis se perguntava se um sonho que exigia isso valia a pena ser salvo.

— Você faria o mesmo e sabe disso — disse Thane. Sua voz saiu trêmula, tão seca e fraca. Era difícil entender como aquele homem derrotou Aegis na última vez que se encontraram. — Você não pode mudar o mundo sem sacrifícios.

— Grandes palavras antes do café da manhã. — Aegis percorreu os olhos pelo restaurante, procurando o drone que entregaria o primeiro pedido. A máquina ainda não havia emergido da cozinha, mas os vários outros lugares redondos ocupados, cobertos com toalhas de linho, exibiam iguarias deliciosas. — Mas aqui estamos nós.

— Aqui estamos, de fato — disse Zhan-Yo, levantando-se e fazendo uma pequena reverência quando Celice ocupou a quarta cadeira à mesa. — Estamos em movimento?

— Você não viu o que aconteceu? — perguntou Celice, tirando seu boné de beisebol e sacudindo os cabelos curtos. — Cassidy está no jogo agora.

— Assim como meu associado — disse Zhan-Yo. — É hora de nos colocarmos em ação.

Aegis apontou um dedo para Thane. — Ele fica em casa. Não importa o quê.

O velho não retrucou. Não disse nada. Desapareceu em sua própria mente novamente, explorando cenários que Aegis não conseguia imaginar, ou algo assim. Durante todos aqueles anos em que mantiveram Thane preso, drogado, Aegis aprendeu a guardar sua ofensiva para a palavra falada, não para o segundo silencioso.

— Ele vai desempenhar seu papel — Zhan-Yo sorriu. — Agora não é hora para ressentimentos, por mais merecidos que sejam.

Aegis grunhiu, Celice revirou os olhos. Os ovos chegaram,

e o quarteto manteve silêncio enquanto devoravam o café da manhã. Eles conheciam o plano, entendiam o que viria a seguir.

E nunca se sabia quem, ou o quê, poderia estar ouvindo.

Aegis passou as mãos sobre a seleção disposta no balcão azul manchado e laminado. Uma máquina de café borbulhava por perto, sua caixa de bagels vizinha contrastando com as máquinas de morte frias sob os dedos do Campeão. O sol entrava pela direita, atenuado pelas persianas fechadas, mas suficiente para iluminar bem sua filha enquanto ela enchia seu próprio cinto com meios letais.

— Primeira vez em campo juntos — disse Celice, encaixando um carregador em seu compartimento. Não havia munições normais aqui — balas eram difíceis de encontrar — em vez disso, todos os carregadores tinham seu conteúdo adaptado para assassinato mecânico. — Difícil de acreditar.

— Meu erro — respondeu Aegis. Ele encontrou um bastão, com a ponta arredondada e prateada. Pronto para conduzir eletricidade. Pegou-o, acionou o interruptor com o polegar e sentiu o zumbido na arma preta. — Você está pronta há muito tempo.

— O que te faz dizer isso? — Celice sorriu enquanto prendia três granadas em seu equipamento. — Foi porque rastreei Zhan-Yo até Londres, porque o venci diretamente? Ou...

— Antes de tudo isso — disse Aegis, e Celice percebeu o tom, observou enquanto Aegis colocava o bastão em sua pilha de itens selecionados. — Quando você fez Mynx vir a Manhattan. Quando trabalhou com ela para me convencer que eu deveria começar a pensar no futuro.

— Como isso me torna pronta para o trabalho de campo?

— Porque você está pensando no que vem depois do próximo golpe — respondeu Aegis. — Enquanto os humanos existirem, estaremos nos espancando por algum motivo. Haverá vencedores e perdedores, mas se você conseguir olhar um pouco mais adiante, estará do lado vencedor com mais frequência.

— Lutando por toda a eternidade? — Celice suspirou. — Pai, você sabe como pegar um momento agradável e torná-lo amargo.

— Talvez seja isso que eu sou agora. Amargo.

— Eu diria que é ranzinza. Isso mesmo. Você é um velho ranzinza.

Aegis esboçou um sorriso, olhou para Celice e acenou com um segundo bastão em sua direção. — Cuidado, ou este velho ranzinza vai te dar uma lição.

Celice esticou os braços acima da cabeça. — Uma lição sobre o quê? Rabugice?

O bastão voou rápido quando Aegis o lançou, girando com força em direção ao estômago de Celice. Ela o pegou, rolou da cadeira com o movimento e se levantou, com o bastão apontado de volta para seu pai.

— Viu? Eu também nunca baixo a guarda — disse Celice. — Todos os seus ditados, suas lições. Eu escutei.

— Dá para ver. — Aegis assentiu. — Você está pronta.

— E você? — Celice franziu o cenho, aproximou-se do balcão e devolveu o bastão. — Sei que Mila te remendou, que você tem golpeado essas máquinas, mas você já tentou entrar na Fábrica antes.

Três vezes. No início, quando finalmente chegaram a LA vindos de Londres, atravessando o país, Aegis invadiu naquela direção. Ele socou um gladiador antes de perceber que duas dúzias mais estavam em seu caminho, antes de perceber que mesmo ele seria nocauteado tentando aquilo sozinho.

A segunda tentativa foi coordenada. Um ataque variado com os Paragons e Elementais de LA se unindo em uma grande incursão. Eles tinham o poder de fogo, mas a estratégia errada. Uma grande força avançando e exigindo satisfação, com a mídia alertada para mostrar a queda de Ziran, apenas para serem atacados por máquinas e comandos humanos de Ziran por todos os lados. Uma retirada drástica, muitas anomalias capturadas ou mortas.

Depois disso, as coisas ficaram obscuras por um mês. Aegis e os outros lamberam as feridas, procuraram apoio em todo o mundo. Zhan-Yo reconstruiu sua rede subterrânea, encontrando humanos normais simpáticos que não queriam um massacre total substituindo o governo dos Paragons. Essa realidade empurrou Aegis para a terceira tentativa.

Porque se Zhan-Yo reunisse todos para sua causa, se o homem que explodiu um estádio conseguisse orquestrar uma missão para libertar o mundo e acabar com a guerra, então Aegis não teria chance de trazer as coisas de volta. Os Paragons estariam acabados. Extintos para sempre.

Então ele encontrou sua equipe leal, uma pequena força-tarefa de dez anomalias. Saíram da dimensão de Pocket no meio da noite, escavaram seu caminho com uma habilidade até a antiga casa de Mynx na costa. Evitaram a porta da frente, foram direto para aquelas escadas, prontos para agir.

E encontraram muito metal esperando por eles.

Essa tinha sido a pior. Os drones de rastreamento explodindo da areia sob seus pés, os gladiadores surgindo sobre os penhascos. Sabendo que estavam acabados antes mesmo da luta começar. Aegis ordenou a evacuação e sete conseguiram escapar.

Desde então, ele se manteve quieto, calando as vozes em pânico cada vez que diziam que ele havia falhado.

— Ela fazia um pouco mais a cada dia — disse Aegis. Ele ficou naquela cuba, suspenso em produtos químicos. Coçando por toda parte enquanto as enzimas, proteínas, ou o que quer que fosse, faziam seu trabalho. — Descia, me atingia com o que podia poupar. Reeves mandava um drone com ela para carregar Mila de volta quando terminava.

— Não sabia que alguém podia ficar tão machucado e ainda viver.

— Não foi meu corpo que demorou mais. Minha mente, Celice. Mila não apenas recolocou meus ossos no lugar, mas encontrou meu cérebro, privado de oxigênio e espancado, e o consertou também. Sinapses aos milhões.

Aegis colocou as palmas das mãos sobre o balcão. Mila também estava desaparecida. Sumida com Mynx. Todos presumiam que as duas Campeãs estavam escondidas na Fábrica.

— Tem certeza de que você tem tantas assim? — perguntou Celice, inclinando a cabeça e levantando uma sobrancelha.

— Ei.

— Você leva muitos socos, pai. As evidências são sombrias.

Balançando a cabeça, Aegis se afastou, dirigindo-se para a sala de estar do apartamento. — Pare de mirar em alvos fáceis e se prepare. Esta é a decisiva.

Zhan-Yo concordou quando Aegis lhe disse a mesma coisa. Apesar de seus comentários no café da manhã, o lutador, bombardeiro, assassino e líder tinha seus dois tachi dispostos sobre a cama. Aegis fixou-se nas lâminas, sentindo o gume cortante e dilacerante de espinha enquanto uma se cravava em suas costas. Isso tinha sido no subsolo escuro de Chicago, em alguma subestação coberta de sujeira. Uma emboscada com traidores e...

— Você está concentrado? — perguntou Zhan-Yo, apertando uma bandagem em seu pulso direito.

— Concentrado? — perguntou Aegis. — Em que diabos mais eu estaria pensando?

— Em Thane, para começar.

— Talvez seja em você. Talvez eu esteja distraído porque o cara que me apunhalou pelas costas está me dando ordens.

Zhan-Yo assentiu. — Fiz o que achei que era certo. Assim como você fez quando formou os Paragons e destruiu a liberdade da minha família.

Uma antiga emoção borbulhou na garganta de Aegis. O calor subiu às suas bochechas e ele sentiu, sabia que o argumento estava vindo. As linhas sobre como segurança e prosperidade necessitavam de alguns sacrifícios. Os Paragons tinham evidências provando o quanto o mundo funcionava melhor com os Campeões no comando, e por que todos não podiam ver isso, e...

— A diferença entre você e eu é que tínhamos as ferramentas e a vontade de continuar tentando até conseguirmos o que queríamos — disse Aegis.

— E que se dane qualquer um que tentasse nos impedir.

Aegis juntou-se a Zhan-Yo na janela. O apartamento estava aninhado em um enorme complexo, um de vários protegidos com representantes e um pouco de persuasão.

— Lá atrás, antes de tudo isso — disse Aegis —, a maioria dos Campeões servia aos seus países. Eles foram recrutados, marcadores para dizer que esta ou aquela nação tinha a mais nova super arma.

— Eu sei. Vivi isso. Acordava todos os dias esperando que um de vocês ou um país com desgosto pelo mundo decidisse que não valia a pena mantê-lo por perto.

— Tão paranoico quanto eu, então.

— Você nos mostrou um caminho adiante — disse Zhan-Yo, atraindo um olhar curioso. — Nós nos debatemos sem ideias enquanto as anomalias apareciam, e então aqui está você com a solução, ainda que imperfeita.

— Imperfeita?

— Exclusões criam classes, que eventualmente se voltam umas contra as outras. Mantenha seus rastreadores, seus Paragons, seus incentivos para que as anomalias escolham um caminho estável em vez de um desastroso. Mas dê-nos um lugar, algum poder e algum propósito.

— Você quer dizer, normais como Wexley.

— Você já tem anomalias como Thane. — Zhan-Yo gesticulou para fora, os drones flutuando por perto. — Wexley é inteligente, forte e distorcido pelo mundo que você e eu ajudamos a criar. Nós...

— Por favor, não diga que podemos salvá-lo. Isso não funciona. Não quando chega tão longe. Eu já vi o tipo dele. Ele morrerá antes de se render.

— Talvez, mas que seja escolha dele, não nossa.

A cápsula os deixou no vale horas depois. Um quarteto. Aegis, Celice, Zhan-Yo e Particle. Três agentes e seu martelo. Todos tinham mochilas finas, cintos carregados com tudo que era possível.

O entardecer se aproximava, transformando a areia loira e as rochas em ondas violeta-alaranjadas. Arbustos crepitavam no vento cortante como as pedras sob suas botas. Um coiote latiu, apenas ouvido e nunca visto. Aegis procurou por cobras, não encontrou nenhuma.

Celice tinha medos particulares, entende.

Particle tomou a frente, partindo sem qualquer alarde após um aceno de Aegis que empurrou a missão para seu estado ativo. A última mensagem de Zhan-Yo confirmou que tudo estava pronto. Seu ás, aquele em Chicago, não se comunicava há algum tempo, mas Zhan-Yo tinha fé. O alvo sabia o que fazer, executaria a missão.

Aegis descobriu que não se importava muito com os detalhes. Ter mais uma chance na Fábrica, contra Wexley, seria o suficiente.

— Cadarços, pai — disse Celice, e Aegis olhou para suas botas. A esquerda estava solta, os cordões pendurados no asfalto fino. — Não acho que precisamos de você tropeçando quando a luta começar.

Distraído. Sem desculpas.

— Talvez tenhamos sorte. — Zhan-Yo observou Aegis amarrar a bota. — Talvez todos os drones estejam recebendo uma atualização quando chegarmos.

— Esperança e realidade são duas coisas diferentes — disse Aegis, juntando-se aos outros dois e seguindo Particle.

As pegadas da anomalia destacavam-se claramente na terra, passando por cima e ao redor de brotos e arbustos crepitantes. Nenhum deles perturbado. — Wexley não vai nos deixar resgatar Mynx sem alguma diversão.

— Poderíamos correr. — Zhan-Yo encenou, correndo à frente de Aegis antes de se virar, usando um sorriso ágil. — Correr direto passando pelos drones até chegarmos aos Campeões. Você sabe correr, não é, Aegis?

— Aprendi com você — respondeu Aegis. — Quantas vezes eles te encontraram em Chicago?

— Olá — interrompeu Celice enquanto caminhavam. — É a jovem aqui pedindo para vocês dois crescerem?

— Esse é o segredo — Zhan-Yo riu. — Quanto mais velho você fica, mais jovem você pode ser. Ninguém vai te dizer o contrário.

Até Aegis riu dessa, embora não concordasse. Enquanto o trabalho de Mila tinha feito as balas, os hematomas, os ossos quebrados que o mantinham unido se consertarem, Aegis ainda não sabia quanto tempo o trabalho dela duraria. Qual combate, soco arremessado ou facada atravessaria seu eu reformado e colocaria um fim mais permanente nele.

— Ok, Z — disse Aegis com um suspiro exagerado. — Você vence esta. Os drones vêm atrás de nós, nós corremos. — Ele levantou um dedo, a pele quase brilhando na luz descendente. — É melhor você ficar bem junto de mim se isso acontecer, porque não vou voltar para buscar você.

— Falou como um verdadeiro Campeão do povo.

Aegis parou, seus punhos prontos para agir. Zhan-Yo pareceu sentir o movimento e se virou, olhando para trás. As rugas do homem mais velho, os olhos risonhos e o cigarro pendurado na boca de Z amenizaram um pouco a tensão. Ele ainda havia apunhalado Aegis nas costas.

Ainda explodiu um estádio com inocentes reunidos dentro.

— Sabe — disse Aegis —, estou começando a achar que você não é mais necessário.

Celice, entre os dois, desviou os olhos de um para o outro. Ela poderia ter dito algo, mas Aegis ignorou. Esta não era a luta dela.

— E eu desejo que você tivesse continuado morto — respondeu Zhan-Yo.

Aegis deu um passo à frente, sua bota esmagando a terra compactada. — Se eu não tivesse invadido a festa de Gatete em Londres, sua cabeça estaria em uma estaca.

— Então pelo menos eu não teria que escutar você. — Zhan-Yo alcançou para trás, colocou a mão no punho do tachi. — Que maravilha você é, Aegis. Tão poderoso e tão míope.

— Adivinha qual delas vai importar para você agora.

Mais um passo. Celice se plantou no caminho de Aegis, gritando para ambos pararem. Aegis passou por ela — ele nunca machucaria Celice, jamais, mas ela não iria impedir isso. Zhan-Yo tirou a mão da lâmina, fez um pequeno aceno para Aegis e correu.

Deixando o Campeão para persegui-lo.

Afinal, Zhan-Yo fugiu na direção da Fábrica. Aegis poderia entregar uma justiça bem merecida e ainda completar a missão principal.

Era um belo dia para uma corrida.

CAPÍTULO 14
COBAIA

O DRONE PAROU várias vezes durante a noite e ao longo da manhã seguinte, sempre deixando Kat sair de seus grandes braços para um cercado. Claraboias ofuscavam as estrelas enquanto outros drones observavam Kat encontrar água, banheiros e outros cativos como ela. Os instintos de rastreadora ficaram em alerta enquanto Kat captava rostos, olhares vazios de outros que estavam em pé ou deitados na terra. Mesmo sem suas habilidades — embora alguns tivessem cicatrizes não naturais como evidência — as anomalias se faziam notar por sua condição: Sedados, todos eles.

As máquinas deixaram Kat em paz, exceto quando seu gladiador escolhido, o mesmo que a tinha levado voando desde Nebraska, pairou de volta à cena. Com as baterias carregadas, o drone pairou sobre Kat antes de piscar suas luzes e estender seu braço. Mais uma etapa pelo ar gelado.

O nome de Calvin continuava sussurrando em seus ouvidos enquanto Kat verificava seu Tama e as funções de seu traje a cada parada. Eles indicavam que o curso do drone continuava para oeste, em direção à Fábrica. Todo mundo sabia que anomalias capturadas iam para algum grande acampamento naquela direção. Um acampamento que parecia estar exatamente no caminho projetado de Kat.

Então, por que tentar se libertar? Kat seria crivada por tiros de drone por seus esforços e, mesmo que tivesse sorte em escapar, estaria no meio do nada sem nada. Talvez se tivesse pessoas para voltar, se tivesse uma causa para se reunir, suas motivações seriam diferentes.

Weed e sua equipe estavam vigiando Seeker. Gordon provavelmente estava seguindo-a para o oeste agora, com o pod rastejando pelas estradas. Nenhum deles precisava que Kat estivesse por aí se debatendo, ferida e perseguida.

Então, quando o drone ofereceu seu braço, Kat subiu. Fez o melhor para encontrar uma maneira confortável de se enrolar na dobra de aço. Algumas horas de sono se infiltraram nas fendas da viagem, interrompidas por fim pelo brilho do sol e o cintilante do oceano no horizonte.

Califórnia.

Abaixo dela, barricado atrás de paredes finas erguidas às pressas, o acampamento de anomalias da Ziran fazia sua aparição quadriculada e eficiente. Espremido num vale, o acampamento se aconchegava entre duas colinas bege, com uma saída de fluxo suave em direção ao oceano e outra, na frente, oferecendo acesso por uma estrada movimentada. Enquanto o drone de Kat voava, ela contou inúmeros pods naquelas ruas, pegando e deixando pessoas nos uniformes laranja e branco da Ziran, fáceis de identificar.

Outros drones marcaram a aproximação de Kat, máquinas menores enxameando os céus. Três subiram ao lado do transportador de Kat, cada um virando uma luz verde-oliva em sua direção. Kat lançou um olhar furioso e mostrou a língua para o último deles. Eles emitiram bipes ao capturarem sua imagem, então o trio formou uma linha, inclinando-se em direção ao lado direito do acampamento. O gladiador de Kat os seguiu.

Andaimes abundavam no acampamento branco e laranja,

estruturas permanentes apagando a abordagem de lona e postes que havia trazido a ideia da Ziran da concepção. O lado esquerdo do acampamento, encostado naquela colina, tinha os maiores edifícios. Um já concluído se erguia, com quatro andares, acima de todo o resto.

O grande Z esculpido em seu telhado, laranja flamejante em azulejos brancos, teria sido um ótimo alvo para cuspir se o drone de Kat a tivesse levado para perto.

Caminhos de terra batida pavimentavam o caminho entre estruturas menores, incluindo grandes tendas de lona onde Kat imaginava que seus parceiros de anomalia passavam as noites. Essas mesmas anomalias congestionavam os caminhos agora, guiadas por guardas da Ziran com bastões de choque faiscantes. Drones gladiadores permaneciam em vários pontos, examinando a multidão em busca de qualquer anomalia que pensasse em usar seus poderes.

Nenhuma o fez.

Mais sedativos ou resignação contra probabilidades impossíveis?

O gladiador pousou em uma área circular depois de seguir os pequenos drones. A área ficava entre duas grandes tendas, uma rotulada com A, a outra com B naquelas grandes letras laranja. Estilizadas, também, na fonte moderna e curvada da Ziran.

Nunca dispostos a serem básicos, esses caras.

Kat desceu do braço do drone, deixando sua máscara permanecer sobre o rosto. O display confirmou as temperaturas amenas, seu próprio estômago roncando e que o traje em si mantinha suas capacidades após a luta em Nebraska. Kat havia gastado algumas horas de parada mexendo nas juntas, limpando as manchas de cinzas do incêndio do restaurante. Os drones que observavam não se importaram então e, pela maneira como nenhuma máquina avançou sobre ela agora, essa apatia permanecia a mesma.

— Você! — Uma pessoa real, humana, chamou na direção

de Kat, e ela viu a mulher armada e blindada se aproximando. — Fique exatamente onde está. — A guarda olhou para o drone gladiador, a grande máquina parada. — Status de sedação?

— Negativo — respondeu o gladiador. — O alvo não é uma anomalia.

A guarda encarou o drone. Máquinas não eram as únicas coisas que congelavam quando sua programação falhava. Kat passou por seus próprios obstáculos mentais: ela havia chegado ao acampamento de anomalias da Ziran, mas não era uma anomalia. Um humano normal tropeçando em um lugar onde não pertencia, particularmente um como este, tendia a acabar morto.

Nada bom.

— Está errado — disse Kat. — Eu estava me escondendo com outras anomalias. Eu só, quero dizer... — Kat olhou para si mesma, fez a máscara recuar para que a guarda, agora curiosa, pudesse ver seu rosto. — Meu poder não é muito. Não o uso.

A guarda, segurando aquele bastão faiscante na direção de Kat como se pudesse passá-lo como em um revezamento, caminhou até a rastreadora. O próprio rosto da mulher, visível no visor com tom laranja, mostrava que a guarda tinha idade suficiente para ser mãe de Kat. Olhos enrugados embebidos em desconfiança, boca em uma fina carranca.

— Mostre-me — disse a guarda. — Prove que a máquina está errada.

Mostre-me o que você pode fazer.

Kat ouviu as palavras em um campo. A grama deixada para crescer alcançava além de suas canelas. O ar a quatro metros de distância em todas as direções tremeluzia, um efeito trazido pelo Paráfonn que estava cinco metros à frente. O Paráfonn tinha os olhos fechados, uniforme azul-branco resplandecente. Uma pequena mesa estava à sua esquerda, pontilhada com refrigerantes e lanches.

Do outro lado da mesa estava sentado outro Paráfonn, entediado, mas com seu Tama levantado. O cabelo do homem estava crespo, um detalhe que Kat não conseguia entender por que lembrava, exceto que precisava se concentrar em algo, precisava se agarrar a algo enquanto seus sonhos eram postos à prova.

— Não posso — disse Kat. — Não sei como.

Seus pais lhe disseram que uma habilidade surgiria naturalmente. Ela a sentiria, como um novo braço, uma nova mão. Ela havia acordado em seu décimo terceiro aniversário sem fôlego, esperando. Agora, uma semana depois, ainda não sentia nada.

— Tudo bem — disse o Paráfonn sentado. — Lembre-se, noventa e nove por cento são normais. Só precisamos confirmar que não é latente. — O homem respirou, olhou para o outro Paráfonn. — Execute os testes.

O ar tremeluzente se intensificou, desfocando tudo exceto a grama aos pés de Kat. Os Paráfonns, o céu azul manchado. Ela tinha ouvido falar sobre isso, viu ser apresentado no auditório da escola no início do ano. Este seria o momento decisivo.

Kat fechou os olhos, cerrou os punhos, respirou fundo e *esperou*.

Um choque elétrico veio primeiro. Depois um grito penetrante. Algo perfurou sua perna, enquanto sua mão esquerda ficou dormente, como se coberta de gelo. Um milhão de pequenas pernas rastejavam em seu couro cabeludo. E enquanto Kat mantinha os olhos bem fechados, de repente ela podia ver sua família sendo mantida sob a mira de uma arma por alguma figura sombria. Seu pai chamou Kat para salvá-los, para fazer o que ela sabia que podia.

Nada veio. Nada aconteceu. Quando a sessão terminou, Kat pegou a água oferecida, um doce e um adesivo com o P azul do Paráfonn e as palavras *Fui testado* em vermelho alegre. Ela esperou em uma cadeira por vinte minutos com outras crianças como ela, observada pela enfermeira da escola e um drone médico para quaisquer efeitos colaterais.

O futuro de Kat se dissolveu no grande rio normal. Sem poderes, sem vida de Paráfonn trabalhando ao lado de seus pais. Quando a enfermeira disse que ela poderia ir, Kat foi para a aula de matemática, como todos os outros em sua série.

Kat chutou a guarda. Acertou a canela direita da mulher com força suficiente para enviar a guarda escorregando para seus joelhos. A rastreadora pegou o bastão oscilante da guarda com ambas as mãos, dobrou a arma e o pulso da guarda para que a extremidade cintilante do bastão encontrasse um lar no capacete da mulher. Faíscas tremeram, arquearam sobre aquela armadura branca, e a guarda desmaiou.

Os dardos se cravaram nos ombros de Kat mesmo quando a guarda caiu. Um, dois e um terceiro em suas costas enquanto os drones observadores saltavam em ação. Os sedativos atingiram forte, rápido, e Kat nem conseguiu dar um passo antes de se juntar à guarda na terra.

Só para ser arrastada para frente, outros guardas vindo e tirando a máscara de Kat. Ela sentiu uma picada diferente no pescoço, um surto lutando contra o sono entorpecente.

— Não desmaie agora — trovejou uma voz mais dura. — Não depois de um show como esse.

— As agitadas recebem tratamento expresso — disse outra mulher, mais jovem e com voz estridente. — A terceira esta semana, certo, Terry?

— Nossos turnos sempre pegam as melhores — concordou o homem-Terry? — enquanto levantava Kat de volta aos seus pés, não que ela pudesse ficar de pé. A mulher deslizou sob o ombro esquerdo de Kat enquanto Terry tomou seu lugar sob o direito. — As pessoas sempre falam sobre paz e tranquilidade, mas onde está a graça nisso?

Kat piscou, um processo lento e tedioso animado por dois drones médicos rolantes, com um metro de altura cada, passando por seu trio em direção à guarda caída. Benefícios no local para a equipe.

Os guardas carregaram Kat para longe das grandes tendas, inclinando-se em direção ao edifício maior, concluído, do outro lado do acampamento. Aos seus gritos, os guardas abriram espaço nas filas de anomalias que se arrastavam, atraindo ocasionalmente um olhar e pouco mais das pessoas com poderes. Kat tentou ficar de olho em Calvin, mas na massa uniformizada, com o sol brilhando forte, todos pareciam iguais.

Estranho ser carregada enquanto entorpecida. Kat podia dizer, em virtude do ar em seu rosto, que se movia, mas de outra forma parecia que ela flutuava pelo acampamento. Um fantasma em plena luz do dia, não assombrando ninguém, não assustando nada. E, como um fantasma, ela entrou por seu próprio caminho.

O prédio com seu grande Z laranja na frente se erguia alto, sua entrada dividida em fileiras dominadas por anomalias marchando. Guardas e drones se erguiam sobre seus sujeitos com um desinteresse plácido, ou preguiçosos ou confiantes em seus sedativos. Kat não teve muita chance de decidir qual antes que seus captores a levassem ao final da fila da esquerda, cortando direto para um alpendre envidraçado.

Um homem de óculos se reclinava em uma cadeira de escritório preta de segunda categoria apoiada em um piso cinza barato. Atrás dele, os corredores brilhantes do prédio aguardavam, fervilhando com anomalias sendo empurradas para várias salas. Kat se viu empurrada contra uma mesa branca com detalhes laranja. Imagens e palavras em um esquema de cores azul e branco saltaram da mesa e pairaram diante de seus olhos.

— Temos uma nova para você — disse Terry. — Ela é agitada.

— O que eu deveria fazer com ela? — perguntou o Óculos, levantando sobrancelhas muito espessas sobre seus óculos. —

Você está vendo uma abertura? Não há uma fila atrás de você, uma que você, sem necessidade alguma, furou?

— Ela atingiu Sarah — disse a mulher segurando o ombro direito de Kat. — Ela é perigosa.

— Você não acha que isso pode ser porque ela está vestindo todo esse equipamento? — o Óculos examinou Kat. O olhar, inicialmente uma revisão casual como alguém observando um jardim desajustado, ficou mais afiado. — Espere. Acho que reconheço esta aqui. — O homem se inclinou para frente em sua cadeira, afastou as telas com as mãos. — Qual é o seu nome?

Quando Kat não respondeu imediatamente, o homem lançou uma careta para os dois guardas. — Diga-me que ela não está tão sedada a ponto de ser inútil?

— São as regras — disse Terry, mantendo Kat equilibrada sob seu ombro. — Anomalias se agitam, elas são nocauteadas.

— Exceto que ela não é uma anomalia — respondeu Óculos. — Rhimes a marcou, e Adriana aprovou. Ela recebe o supressor.

Que diabos era o supressor? Kat tentou não parecer como se estivesse ouvindo, como se se importasse. Não era difícil fingir quando todo seu corpo queria era deitar ali mesmo e dormir.

— Você acabou de dizer que ela não é uma anomalia? Por que ela está recebendo isso? — perguntou Terry, e Kat silenciosamente agradeceu ao guarda por resolver seu problema.

— Terry, seu trabalho é fazer perguntas? — disse Óculos, adotando o sorriso presunçoso que parecia vir de graça com posições de autoridade em todo lugar. — Ou é seguir ordens?

Terry saiu de baixo do braço de Kat, deixando-a cambalear para o lado. A mulher alcançou a cintura de Kat, estabilizando a rastreadora. Kat viu Terry fazer um gesto particular com uma mão antes de se virar e sair, murmurando algo enquanto o homem de óculos ria.

— Sala três está pronta — disse Óculos, voltando-se para a única ajudante de Kat. — Deixe-a lá, tranque-a.

Os efeitos colaterais deveriam ser mínimos. A injeção arderia quando administrada. Ela tinha alguma pergunta?

A máquina, um drone médico esbelto, estava sentada sobre suas rodas na cela branca como choque de Kat. Kat, com braços e pernas amarrados juntos com plástico fino, olhava do chão para o computador de dois metros de altura. Por fora, o drone parecia que alguém tinha corrido uma faca em padrões estranhos ao longo de seu revestimento laranja fosco — com a marca Ziran, é claro. As linhas esculpiam pequenas seções que poderiam emergir e retrair com base nas necessidades do drone.

E agora, ele precisava muito espetar Kat com um líquido verde-amarelado. A seringa e sua longa agulha emergiram de uma dessas seções alinhadas, mirando Kat e esperando sua aprovação antes de descer.

— Posso anular isso se você não disser sim — disse Óculos. Ele tinha um interesse pessoal no bem-estar de Kat desde que ela apareceu em sua mesa.

— Não vou fazer isso — disse Kat, as palavras saindo pastosas.

Sua garganta não havia se recuperado muito, e tudo abaixo ainda parecia desconectado. Kat tinha sua cabeça, seus olhos e seus ouvidos e nada mais. Como um sonho, e Kat não se importaria em acordar.

— Por favor, confirme — repetiu o drone. — Não posso prosseguir sem o seu acordo declarado.

Os Paráfonns e suas leis. Aparentemente, a Ziran ainda não havia visto necessidade de reprogramar todos os robôs médicos. Sem dúvida eles o fariam. Wexley poderia fazer os robôs oferecerem a todos os pacientes um novo plano de Tama com a Ziran como parte de cada procedimento.

— Kat — disse Óculos. — O tempo está passando.

Kat disse ao homem para fazer algo delicioso consigo mesmo.

— Tudo bem. — Óculos deu de ombros, deu ao drone a anulação. — Seja do seu jeito.

A picada veio sem cerimônia. Uma rápida cutucada, a agulha entrando, o líquido seguindo, depois saindo com uma gota de sangue escorrendo pelo braço de Kat. Outra abertura no drone se abriu, trazendo um minúsculo disco branco. O drone limpou a gota vermelha, deslizou o disco para cobrir o local da injeção. O braço metálico da máquina, uma vareta cromada, pressionou o disco na pele de Kat para fixá-lo.

Durante todo o processo, Kat encontrou esperança: ela podia sentir. A picada, a pressão do disco. Os golpes entorpecentes que havia levado estavam passando. As amarras em volta de seus pés e mãos repousavam levemente, uma captura frouxa feita por guardas muito acostumados com a sedação para prestar atenção à técnica. Seriam difíceis de sacudir, mas não impossíveis.

Ideias.

O drone médico recuou, desaparecendo pela porta da sala. Óculos permaneceu onde estava, observando Kat através da janela.

— Quão rápido isso funciona? — perguntou Kat.

— A qualquer minuto agora — disse Óculos.

— A qualquer minuto? — Kat manteve sua voz espessa, sonolenta.

Ela enviou alguns espasmos de teste pelas pernas, para os dedos. Encontrou nervos esperando, contraindo. As pontas dos dedos tocaram umas nas outras, os dedos dos pés se curvaram. Os bíceps se contraíram. Os movimentos vieram com atrasos, mais lentos e mais fracos do que Kat gostaria.

Mas ela poderia trabalhar com isso.

Kat deixou sua boca abrir, um pouco de baba escapando enquanto deixava sua cabeça cair para frente para descansar contra o chão duro. Seus braços e pernas ficaram flácidos. Seu cabelo amarrado caiu sobre sua cabeça.

— Kat? — perguntou Óculos. — Você está bem?

Kat murmurou algo em resposta. Sons aleatórios. Suave absurdo.

— O que você está sentindo?

Um grunhido desta vez. Um que diminuía no final. Kat jogou um espasmo em seu lado direito, braço e perna se contraindo uma vez, violentamente contra o chão. As abraçadeiras de plástico rasparam. Ela sentiu os azulejos frios. Provou o higienizador no ar.

— Kat?

A porta da cela se abriu. Passos. Kat permaneceu quieta. Olhos abertos. Óculos se inclinou sobre ela, segurou sua mão sobre a boca dela para sentir sua respiração. Kat segurou o ar, esperou que ele verificasse o próximo sinal vital.

Óculos se moveu para o pescoço de Kat, um alcance lento. O homem cheirava a café. Suas roupas desgastadas e pouco lavadas. Um empurrador de lápis não preparado para trabalho de campo.

Em outras palavras, um alvo perfeito.

CAPÍTULO 15
FUGA

FINALMENTE CHEGOU o intervalo de Braden, o barista. O garoto bateu no pod, arrancando Rhimes dos relatórios de ação de Ziran, mensagens e burocracias administrativas que haviam consumido sua manhã. Cruzando os braços e colocando uma expressão entediada e de olhos semicerrados, o barista deu de ombros quando Rhimes perguntou se ele estava pronto para ir.

— Sim, acho que sim — acrescentou o garoto, como se isso esclarecesse as coisas.

— Vou precisar de uma afirmação mais forte — respondeu Rhimes, mas mesmo assim deslizou para o lado direito do pod, abrindo espaço no veículo. — Não estamos indo às compras.

— Ótimo, porque tenho que voltar em trinta minutos. — O barista colocou a cabeça para dentro, olhando ao redor. — Você não é um tipo de predador, é?

— Um predador pediria sua ajuda para entrar numa casa de repouso? Você quer a grana ou não?

O dinheiro untou as mãos, acalmou as suspeitas, e o garoto fechou a porta do pod atrás dele. Rhimes ordenou que o veículo se movesse e o pod obedeceu, entrando em ruas suburbanas de luz quente. Um céu sem nuvens refletia o sol da primavera, um humor mais alegre do que Rhimes poderia reivindicar. Árvores grandes ofereciam brotos enquanto o pod retornava ao caminho arborizado que levava até a casa.

Desta vez, Rhimes fez o pod deixá-los no meio da entrada, onde uma trilha se cruzava com o asfalto. Vozes à direita revelavam um grupo de caminhada longe demais para captar palavras específicas, mas suficiente para dar uma vibração relaxante.

— Essa é sua oportunidade — disse Rhimes para Braden, cujos olhos haviam se arregalado e cujos braços haviam voltado a se cruzar. — Nada ilegal, nada perigoso. Só chame a atenção deles.

— E vou receber a grana?

Rhimes estendeu seu Tama, Braden encostou o dele. A transferência foi concluída com um alegre som. Um marco estranho, subornar um garoto para fazer o trabalho sujo. Por outro lado, quantas vezes ao longo da história a alavanca do destino se moveu através de um ator improvável?

Braden correu pelo caminho em direção às vozes, a atitude do adolescente reforçada pelo pagamento entregue. O chefe de segurança de Ziran enviou o pod para um passeio, dizendo-lhe para voltar à entrada da casa depois de vinte minutos circulando pelos quarteirões.

Se Rhimes não tivesse escapado com a irmã de Wexley até então, ele não estaria precisando do pod.

Subindo em direção à entrada da casa, Rhimes permaneceu à direita perto das árvores. A caminhada provocou uma percepção, uma que não havia se manifestado durante o voo, as viagens no pod e o acordo com Braden, barista extraordinário: se Rhimes conseguisse sair com a irmã de Wexley, como a convenceria a entregar os códigos do drone?

— Droga, Zhan-Yo — murmurou Rhimes.

O revolucionário ainda acabaria matando Rhimes.

Mas Zhan-Yo não queria genocídio. Comparado a Wexley, isso era suficiente.

Braden fez seu movimento quando a entrada da casa apareceu. Rhimes ouviu o garoto gritando, voltando-se para a ideia que haviam discutido: algum homem estranho perseguindo-o, precisando de ajuda e tudo mais. A voz adolescente de Braden cumpriu, quebrando em falsetes agudos que estilhaçaram a calma artificial ao redor do lugar. Pássaros saltaram de seus poleiros, e os atendentes que estavam prontos para atacar Rhimes anteriormente se viram verificando seus Tamas.

Dois deles, vestidos em seus uniformes cor creme, saíram apressados pela entrada principal. Um deles lançou um olhar demorado para Rhimes enquanto passavam, mas Rhimes desarmou o olhar com um aceno educado. Nenhuma agressão aqui, apenas alguém que queria tentar novamente.

Aquelas portas duplas de vidro, fechadas e trancadas, esperavam. O alto-falante estava à direita, seu círculo preto desafiando Rhimes a apertar o botão de chamada e perguntar por Regina Porter novamente.

Ele havia sido educado uma vez. Não uma segunda vez.

Rhimes foi direto para a porta. Não hesitou até estar a menos de um metro. Plantou o pé e atacou com sua bota de bico de aço de qualidade militar. O chute atingiu o meio vulnerável da porta, estilhaçando, quebrando o vidro em uma satisfatória progressão de teia de aranha até estourar completamente. Os cacos atingiram o chão em uma chuva espessa.

E Rhimes correu. Avançou como um caminhão com freios quebrados.

Além das portas duplas, o saguão da casa de repouso se abria em um espaço de encontro construído para a calma. Cadeiras acolchoadas, de cor oliva, que deviam ter décadas de idade, dispostas ao redor de mesas redondas básicas de madeira. Uma claraboia deixava entrar alguma cor natural, enquanto as paredes se entregavam a fotografias mostrando residentes se divertindo em vários locais de Chicago.

O saguão deu a Rhimes opções.

Um elevador para um segundo nível ficava à sua direita, enquanto dois corredores, um reto à frente e outro à esquerda, ofereciam possibilidades. As chances teriam sido iguais exceto por um pequeno detalhe: Wexley queria o melhor, e queria de forma eficiente. Em linha reta até o fundo, o maior e melhor quarto da casa.

O disperso grupo de visitantes no saguão – algumas famílias almoçando com seus entes queridos – olhou para cima quando Rhimes passou. Nenhum deles se levantou para barrar seu caminho, nenhum se moveu para derrubá-lo. Sem heróis.

Bom.

Se a casa tinha algum funcionário disposto a intervir, ficaram escondidos quando Rhimes atravessou o saguão entrando no corredor e se viu encaixado em um corredor entre um jardim zen e portas fechadas para residentes com quem não se importava. O carpete abafava seus passos, mantendo as coisas tão silenciosas quanto Rhimes poderia desejar.

O corredor terminava em T, a escolha à esquerda oferecendo um retorno circular ao saguão, enquanto a direita sugeria recompensas por meio de uma placa preta e dourada brilhante indicando que o quarto zero-um ficava naquela direção. Com um rápido olhar à esquerda para confirmar que não havia segurança se aproximando – ninguém apareceu – Rhimes fez a curva tão suavemente quanto suas botas permitiam.

O quarto um e seu ocupante principal apareceram mais rápido do que Rhimes esperava, sua porta vermelho-rosada e placa de identificação preta quebrando a parede bege à esquerda sem preâmbulo. Não havia uma maçaneta, apenas um scanner de Tama.

Hmm.

Gritos ecoaram pelo corredor, não do tipo de pânico, mas dos chamados calmos e controlados de uma equipe bem treinada respondendo a uma emergência. Claro que Wexley colocaria sua irmã em um lugar versado em fugas, invasões, eventos anômalos. Claro que reagiriam ao arrombamento de Rhimes com uma resposta completa e calculada.

Adeus ao plano de sair daqui no caos com sua presa. Os esforços valentes de Braden, o barista, na trilha da natureza já teriam terminado, então os atendentes estariam voltando. Pior, muito pior, seriam quaisquer drones chamados para ajudar.

Rhimes olhou fixamente para a porta. Respirou fundo. Ela parecia bastante robusta, mas ele tinha que esperar que a casa tivesse cortado seu orçamento em algum lugar e deixado essas coisas frágeis. Ele começou com outro chute, direcionado logo acima do scanner de Tama. O golpe atingiu a madeira, deixou uma marca e pouco mais. Ele tentou novamente rapidamente.

Um lascado caiu. Do tamanho do polegar de Rhimes.

Não era um bom sinal.

À sua esquerda, de volta pelo corredor, Rhimes percebeu sombras avançando contra a iluminação pitoresca do edifício. Hora de arriscar tudo, esperando que aqueles chutes tivessem feito trabalho suficiente para enfraquecer a porta.

O ponto de inflexão. Toda missão tinha um. A alavanca que condenaria tudo ou o impulsionaria para o sucesso. Às vezes, essa alavanca vinha na ponta do cano de uma arma. Em outras, Rhimes colocava seu destino em seus aliados e inimigos, confiando que fariam as escolhas certas e erradas.

Na maioria das vezes? A alavanca dependia dele.

Rhimes colocou sua massa musculosa por trás da investida, inclinando-se e nivelando sua carga logo acima do círculo preto que marcava a fechadura da porta. Exatamente onde seus chutes anteriores haviam trabalhado.

A porta se abriu. Girou para o lado revelando uma mulher curiosa vestida para uma tarde dentro de casa. Rhimes captou os detalhes no milissegundo frenético antes de colidir com a irmã de Wexley: seu cabelo encaracolado, rosto fresco, ar confuso. O olhar de alguém tão acostumado à rotina que nunca acreditou que ela poderia ser quebrada.

Ela voou um metro sem tocar o chão quando Rhimes a atingiu. Os pés de Regina tocaram primeiro, seu aperto no carpete jogando-a para trás com força suficiente para quicar antes de deslizar até parar. Seu cabelo se espalhou no chão atrás dela, e Rhimes ouviu os sons hesitantes e ofegantes enquanto Regina tentava recuperar o fôlego.

Rhimes praguejou, fechou a porta atrás dele. O movimento permitiu confirmar que não havia tranca interna, nenhuma maneira de Regina garantir sua privacidade. Wexley poderia ter pago pela cela mais bonita, mas isso ainda era uma prisão.

A caixa de Regina continha uma cama queen coberta por lençóis de cor floresta, uma única mesa de nogueira preta adornada com uma foto de família emoldurada que Rhimes reconheceu – a mesma tinha um lugar na mesa de Wexley na sede de Ziran. À direita, uma poltrona reclinável e uma mesa de centro abrigavam romances baratos empilhados em fileiras vacilantes, apoiados uns contra os outros em ângulos estranhos.

Sem TV, sem Tamas.

— Desculpe — disse Rhimes ao se aproximar de Regina, inclinando-se para ajudá-la a levantar. — Estou tentando te tirar daqui, não te matar.

Ela tossiu. Resfolegou. O vento definitivamente arrancado de seus pulmões.

A porta tremeu. A fechadura clicou quando o Tama de alguém obteve autorização.

Rhimes levantou Regina em seus braços, como uma princesa, embora uma de roupão e chinelos. Ela tossiu novamente, mas seus olhos abertos estudavam Rhimes enquanto ele se posicionava para as grandes janelas na parte de trás do quarto.

Sem chance de passar por todos aqueles guardas, mas ele poderia quebrar todo aquele vidro. Rolar para fora com apenas alguns cortes.

A porta se abriu. Alguém gritou para Rhimes parar. O ar perto de sua orelha *zuniu* e um dardo atordoante se fixou na parede ao lado das grandes janelas. Um erro intencional ou não, o recado estava dado: Rhimes não sairia sem levar um tiro nas costas.

Reféns não constituíam uma estratégia sensata. Acorrente um corpo a você e agora você está carregando-o para todo lugar, e um vivo como Regina era uma aposta certa para se voltar contra ele.

Melhor jogar para surpreender, encontrar uma abertura.

Rhimes colocou Regina de pé, ergueu as mãos para os atendentes e seus gritos para se mover bem devagar. Ele encarou seus perseguidores, o quarteto parecendo corpulento e não tanto com raiva, mas animado que seu dia a dia tinha sido tão gloriosamente interrompido. Esses caras tinham idades altas o suficiente para perder carreiras estimadas para os Paragons e seu mandato de lei e ordem para anomalias.

Todos os quatro fixaram os olhos em Rhimes e seus braços esticados. Quatro armas de atordoamento apontadas para seu peito. Rhimes esperou pelo gatilho, pelo disparo. Nenhum veio.

— Quem te mandou? — perguntou o atendente à direita, o mais velho do grupo. Mais interessante que a pergunta foi seu tom: curiosidade honesta.

— Diga — disse o próximo, mais jovem e ansioso. — Foi ele?

Oh.

— Regina? — disse Rhimes para aquelas armas de atordoamento firmes e os rostos rígidos que as seguravam. O quarteto parecia nem respirar, mas todos inclinaram suas cabeças em uníssono, um movimento absolutamente arrepiante. Rhimes tentou não recuar. — O que você está fazendo?

— Responda à pergunta — disse a terceira, uma mulher que passara mais tempo na sala de musculação do que qualquer um dos dois primeiros.

— Agora — rosnou o quarto, longo e magro, espremido contra a parede.

Mentir para uma anomalia? Uma segurando quatro dardos contra seus zero?

— Zhan-Yo — disse Rhimes. — Ele achou que você poderia ajudar seu irmão.

Depois de várias batidas do coração, o quarteto começou a tremer, espasmos que pareciam convulsões simultâneas. Como se estivessem lutando para controlar seus próprios corpos.

— Venha — disse Regina por si mesma, pegando o braço de Rhimes e caminhando para a frente. — Passe por eles antes que se lembrem de quem são.

— Lembrem de quem são?

Regina, naqueles chinelos, naquele roupão, seguiu Rhimes enquanto ele abria caminho entre os atendentes. Eles caíram ao seu redor, ofegando por ar, puxando seus colarinhos bege.

— Eu os mandei mergulhar fundo dentro de si mesmos — respondeu Regina enquanto caminhavam pelo corredor. — Um vácuo em suas mentes que preenchi por um curto período.

Atrás deles, um alto palavrão explodiu, e Rhimes começou a correr.

— Poderia tê-los segurado por mais tempo.

— Eles foram legais comigo. Pressione muito fundo e não há como voltar.

Mais uma anomalia para ficar longe.

Lá fora, luzes piscando indicavam que a polícia estava no local. Drones teriam sido alertados. Wexley descobriria logo, talvez já soubesse.

O Tama de Rhimes não havia vibrado uma única vez desde que ele havia quebrado a porta da casa de repouso. Será que Wexley havia descoberto que Rhimes era um traidor naquele momento?

Preocupações para outro momento.

— Juntos — disse Regina, seus dedos longos e finos segurando Rhimes. — Faz muito tempo que não faço isso com tantos.

Rhimes contou cinco policiais humanos, dois drones. Os drones pairavam nas laterais, deixando os oficiais usarem seus pods blindados como barricadas. Como os atendentes, a polícia empunhava armas de atordoamento, apontando por trás de sua cobertura de vidro curvo como se Rhimes fosse desencadear o inferno.

Ele não faria, mas Regina poderia.

A polícia gritou quando Rhimes conduziu Regina para fora, suas palavras se sobrepondo umas às outras enquanto os drones aumentavam suas luzes ao máximo. Outra situação impossível, mas talvez se Rhimes fosse para a direita, puxasse Regina com ele, eles poderiam...

— Renda-se — disse Regina. — Confie em mim.

Que escolha ele tinha?

— Não atirem! — disse Rhimes. — Estou acabado. Me rendo.

Os oficiais avançaram, cautelosos. Um tomou a liderança, colocando sua arma de atordoamento na cintura sob uma cobertura maior do que Rhimes jamais teve em suas missões em Ziran. O homem estendeu algemas, e Rhimes deixou que o oficial as colocasse nele.

— Você também vem — disse o oficial, acenando na direção de Regina. — Temos perguntas.

Rhimes não precisava ver muito bem para sentir a

surpresa dos outros oficiais. A maneira como suas cabeças se inclinaram, seus lábios se movendo, murmurando, sugeria que o colega que os prendia estava quebrando o protocolo.

— Para o pod, vocês dois — disse o oficial, batendo na máquina com seu Tama. A porta blindada obedeceu, seu vidro grosso com um brilho de aviso laranja nas bordas. — Direto para o centro.

Rhimes obedeceu e Regina o seguiu, o oficial ajudando-a a entrar no pod. A porta se fechou atrás dela, provocando os outros oficiais a fazerem perguntas, palavras que mal saíram antes que o pod se sacudisse para frente, suas portas firmemente travadas contra qualquer tentativa de saída forçada.

Os drones, com sua presa aparentemente capturada, giraram afastando-se no início da tarde. Rhimes, Regina e o suave ranger das rodas do pod rolaram em direção à estrada.

Regina virou-se para Rhimes, os dois, particularmente Rhimes, fazendo um bom trabalho preenchendo o único assento do pod. A irmã de Wexley sacudiu os pulsos, depois a cabeça. Suspirou.

— Ele vai precisar de pelo menos uma semana para se recuperar — disse Regina, seus olhos escapando pela janela frontal do pod, uma consciência culpada se escondendo.

— O oficial?

— Ele lutou no final. Quando percebeu o que estávamos fazendo.

Rhimes não tinha muito o que dizer sobre isso. Ele também teria lutado, no lugar do oficial. Não que isso fizesse algum bem. Regina descartou sua consciência culpada rapidamente, alcançando o bolso de seu roupão e puxando o pequeno cartão sulcado que servia como chave das algemas. O Tama de um oficial também poderia destravar as coisas, mas em um mundo digital, ter um backup analógico não era uma coisa ruim.

— Ele começou a lutar quando te deu isso? — perguntou

Rhimes enquanto Regina inseriu o cartão no pequeno bloco entre suas algemas.

— Ele começou a procurar — respondeu Regina. As algemas se soltaram, e Rhimes esfregou seus pulsos. — Às vezes eles não percebem o que está acontecendo se eu os mantiver próximos do que querem. Quando percebem, procuram uma razão. Estão sonhando, estão doentes?

— Quanto tempo isso leva?

— Até que se lembrem do que eu sou.

Rhimes inclinou-se para a frente, tentando deslizar um destino no console do pod. A polícia havia bloqueado sua rota, com um pop-up de caixa preta exigindo a identificação de Rhimes para mudar o curso. Sem tal número, Rhimes descartou a solicitação e, em vez disso, olhou para o mapa, o destino.

— Para onde estamos indo? — perguntou Regina.

— Uma delegacia próxima. Sua habilidade funciona em máquinas?

— Não funciona. — Regina olhou desconfiada para ele. — Diga-me, você me sequestrou sem plano algum?

— Hoje, estou improvisando. — Lá fora, o pod rolava pelas ruas da cidade, misturando-se ao tráfego enquanto passava por shopping centers, escolas e parques arborizados. Rhimes bateu com o dedo no vidro da janela do pod, testando a sensação. — Muito grosso para quebrar.

— Acho que devo começar a preparar minha história — disse Regina, recostando-se no sofá do pod. — Socorro, ele me ameaçou. Foi tão assustador, eu não sabia o que fazer.

— Combina com você. — Rhimes foi ao seu Tama, acessou seu console Ziran. Seu acesso permitiria sinalizar um drone próximo, ordenar à máquina que parasse o pod e lhes desse uma chance de escapar.

Quando o Tama se conectou aos servidores de Ziran, quando o logotipo branco e laranja piscou em um início animado, Rhimes sentiu seu sangue gelar.

Um pequeno retângulo gentil com cantos arredondados apareceu no centro de seu Tama. Nele, texto creme sobre um fundo cinza claro dizia a Rhimes o que ele estivera esperando, temendo ouvir.

Bloqueado. Exilado.

Caçado.

CAPÍTULO 16
CHEGADA

A ESTAÇÃO UNION HAVIA MUDADO. Cassidy não deveria estar surpresa — não ia a Los Angeles desde a infância, de uma viagem em família que tinha dado certo. Agora, trens rangentes davam lugar a outros flutuantes, suas bases sustentadas por ímãs enquanto deslizavam para seus destinos. As pessoas que embarcavam também haviam mudado: cabeças baixas, pés arrastando, sem olhares para os drones espalhados pela estação ou para aqueles que encaminhavam os recém-chegados.

Logotipos da Ziran pendiam na parede de vidro, faixas gigantes gotejando slogans sobre prosperidade, igualdade, proteção. Cassidy via os resultados ao seu redor, observava o grupo crescer ao longo das horas desde que havia sido pega naquela manhã.

O drone que a capturou deixou Cassidy do lado de fora da estação, latiu algumas instruções enquanto apontava uma arma para sua cabeça. Uma cerca fina guiou Cassidy para o lado esquerdo da entrada e para dentro da estação, terminando em um cercado improvisado. Hastes douradas com cordas de veludo vermelho delimitavam sua moradia temporária, decorações arrancadas de seu propósito festivo e jogadas em algo mais sinistro.

A barreira não pretendia deter ninguém, apenas afastar pedestres curiosos. Os gladiadores, naturalmente, faziam isso melhor que qualquer cercado. Quanto às anomalias no cercado com Cassidy? Arrastavam-se, alguns sentados perto da parede, outros em bancos sobressalentes arrastados para o espaço. Um banheiro químico permanecia no canto dos fundos, a única concessão às necessidades. Contra a parede dos fundos, bem centralizada, duas portas de madeira sem janelas tinham um aviso pendurado nas maçanetas com os dizeres *Fechado*.

No caminho para dentro, o sistema de som da estação anunciava os horários de chegada em tons rígidos. Olhares franzidos seguiam-na enquanto ela caminhava sozinha entre as cordas, e Cassidy percebeu que os passageiros examinavam seu rosto para ter certeza de que não era alguém que conheciam. Uma vez confirmado, alguns lhe davam um leve aceno de cabeça, outros viravam-se, todos sem jamais olhar uma segunda vez.

Ela seguiu as cordas de veludo até o cercado, onde três anomalias já esperavam. Um tinha a cabeça caída para trás sobre um banco. Os outros dois estavam esparramados no piso de azulejo. A causa ficou clara quando o único segurança da Ziran, um jovem animado com o mesmo uniforme que Cassidy costumava conhecer das lojas da Ziran, aproximou-se dela com um comprimido.

— Isso vai manter você calma enquanto espera — disse o homem.

À direita, algum coitado começou a tocar piano na área central da estação.

— Calma como eles?

O homem não se abalou. Seu sorriso permaneceu. A mão segurando o comprimido manteve-se nivelada. A outra coçou o nariz.

— Exatamente — disse o homem.

— Tenho escolha?

— Não tem.

Ser uma peça num tabuleiro de xadrez vinha com certos inconvenientes. Cassidy precisava seguir o plano. Improvisar uma saída agora, lançar vácuos e causar caos poderia prejudicar quaisquer passos que Thane tivesse em andamento. Pelo menos, era o que Cassidy preferia pensar, preferia acreditar.

Essa preferência a levou a retribuir o sorriso do jovem e encontrar as palavras para dizer: — Bem, então o que estamos esperando?

Ela pegou o comprimido da mão do homem, mantendo os olhos nos dele para que ele se sentisse obrigado a fazer o mesmo. Com a mão esquerda, Cassidy deixou um vácuo, um bem pequeno, saltar para as pontas dos dedos. Enquanto deslizava o comprimido em direção à boca, ela lançou o vácuo de sua cintura. O buraco rasgado ficou entre a língua de Cassidy e o comprimido, sugando a cápsula para o nada. O vácuo puxou os lábios de Cassidy, e uma pontada dolorosa anunciou que um fio de cabelo havia sido sugado, mas quando ela dispersou o buraco, o jovem ainda mantinha seu sorriso constante.

— Delícia — disse Cassidy.

— Que bom que gostou — respondeu o homem, e seus ombros relaxaram, aquela mão fez outro coçar de barba por fazer. — Obrigado por não fazer escândalo. Odeio ter que chamar os robôs.

— Isso acontece muito?

Acenos. — Mais do que você imagina.

— Não tenho tanta certeza disso — Cassidy apontou por trás do homem, em direção aos bancos. — Quanto tempo vamos esperar aqui?

— Até atingirmos a cota de um vagão — o homem deu de

ombros. — Pode ser uma hora, pode ser o dia todo. Está mais lento ultimamente.

— Menos oferta?

O homem começou a responder, então pareceu se lembrar que estava, de fato, falando com essa mesma oferta. Um rubor surgiu em seu colarinho e ele se afastou. — Eles não me falam isso. Eu, hm, pegaria logo um banco. Acabam rápido.

— Imagino — disse Cassidy, aceitando o convite para passar por ele.

Ela sentiu os olhos do homem sobre ela, seguindo seu andar até Cassidy escolher um banco para si. Cinza-ardósia com uma leve flexibilidade, o banco ganhava das garras dos drones na escala de conforto, mas não muito mais. Sentar-se fez Cassidy voltar à questão mais importante, aquela que pairava nas margens durante o passeio com o drone, a chegada a este lugar nocivo.

Thane queria que ela estivesse aqui para seu plano. Por quê?

Ou, se não aqui, então onde quer que a Ziran os levasse.

Thane conhecia seu poder, conhecia as inclinações de Cassidy. Ela havia passado muito tempo na ilha-prisão de Mynx. Colocá-la em outra cela não iria gerar bons sentimentos. Poderia, na verdade, levá-la a fazer algo imprudente. Provocar uma resposta.

Atrair a atenção da Ziran.

Certo, talvez seu papel no plano de Thane não fosse tão complicado.

Cassidy deu outra olhada em seus companheiros anomalias deitados pelo cercado. Várias horas se passaram, com Cassidy queimando o tempo observando chegadas e partidas passarem nas telas gigantes da estação. O ar dentro fez uma mudança gradual do café-com-doces do café da manhã para a comida gordurosa da multidão do almoço. Mais anomalias foram chegando aos poucos, todas aceitando os comprimidos oferecidos pelo homem, e a maioria parecendo atordoada mesmo antes de engolir.

Mais de vinte preenchiam o espaço quando o homem da Ziran assobiou, com o relógio se aproximando do meio da tarde. Como se fechasse uma ópera, ele moveu uma corda de veludo pela entrada do cercado e então virou-se para encarar a multidão.

— Boa tarde, recrutas! — O jovem sorriu radiante enquanto acenava, aparentemente precisando tanto das palavras quanto do movimento para obter a atenção de seus sujeitos drogados. — Estamos prontos para os próximos passos.

— Que alegria — murmurou Cassidy, tentando de resto se manter tão vaga quanto todos os outros.

Imitar um zumbi era mais difícil do que o esperado. Especialmente quando as portas de madeira escura se abriram e mais dois membros da Ziran — estes com equipamentos mais pesados, com rifles abertamente expostos em alças cruzadas no peito — acenaram para que o grupo passasse. As outras anomalias se moviam aos trancos e tropeções, algumas se arrastando. O recepcionista original da Ziran veio atrás, acordando prisioneiros adormecidos com tapas fortes no rosto.

Cassidy fingiu seus tropeços, arrastou o pé direito e tentou não olhar para nada enquanto caminhava. As anomalias ao seu redor pareciam vir de qualquer lugar, de todos os lugares. Alguns tinham roupas de grife, joias penduradas nas orelhas e anéis nas mãos. Outros pareciam e cheiravam como esgotos ou as periferias empoeiradas da cidade. Mais ainda fediam a água salgada e especiarias além de Pacifica, como se tivessem vindo direto de alguma barcaça-prisão da Ziran.

As portas pouco prepararam Cassidy para o outro lado: uma sensação clássica abriu-se para uma plataforma futurista, tão nova e impecável que ela teve de se perguntar se a Ziran havia construído isso nos últimos dois meses. Teria, até notar os logotipos desbotados impressos nos azulejos.

Símbolos 'P' dos Paragon, esfregados até restarem apenas os sulcos.

— Você é nova na cidade? — um homem corpulento com dreadlocks resmungou, arrastando-se ao lado dela. Seus detalhes sugeriam um presente sombrio, mas Cassidy viu brilho em seus olhos. — Olhando para essas coisas como se não soubesse o que significam.

— Sei o que são — disse Cassidy enquanto continuavam se movendo para a plataforma larga. Uma pista de levitação magnética imaculada, toda em azul e brilhante, ficava no recesso à frente deles, uma linha de aviso vermelha cobrindo a borda. — Só não esperava algo tão moderno aqui.

— Colocaram um monte de coisas para a cúpula — suspirou o homem, um grave retumbante. — Uma pena como acabou.

Certo. Apinya havia mencionado isso na Tailândia. Uma tragédia que, de alguma forma, não comoveu Cassidy tanto assim. Os Paragon cultivaram inimigos em abundância, já era hora de alguém revidar com força.

— Uma pena como *isso* está acabando — disse Cassidy, passando os olhos para frente e para trás pelo grupo.

— Sabia que aconteceria eventualmente — respondeu o homem. — Me chamo Vick. E você?

— Cassidy.

— Como te pegaram?

— Estava andando num parque. Decisão ruim.

Uma risada, sem nenhum amargor. Outras anomalias perceberam, algumas se esforçaram para chegar mais perto. Talvez bisbilhotando, ou apenas procurando companhia antes do fim.

— Sabe onde me encontraram? — perguntou Vick e não esperou Cassidy responder a pergunta impossível. — Na minha própria maldita casa. Trabalho a noite toda entregando remédios na farmácia, vou para casa descansar um pouco, e dou de cara com metal apontado para mim.

Cassidy fez uma careta. — Sinto muito.

O trio da Ziran, que se espalhou para cobrir o grupo de anomalias, anunciou que o trem deles chegaria em breve. Cassidy notou que o jovem havia trocado seus comprimidos por uma arma de choque, suas mãos jovens segurando a arma firmemente, como se ela pudesse pular para longe dele.

Quantos funcionários da Ziran se viram deslocados para isso, quantos foram instruídos a abandonar seus balcões de varejo, seus cubículos de suporte técnico para vigiar seus companheiros humanos?

Quantos disseram não?

— Qual é o seu lance, Cassidy? — perguntou Vick. — Você tem algum truque?

— Alguns. — Os vácuos, sempre prontos, formigavam seus dedos. — E você?

— Alguns, ela diz. — Vick balançou a cabeça, apontando para o túnel onde uma luz ficava mais forte. — Eu também poderia dizer o mesmo. Espero que sejam bons, para onde estamos indo.

— Para onde estamos indo?

Vick olhou para ela. — Você realmente é de fora. Só tem um lugar para onde este trem vai. Viagem só de ida também.

— Você não parece triste com isso.

Agora a faísca de Vick diminuiu, só um pouco. — Por que ficaria triste? Nos últimos meses, eles levaram meus amigos, minha família. Talvez eu veja alguns deles, se tiver sorte.

O trem de levitação magnética entrou deslizando, parando diante de Cassidy. As portas se abriram, levando a assentos limpos. Vick foi direto, acomodando-se em um. Cassidy pegou o assento ao lado dele. Os guardas da Ziran não seguiram as anomalias para dentro do trem, um movimento ousado até Cassidy notar o teto acima: drones rastreadores, seus corpos de centopeia, agarrados a cada poucos metros ao teto do trem. Que eles mergulhariam e cortariam qualquer anomalia corajosa parecia certo.

Pelo menos os assentos eram acolchoados: uma melhora notável em relação àquele banco.

— Toda a sua família e amigos eram anomalias? — Cassidy perguntou a Vick.

— Fui rastreado há muito tempo. O rastreador era um cara legal. Droga, talvez ainda seja um cara legal se esses caras não o mataram ainda.

— Então você trabalhou para os Paragon.

— Mais tipo eu trabalhava para quem eles me mandavam. Isso não era um problema. Você se acostuma, e ter representantes não é ruim.

O trem partiu, uma aceleração suave da estação Union subindo para a pista elevada. Cassidy avistou as montanhas, o oceano além dos edifícios à sua esquerda em um horizonte cintilante sob o sol. Seguindo para o norte, então.

— Sua família, no entanto? — perguntou Cassidy. A ideia de que os irmãos e irmãs de Vick pudessem todos ter sido anomalias... e quanto às crianças dela?

— Não minha família de sangue, entende? — Vick levantou uma manga, apontando para uma pequena tatuagem. Números e letras em tinta verde-negra. — Esse é nosso número de rastreamento. Nosso rastreador, cara legal como eu disse, reuniu todos os seus rastreados e fizemos estas para comemorar. Happy hours, jogos de baseball. — Outro balançar de cabeça, mas um nostálgico. — Você entra pensando que vai ser usado, mas acaba encontrando pessoas como você que entendem, que sabem o que você está passando.

— Foi quem a Ziran levou? Os outros que esse rastreador rastreou?

— Agora você sabe por que estou aqui — disse Vick, antes de virar as costas para ela para olhar pela janela. — Acho que vou dar uma última boa olhada no lar.

— Você pode voltar.

Outra risada. — Não, Cassidy. Já vi muita gente partir neste trem. Nunca vi ninguém voltar.

Uma hora depois, o trem saiu de um vale rochoso para uma planície amarelada. Conforme o veículo desacelerava, Cassidy avistou cercas e tendas enormes pelas janelas, incluindo um edifício de vários andares que parecia tão sólido quanto qualquer um de volta à cidade. A Ziran não estava brincando por aqui.

Havia rumores na Tailândia sobre a captura de anomalias, que a Ziran queria anomalias para experimentos selvagens em vez de apenas matança. Ninguém verificou o que estava acontecendo e, naqueles pântanos, ninguém poderia fazer nada a respeito, então Cassidy relegou o burburinho ao segundo plano. Aqui, vendo todos aqueles sussurros transformarem-se em algo real, enviou a pior descarga pelos seus nervos.

Vick assobiou.

— Eu não queria que os Paragon vencessem — disse Cassidy enquanto o trem parava. — Achava que eram terríveis, o que faziam com as anomalias.

As portas tocaram ao abrir. Alguém lá fora ordenou que todos saíssem. Os drones no teto estremeceram, acompanhando o movimento conforme as anomalias se levantavam de seus assentos. Vick pôs-se de pé, então ofereceu uma mão a Cassidy.

— De mal a pior, minha amiga — murmurou Vick. — Acho que não teremos que nos preocupar com isso por muito tempo.

Eles se juntaram às anomalias que saíam do trem, chegando a uma plataforma a céu aberto vigiada por gladiadores ao redor e drones aéreos pairando acima. Vários soldados da Ziran — Cassidy mudou o termo porque esses caras usavam armaduras pesadas, não o traje de guia turístico do homem lá na estação — acenaram para a fila continuar, dividindo-a em três. Cada uma ia em direção a uma estação em forma de caixa servida por outro funcionário da Ziran, cada uma monitorada por um gladiador.

Além das estações ficava o interior do acampamento, incluindo aquele grande edifício.

— Eu não desistiria ainda — disse Cassidy. — As coisas podem mudar.

Vick assentiu, pôs a mão em seu ombro, parecia que ia dizer algo quando uma anomalia logo à frente parou. Um cara magricela, o sujeito congelou, então balançou a cabeça, as mãos voando para o couro cabeludo. A fila amontoou-se ao redor de Cassidy, Vick e seu impedimento, e Vick tomou a iniciativa.

— Ei, amigo — disse Vick. — Tudo bem?

Por cima dos passos, dos anúncios no alto-falante, Cassidy teve dificuldade em ouvir o que o homem continuava murmurando para si mesmo. Ela se aproximou, teria se inclinado, exceto que Vick lhe lançou um olhar de aviso, estendeu a mão direita para empurrar Cassidy para trás.

— Calma agora — continuou Vick, lento e uniforme. — Não tente o que está pensando. Não vale a pena.

O homem afastou o braço de Vick, encarou o amigo recém-encontrado de Cassidy. O corpo da anomalia parecia mudar com esse movimento, desfocando e estalando, como se lutasse para manter sua forma.

— Eles estão levando todo mundo — disse a anomalia, a voz reverberando enquanto falava, o rosto ondulando como água ao vento. — Eu não posso, não vou deixar que me levem também.

Vick levantou as mãos com as palmas para o homem e Cassidy jurou ver uma linha fina, turquesa, da mesma cor dos comprimidos, estender-se entre Vick e a anomalia em transformação. Viu uma conexão, a anomalia tomando um fôlego profundo, os olhos se fechando, e viu aquela conexão cortar-se com o estampido de um tiro. Um segundo seguiu-se, Vick e a anomalia caindo no chão enquanto a forma pairante de um gladiador movia-se acima. O calor dos jatos do drone atingiu Cassidy mesmo quando ela se agachou, tentando chegar a Vick.

Uma mão agarrou seu braço, laranja, branca e blindada. — Deixe-os em paz, ou você será a próxima.

O guarda puxou-a para a esquerda, para longe dos corpos. Cassidy lutou no início, encontrou aqueles vácuos chamando, e ela teria lançado um, teria explodido o plano de Thane ali mesmo se o drone gladiador não tivesse pego os dois corpos e os carregado para longe em direção àquele grande edifício.

Duas poças de sangue ficaram para trás, as anomalias arrastando-se ao redor delas sem mais uma palavra.

CAPÍTULO 17
JOGADA DE ABERTURA

AEGIS ENCONTROU o terrorista em um cânion de calcário sombreado, uma fenda entre duas colinas maiores que seu Tama localizou perto da Fábrica. Zhan-Yo posicionou-se à direita em um nicho liso escavado por um riacho há muito seco. O homem tinha seu próprio Tama à mostra, franzindo o cenho para a tela. Mais adiante, observando com um dedo sobre a arma em seu cinto, Particle se apoiava contra uma rocha. Atrás de Aegis, Celice estaria chegando, com mais reclamações na ponta da língua.

Ela o açoitou durante as últimas horas enquanto corriam pelo mato, pela terra, pelas pedras. Uma ladainha que começou como um apelo e terminou como uma acusação. Aegis sintonizava e dessintonizava, nem se incomodando em oferecer uma resposta, mesmo quando as flechas de Celice atingiam seus alvos repetidamente.

Não, os Paragons não eram perfeitos. Não, os Campeões nem sempre eram ideais.

Além disso, Aegis não iria mais longe. Nessas profundezas ele só encontraria uma loucura niilista.

— Ele a tem — disse Zhan-Yo quando Aegis se aproximou. — Rhimes está avançando. Eles estão na cidade agora.

O sucesso surpreendeu Aegis, que escondeu sua surpresa com um olhar estudado para o chão, para os vários seixos e uma única aranha cansada tentando encontrar abrigo sob eles. O estratagema de Zhan-Yo havia passado em seu primeiro grande teste: Rhimes roubando a irmã de Wexley de seu enclave.

— Eles têm os códigos? — respondeu Aegis.

— Código. No singular. E se ela não o tiver, então ninguém tem. — Zhan-Yo examinou Aegis. — Tenho um pouco de água extra, se você quiser.

— Estou tentando te matar.

— Não pode esperar até depois de impedirmos o fim do mundo? Se tiver sorte, posso até morrer na incursão. Assim você não precisará se preocupar em sujar as mãos.

— Minhas mãos já estão bastante sujas.

— Pai — disse sua filha, descendo com dificuldade para dentro do cânion. — Por favor.

Aegis tinha as mãos abertas, descansando sobre as coxas. Uma respiração profunda. A corrida havia sido longa, mais exaustiva do que Aegis esperava. Também havia feito aquela maldita coisa que o exercício tendia a fazer: clarear seus pensamentos, especialmente depois que Celice parou com suas censuras. Zhan-Yo tinha o argumento certo, a visão melhor.

Derrotar Wexley e seu exército de robôs tinha que ser a prioridade, e Zhan-Yo ou estaria por perto para uma execução adequada depois, ou os drones resolveriam a equação do terrorista.

— Tudo bem — disse Aegis. — Você pode viver por enquanto.

— Viva. — Zhan-Yo olhou para a direita. — Particle, por favor, me diga que estamos quase lá. Se eu tiver que andar mais um quilômetro, posso desistir.

Particle se afastou da rocha onde estava, aproximando-se do grupo enquanto todos faziam uma pausa obrigatória para tomar água. Aegis, Zhan-Yo e Celice tinham poeira por todo centímetro, mas Particle havia se mantido limpo. Seu andar não produzia qualquer ruído, e nada em seu porte sugeria a menor preocupação com as brigas internas do grupo.

— Saímos do cânion por ali — disse Particle, e Aegis sentiu seus olhos se direcionarem para a saída distante do cânion. — Isso nos colocará sobre a entrada de atracação da Fábrica. É vigiada, mas nossa abordagem deve nos permitir chegar perto sem soar o alarme. Neutralizamos os drones na entrada, chamamos os reforços, e então é com vocês.

Particle terminou com um olhar alternado entre Zhan-Yo e Aegis, como se quisesse insinuar que não tinha certeza de quem era a responsabilidade, precisamente, mas definitivamente não era sua.

— Se vocês estiverem prontos — acrescentou Particle.

— Eles estão prontos — disse Celice, e Aegis notou que ela mais uma vez se colocou entre o Campeão e Zhan-Yo.

Esperta, essa garota.

Aegis assumiu a posição da frente, com Zhan-Yo e Celice na retaguarda. Particle permaneceu à direita do Campeão enquanto avançavam pelo cânion em direção à borda. Aegis atrairia qualquer atenção inicial, Particle desviaria pelo máximo tempo possível até que Zhan-Yo e Celice pudessem limpar o caminho. Uma estratégia simples que deveria funcionar desde que os drones não os superassem em número por uma grande margem.

— Eles vão atacar em massa — disse Zhan-Yo, de volta no esconderijo dimensional de Pocket. Thane, Zhan-Yo, Celice, Mathieu e vários outros agrupados em volta da mesa sob o brilho roxo-negro. — Precisamos que eles façam isso.

— Por quê? — perguntou Thane.

— Quando meu homem acionar o desligamento, precisaremos destruir o máximo de drones possível. Não porque isso vai retardar a Ziran, mas porque vai nos comprar mais tempo para chegar até Wexley.

Eliminar o líder, vencer a guerra. O princípio orientador para este ataque, para tudo que viria depois que Aegis chegasse ao topo deste penhasco. A Ziran cairia junto com Wexley, a confusão criando um caos que os Campeões, os Paragons e quaisquer aliados normais poderiam limpar.

Claro, a Ziran não caiu quando Zhan-Yo desapareceu. Outro corpo, pior, simplesmente assumiu seu lugar.

Aegis olhou para trás, viu sua filha. Como Particle para Aegis, Celice mantinha-se a alguns metros de distância de Zhan-Yo. Espaço para agir, caso fosse necessário. Caso surgisse a oportunidade. Todos ali tinham seus objetivos declarados. Aegis não tinha dúvida de que objetivos secundários, secretos, permaneciam não ditos. Ele não havia espancado Zhan-Yo até transformá-lo em polpa aqui nas rochas, mas uma bala ou uma faca nas costas quando as coisas estivessem seguras faria o mesmo.

O cânion fazia sua saída através de uma depressão estreita. A luz do sol incidia por cima, sombras rochosas brincando no corpo de Aegis enquanto ele se aproximava do final e do céu azul além. A cobertura das paredes altas desapareceu, dando lugar a arbustos desgrenhados quando Aegis, agachado, saiu. Toda conversa entre a equipe cessou enquanto a missão realmente começava, um silêncio coberto por insetos zumbindo e uma brisa ocasional uivando.

Descendo em declive no que poderia ter sido uma cachoeira em algum passado distante, os últimos metros do cânion deram a Aegis tempo para rastejar sob arbustos delgados. Os galhos quebradiços puxavam seu uniforme, quebrando-se enquanto Aegis continuava se movendo. Seus joelhos e cotovelos raspavam contra a pedra coberta de areia, quente e áspera.

A borda não tinha aviso prévio, aparecendo sem preâmbulo quando Aegis encontrou a extremidade com o braço. Abaixo e além ficava a doca de carregamento da Fábrica e os gladiadores que a guardavam. Os dois drones vigiavam os pods de carga e os tripulantes que trabalhavam neles, assistidos por máquinas mais mundanas, movendo matérias-primas para dentro e criações completadas para fora: drones encaixotados fazendo sua saída, esperando para serem enviados a alguma região distante.

Mais uma complicação: o plano não havia contado com a presença de civis.

Mas nenhum plano era perfeito.

O Tama de Aegis vibrou e o Campeão olhou para seu pulso esquerdo, preparou o sinal de partida. Todos os outros em posição. Hora de salvar o mundo, ou morrer tentando.

Uma sensação familiar.

Pressionando os pés contra a rocha, Aegis levantou-se num salto correndo. Ele lançou-se da borda, voando pelo ar por vários segundos de revirar o estômago antes de atingir a rua abaixo em uma rolagem. Seus ossos queimaram com o esforço, a habilidade de Aegis os remendando por inteiro no momento em que o Campeão se levantou.

Os carregadores, seus drones auxiliares e os dois gladiadores o encararam. As máquinas maiores armadas tinham o olhar mais intenso, seus olhos vermelhos destacando-se enquanto o sol os projetava em silhuetas. Aegis esperou pelo reconhecimento antes de se lembrar que não estava vestido com o azul dos Paragons desta vez. A praticidade importava mais que a publicidade hoje.

— Corram — anunciou Aegis para os humanos. — Vocês não vão querer estar aqui mais.

Para pontuar sua ordem, Aegis disparou em uma corrida, passando pelos trabalhadores em direção aos dois gladiadores. Os drones de guarda perceberam seu propósito antes dos outros, erguendo seus quatro braços e ativando sistemas variados demais para Aegis lembrar. Os vários zumbidos e estalos finalmente provocaram uma resposta nos carregadores, enviando-os correndo para seus pods. Os drones auxiliares não demonstraram tal preocupação, dando a Aegis uma ideia.

Estendendo a mão direita enquanto corria, Aegis agarrou a lateral de uma máquina de carregamento em formato de caixa. Plantando sua perna esquerda no passo seguinte, Aegis puxou a infeliz máquina entre seu corpo e os grandes gladiadores. Os monstros de Mynx aceitaram o ajuste sem problemas, segurando o fogo e, em vez disso, avançando em passos pesados com pés metálicos rangentes.

Duas maneiras de lidar com gladiadores: ou acertá-los diretamente e esperar que Aegis pudesse perfurar os geradores de energia nos peitos das coisas, ou agachar-se e se esconder o tempo suficiente para que o fogo incapacitante tivesse efeito.

Aegis tinha uma preferência decidida.

Ele empurrou o drone carregador, com a máquina disparando seu próprio alarme sobre risco de lesão pessoal, um chamado para tempos mais sensatos. Os gladiadores prestaram tanta atenção ao alarme quanto Aegis: nenhuma. Embora se erguessem acima do drone carregador, o empurrão agachado de Aegis fez as grandes máquinas optarem por limpar a cobertura. Aegis sentiu os solavancos quando garras metálicas cortaram o drone carregador, sentiu a puxada quando um gladiador arrancou o pobre robô.

Aegis atacou.

O tempo entre avistar um alvo e agir para removê-lo, Mynx havia dito muitas noites atrás, contava-se em milissegundos. Levantar uma arma, mirar em Aegis levaria um pouco mais de tempo.

Os gladiadores, no entanto, tinham um problema: atrás de Aegis, agrupados em seu campo de tiro, estavam todos aqueles trabalhadores entrando em seus pods. Tiros errados poderiam causar danos colaterais inocentes. Aceitável dentro de certos parâmetros, se certos riscos — como se Aegis pudesse causar mais mortes — fossem atendidos.

Aegis sozinho? Atacando dois drones na frente de uma fortaleza selada?

Os gladiadores seguraram o fogo, em vez disso atacando o Campeão. Aegis não tinha nenhuma habilidade de desviar de balas, mas escorregar ao redor de socos pesados? Isso ele podia fazer.

O drone que movia o carregador para o lado tinha seus braços inferiores angulados à direita, onde haviam deslocado o carregador. Seus dois braços superiores golpearam para baixo em direção a Aegis, tentando esmagá-lo, enquanto o outro gladiador se ajoelhou para um golpe ao nível do tornozelo. Aegis não viu tanto os movimentos quanto os *sentiu*, um instinto aprimorado por tantos duelos contra um ou outro inimigo nefasto. Saltando com o pé esquerdo, Aegis esticou-se em um mergulho, pulando sobre o golpe. As marteladas gêmeas vieram mais rápido do que Aegis se movia, pegando suas pernas e batendo os joelhos de Aegis no concreto.

Ficar parado significava morte, então Aegis ignorou o impacto que agitou os nervos e abaixou o ombro, recolhendo as pernas em um rolamento para frente que preservou o impulso. De costas entre as pernas do gladiador da direita, Aegis olhou fixamente para a morte metálica laranja-branca.

E chutou.

Ele havia atravessado paredes, quebrado ossos e costas com um chute forte de pernas cheias do poder que vinha com não ter risco de lesão, sem medo das consequências. Aegis atingiu a articulação do joelho do gladiador, um disco laranja neon que deveria ter saltado do lugar, deveria ter enviado o drone para uma rendição de joelhos.

A perna não se moveu. Aegis xingou.

Mynx continuava fazendo aquelas malditas atualizações, construindo cada versão mais forte. Agora Aegis nem mesmo poderia ferir as coisas?

O gladiador acionou seus propulsores de perna, saltando para cima e para trás de Aegis, expondo o Campeão à mira armada do outro gladiador. Sem perigo civil agora. Quatro braços, cada um com seu próprio cano lançador de dardos ou balas, travados na mira.

— Tarde demais — disse Aegis, esperando ter cronometrado certo.

Projéteis atingiram a lateral do gladiador, gerando relâmpagos azuis por todo seu torso, sua cabeça e aquelas armas. Particle e Celice atacaram o drone da borda acima, e Aegis se viu sorrindo enquanto o gladiador falhava em disparar, enquanto a máquina se contorcia, seus fios e circuitos queimando.

Sua visão estalou. Em um momento, Aegis tinha a vitória à vista e, no seguinte, seu pescoço se contorceu para ver o outro gladiador, aquele que havia jogado o carregador para o lado, assumindo o manto de seu amigo caído. Braços subindo, armas prontas para funcionar.

Aegis rolou em direção ao perigoso gladiador, ombro-peito no concreto antes de se levantar com seus braços para uma postura reta, deslizando os pés para fazer um perfil estreito. Balas dispararam, iluminando o ponto no concreto onde a cabeça de Aegis estivera. Lascas voaram, estojos quentes queimaram o uniforme de Aegis pela frente e por trás enquanto o drone o pressionava com munição viva.

Sem espaço restante.

Impulsionando-se com o pé direito, Aegis alcançou o braço inferior esquerdo do gladiador. Ele sentiu impactos duros quando vários tiros acertaram o alvo, as balas cortando suas roupas, atingindo o colete blindado por baixo. O braço direito de Aegis ficou dormente, e algo em seu abdômen espremeu uma agonia ácida através de seu estômago quando um tiro à queima-roupa acertou, mas o movimento trouxe Aegis para dentro do alcance do drone.

Mesmo dormente — uma experiência que Aegis sentira mais do que gostaria de admitir nas mãos de vários vilões — o Campeão trabalhou seu braço direito, depois o esquerdo para escalar o gladiador. O grande drone tentou se livrar de Aegis, mas ele se abaixou, balançou, subiu para as costas da máquina. Por todo seu brilho polido, os acessórios do gladiador significavam que apoios para as mãos não eram difíceis de encontrar. Algumas extremidades metálicas, funcionando muito quentes agora, queimaram as mãos de Aegis quando pousaram, mas ele jogou a dor para longe.

Haveria tempo para sentir tudo depois.

Chegando à cabeça do gladiador, Aegis puxou seu punho esquerdo para trás, balançando e amassando a placa do crânio do drone. À sua direita, Aegis viu o primeiro gladiador, ainda recebendo disparos de Celice e Particle, recuperar suas faculdades. Depois que a Ziran capturou um gladiador usando munições EMP, ninguém no grupo esperava obter os mesmos resultados aqui. Eles só precisavam desacelerá-lo o suficiente para...

Zhan-Yo entrou correndo pela direita de trás, tendo tomado um caminho mais longo da borda até o campo de batalha. Contornando um muro de contenção inclinado e festonado, o líder revolucionário pagou tributos físicos à sua causa com suas espadas duplas. Zhan-Yo não tentou cortar o drone cambaleante, um movimento que poderia ter quebrado suas lâminas na blindagem, mas trabalhou como um cirurgião, esfaqueando entre as articulações e cortando conexões. Primeiro uma perna, depois a outra se abriram, faiscando e desabando enquanto a capacidade do drone de controlar sua postura desaparecia.

De cima, Aegis teve uma bela visão quando Zhan-Yo levou suas lâminas à cabeça do drone caído, completando o golpe de misericórdia com uma finesse casual. Aegis teria aplaudido se não estivesse batendo em seu próprio alvo, quebrando a armadura mais leve no topo. Agora, fios e metal se revelavam, prontos para serem agarrados, rasgados e jogados fora.

O gladiador disparou para cima, uma subida ruidosa

forçando Aegis a agarrar a cabeça fraturada do drone para se segurar. Assim como o drone no barco da Ziran, o gladiador presumiu que Aegis não sobreviveria a uma queda de uma altura enorme, e desta vez ele não tinha água para cair.

Ótimo.

Aegis, esperando que sua mão direita dormente pudesse manter o aperto, socou com a esquerda. Ele sentiu seus dedos se envolverem ao redor de fios e puxou, ignorando os cortes enquanto fragmentos de metal cortavam na saída. O gladiador estremeceu, mas os foguetes mantiveram sua queima. Abaixo dele, Zhan-Yo e sua vítima se afastavam. Celice e Particle o observavam da borda, segurando seus próprios disparos. Os trabalhadores finalmente tinham seus pods funcionando, os três veículos afastando-se da Fábrica em velocidade.

A brisa aumentou novamente, o sol poente, livre de qualquer sombra, sentiu-se quente nas costas de Aegis enquanto o gladiador subia. Aegis socou novamente, desta vez quebrando completamente as articulações da cabeça. O crânio de metal do drone caiu, deixando Aegis nos ombros de uma máquina dirigindo-se para as estrelas.

Que maneira de partir seria essa, o Campeão original subindo e subindo até queimar-se na atmosfera? Ou ele sufocaria primeiro, perdendo a consciência e mergulhando em um borrifo sem cerimônias?

Essa era uma chance que Aegis não podia correr. Ele tinha um legado a preservar, uma lenda a proteger.

Então ele soltou seu braço direito, agrupou suas pernas e chutou para fora do drone no ar.

CAPÍTULO 18
BUSCAR E ENCONTRAR

ELA PRECISAVA ENCONTRAR Calvin antes que a Ziran a encontrasse.

Kat se levantou do monitor, olhando mais uma vez para trás, para o corpo no chão, e então para a porta fabricada, tão prateada quanto todo o resto nesse prédio improvisado. Ela a havia trancado ao entrar, correndo o ferrolho. A segurança analógica em todo lugar era um bônus, porque Kat não conseguira obter nada útil do homem de óculos.

Ela o derrubou primeiro, pressionou um cotovelo em sua garganta enquanto o imobilizava com seu peso. Se o homem fosse um fisiculturista, Kat poderia ter problemas, mas empurrar lápis significava que ele não conseguia a alavancagem necessária. Quando ele ficou imóvel, Kat fez um cálculo difícil.

Deixar o homem inconsciente, arriscando que ele pudesse se recuperar e soar o alarme. Matá-lo e talvez Kat pudesse ganhar algum tempo, mas estaria adicionando mais um corpo à sua contagem, mais uma vida à sua consciência. No calor do momento, como quando havia abatido os mercenários de Wexley naquele lago congelado, Kat poderia dar o golpe fatal sem arrependimento.

Mas ali? Naquela cela com um drone portador de seringa olhando para ela em silêncio?

Ela pegou a injeção da máquina e a aplicou no homem. Ele chamara aquilo de sedativo, talvez o mantivesse desacordado por mais tempo. Depois de empurrar a seringa, Kat vasculhou os bolsos do homem, tirou o crachá de identidade de sua camisa. Seu Tama já havia escurecido, fazendo o melhor possível para guardar os segredos de seu dono.

Então Kat fugiu, passou as duas horas seguintes circulando pela base tentando descobrir que diabos estava acontecendo naquele lugar distante. Os corredores fluorescentes e sem arte se dobravam uns sobre os outros, sinais colados dando pistas vagas para lugares como "engenharia" e "análise de espécimes". Toda vez que encontrava uma porta selada com fechadura de escaneamento Tama, Kat seguia pelo outro caminho.

Quando a rastreadora cruzava com alguém passando, todos mantinham a cabeça baixa e ela também. Conversas ao redor do bebedouro não tinham espaço neste lugar, não que Kat se importasse. Ela acabou descobrindo a cafeteria, seis mesas de cartas esparsas servidas por várias máquinas de venda automática. Ao longo da parede dos fundos?

Escritórios improvisados para os atarefados funcionários.

E um estava ocupado, a porta ligeiramente entreaberta. Perto dali, uma alma solitária pegando algo em uma máquina de venda automática à direita. Kat foi para a máquina na extremidade oposta, leu as opções deprimentes para cada sabor de barra energética que poderia querer. Esperou até que o outro consumidor pegasse seu prêmio e saísse.

Rolando os pés, mantendo-se silenciosa, Kat foi rapidamente até a porta do escritório aberto. Escutou, ouviu uma voz feminina cantarolando para si mesma. Kat espiou para dentro, viu alguém rolando o que parecia uma assustadora caixa de mensagens. Tantos itens não lidos e de alta prioridade espalhados pela tela. A Ziran mantendo suas abelhas ocupadas.

Com a mão direita, Kat exerceu a menor pressão possível sobre a porta, sua estrutura fina movendo-se como ar. Um passo deslizante para dentro, sua presa ainda cantarolando, a aproximação de Kat despercebida. Pelo menos até Kat fechar a porta e girar o ferrolho.

A mulher se virou, sua expressão toda de curiosidade inocente. Como se nada de ruim pudesse acontecer aqui neste santuário distorcido.

— Oi — disse Kat — e desculpe.

Kat acertou a mulher, palma para cima, bem no nariz. A cabeça da mulher voou para trás e Kat, puxando a cadeira da mulher para longe da mesa, agarrou a garganta exposta e segurou com força. Muitos segundos de luta depois, com Kat passando todo esse tempo dizendo à mulher para parar e que ela viveria, a senhora finalmente desmaiou.

Apoiando o corpo da senhora na extremidade do escritório, onde qualquer um que escancarasse a porta descobriria que havia esmagado uma colega, Kat se acomodou na cadeira e começou a digitar.

— Contabilidade — Kat fez uma careta enquanto afastava as mensagens, as planilhas cheias de números e fórmulas. — Não, obrigada.

Apesar da opinião de Kat sobre contabilidade, a mulher deixou sua vida eletrônica impecavelmente organizada. Depois que Kat removeu os programas abertos, ela encarou opções limpas e rotuladas que a direcionavam para a equipe do acampamento, suas listas, cronograma de experimentos e outras escolhas suculentas que Kat teria explorado se tivesse tempo.

Ela foi primeiro para a lista, um banco de dados dinâmico que transformava cada anomalia ali em variáveis. Altura, peso, antecedentes genéticos emparelhados com nomes e zero outras descrições para criar uma listagem impessoal. Talvez a planilha limpa facilitasse para a equipe do laboratório executar seus testes, mas para Kat, parecia muito familiar.

Como rastreadora, Kat havia olhado para um banco de dados não muito diferente deste por muito tempo. Nomes emparelhados não com estatísticas físicas, mas financeiras. Representantes e contratos listados um após o outro para que Kat pudesse se concentrar em suas anomalias mais produtivas. Priorizar a captura de fugitivos com poderes semelhantes para aumentar sua receita.

Em nenhum lugar o banco de dados de rastreadores Paragon acrescentava qualquer cor, em nenhum lugar descrevia o estado mental de uma anomalia, sua vida doméstica, se gostavam ou não dos contratos impostos a eles por uma entidade todo-poderosa.

Kat fechou os olhos, esfregou a testa, tentou ignorar a sensação viscosa e doentia que escorria em seu abdômen. Havia saltos óbvios, mas ela não os faria. Não tentaria construir a ponte entre os Paragons e a Ziran.

Uma ponte que não parecia tão distante quanto há um minuto.

Engolindo, desejando ter comprado uma bebida nas máquinas de venda automática lá fora, Kat digitou na barra de pesquisa e inseriu o nome de Calvin. Tocou na pequena lupa, um ícone que existia antes de Kat existir e que nunca havia mudado, e encarou a mensagem que apareceu no centro:

Nenhum resultado.

O quê?

Kat tentou novamente, leu o que digitou para verificar se havia erros.

Nenhum resultado.

Ela recostou-se na cadeira, tentou pensar. Talvez a busca não estivesse direcionada às anomalias, talvez estivesse quebrada. Talvez a lista fosse antiga.

— Não está quebrada — disse uma voz baixa atrás dela e

Kat virou-se bruscamente na cadeira, caindo em uma posição agachada. Com um empurrão, Kat poderia enviar a cadeira voando de volta para a mulher, que se inclinava, traseiro no chão, contra a parede dos fundos do escritório. — A dor de cabeça é muito pior.

A contadora sentia o nariz com uma mão enquanto a outra massageava sua garganta. Seus olhos encontraram Kat, e Kat encontrou aquela mesma curiosidade que havia visto quando a rastreadora invadiu a sala pela primeira vez.

— Suponho que você não deveria estar aqui? — disse a contadora.

— Seu nariz não está quebrado porque eu não precisava que estivesse — respondeu Kat, ganhando tempo para tentar encontrar uma explicação ou uma maneira de impedir que a contadora pedisse ajuda. Elas estavam longe demais para um nocaute rápido e Kat não tinha armas. — Não estou tentando matar ninguém aqui.

— Isso é um alívio — respondeu a mulher, deixando suas mãos caírem para os lados. — A maioria das anomalias que fogem acumula vítimas antes de serem abatidas. — Diante do piscar de olhos de Kat, a mulher deu de ombros. — Não que eu esteja convidando você a tentar bater o recorde deles.

Kat avaliou a distância das mãos da mulher até a porta. Ela teria que se sentar, alcançar, destravar o ferrolho, depois puxar a porta para abri-la e contorná-la para fugir. Muito tempo, muita distância. A contadora precisaria de ajuda, mas...

— Você não está gritando. Por quê? — Kat perguntou.

— Porque não devemos — respondeu a contadora. — Está no treinamento que Adriana forneceu a todos nós. Estudos mostram que encontros com anomalias são mais frequente-mente fatais se a anomalia estiver agitada. — A contadora inclinou-se para frente, colocou um dedo em sua própria bochecha. — Você não está agitada, está?

Havia duas cartas para jogar aqui. Kat poderia seguir com

a abordagem de anomalia-em-fuga que a contadora já acreditava, ou poderia mudar rapidamente para outra coisa. Inventar alguma história sobre ser uma espiã, talvez, ou uma soldado Paragon em busca de vingança. Ou a verdade?

Não, nunca isso.

— Agitada o suficiente. — Kat moveu sua mão esquerda para fora da cadeira, mantendo-a erguida como se pudesse estar tentando lançar um feitiço. — Escolha: me ajuda ou eu te deixo desacordada, e não será tão gentil na segunda vez.

— O que você quer?

Sem hesitação. Kat podia apreciar isso.

— Estou tentando encontrar um amigo. Ele veio para cá comigo, mas não o vejo na lista.

A contadora olhou para a tela. — Posso?

— Devagar.

Kat levantou-se, moveu-se em direção à porta com as costas na parede enquanto a contadora passava por ela, pegava a cadeira. Olhou para trás para Kat e esperou, prestativa e sincera. A rastreadora teve que se recompor novamente. Ela nunca havia conhecido um refém tão cooperativo.

Ou a Ziran amava muito seus funcionários e desistiria de segredos para salvar até mesmo uma vida, ou Adriana e Wexley nunca pensaram que alguém ousaria atacar seu pessoal.

Por outro lado, toda esta situação não surgiu porque Wexley fez Mynx de refém e, como recompensa, viu-se rei dos drones?

Kat passou para a contadora o nome de Calvin e, a princípio, a contadora fez a mesma coisa que Kat havia feito.

— Já tentei isso — disse Kat quando o mesmo pop-up apareceu.

Em vez de ficar frustrada, porém, a contadora apenas assentiu e deslizou para um banco de dados diferente, este muito menor com valores diferentes exibidos ao lado de cada nome de anomalia. As colunas listavam progressões, tratamentos e próximas injeções. Sem dar tempo para Kat analisar o novo panorama, a contadora executou outra pesquisa com o nome de Calvin.

Bingo.

— Ele? — perguntou a contadora enquanto o banco de dados se centrava em Calvin, mostrando que ele começaria seu terceiro ciclo hoje. — Você disse que entraram ao mesmo tempo?

— Onde ele está? — retrucou Kat.

A contadora era a refém, ela que responderia às perguntas.

— Andar de cima — respondeu a contadora, virando-se para Kat e cruzando as mãos no colo. — Ele está no estágio final. É sempre um espetáculo. Você vai me matar agora?

Kat enrugou o nariz. — Não. Conte até cem, então pode sair.

— E ir para onde? — A contadora sorriu novamente, um sorriso suave que falava de zero reclamações, apenas uma aceitação suave. — Este é meu trabalho e, por enquanto, minha casa.

— Então você deveria encontrar um novo — respondeu Kat. Ela deslizou o ferrolho com a mão direita, empurrou a porta para abri-la. — E logo.

A contadora não disse nada enquanto Kat saía, fechando a porta atrás dela. A cafeteria agora tinha mais pessoas, à medida que a tarde se transformava duramente em noite. Kat notou as filas para as barras energéticas, as bebidas energéticas, os lanches salgados e percebeu que não tinha ideia de onde essas pessoas vinham, onde moravam. Seus uniformes tinham um mix de tecnologia científica, com macacões verdes de manutenção em alguns contrastando com o padrão de escritório da Ziran nos demais. Um guarda armado sorvia um refrigerante com um canudo perto da saída, observando despreocupadamente seu Tama.

Nenhum deles havia se dirigido ao escritório roubado por

Kat. Todos poderiam vir em defesa da contadora se a mulher fizesse algum barulho.

Em outras palavras, hora de ir.

Kat saiu rapidamente da cafeteria, seu equipamento de rastreadora atraindo olhares. O guarda também franziu a testa na direção de Kat enquanto ela passava, mas o intervalo devia ter prioridade e Kat conseguiu sair sem ser abordada.

O edifício, fabricado como era, tinha apenas um único elevador, e bastante precário. O poço corria pelo centro do edifício – pelo que Kat podia perceber – e seu caminho era acompanhado por uma escada dupla. Kat avaliou o elevador ao se aproximar, viu o botão de descida iluminado enquanto outro homem de manutenção esperava, olhos em seu Tama.

Muito risco na máquina. Elevadores podiam ser parados remotamente, podiam ser transformados em armadilhas mortais. Melhor estar livre.

As escadas provaram ser barulhentas, mas limpas, degraus de metal frágil combinando com a estética prateada e saltando a cada passo. O próprio barulho de Kat misturava-se com muitos outros subindo e descendo em uma constante barragem de pingue-pongue. As conversas dos colegas de trabalho confundiam-se sob as batidas, mais uma vez levando Kat a se perguntar como diabos as pessoas poderiam ser tão normais em um lugar como este.

Alguém realmente poderia se adaptar tão rápido? Decidir que um salário poderia valer a pena levar anomalias e submetê-las a sabe-se lá o quê?

A empatia ameaçou abrir caminho, humanizar as pessoas neste prédio com Kat, mas ela chegou ao andar superior antes que algo verdadeiramente perigoso descarrilasse seu plano: libertar Calvin e depois fugir, de preferência incendiando este lugar até o chão no processo.

O andar superior não dava uma impressão de cobertura. Kat saiu da escada lentamente, abrindo a porta e espiando antes de entrar completamente em um corredor que poderia ter correspondido àquele que ela havia deixado abaixo, metro por metro. A única diferença? Menos portas.

Banheiros à esquerda e à direita de Kat, e além deles o corredor continuava sem outro elemento até um fim abrupto perto da borda do prédio. Portas fechadas com Tama cobertas com sinais de alerta vermelhos fechavam aqueles lados, e Kat as deixou em paz, voltando seu foco para as portas principais à sua frente.

Do outro lado do corredor havia um conjunto duplo opaco. Ao contrário da porcaria fina e cromada em outros lugares do prédio, essas portas tinham peso, tinham uma pintura branca com o logotipo laranja da Ziran no centro. Elas também tinham uma fechadura Tama. Sinais de "apenas pessoal autorizado" rotulavam cada porta também, confirmando o propósito da fechadura.

Kat aproximou-se da porta, colocou o ouvido bem perto. Não ouviu nada, embora não pudesse dizer se as portas bloqueavam o som ou se a contadora havia mentido sobre a localização de Calvin.

Outra escolha difícil. Arrombar as portas e acabar com seu sigilo, ou tentar se esconder e esperar, digamos, em um desses banheiros por outra oportunidade de fazer reféns?

A abordagem lenta tinha seu apelo, mas os nervos de Kat já estavam em chamas. A contadora não esperaria para sempre, mesmo que realmente contasse até cem no ritmo mais lento conhecido pelo homem. E se Calvin estivesse lá dentro, se estivessem fazendo algo com ele, então cada segundo que Kat esperasse do lado de fora poderia ser o último dele.

Respirando fundo junto com um longo passo para trás da fechadura Tama, Kat avaliou seus pés, suas pernas e aquelas portas. Ela poderia usar um gadget para arrombar, mas talvez...

Kat respirou fundo e deu um chute rápido, enviando um calcanhar com bota esmagando diretamente na fechadura

Tama. A pequena tela e o scanner não tiveram chance, estilhaçando-se em plástico preto e vidro. Um alarme soou antes que o pé de Kat retornasse ao chão, uma coisa metálica que reafirmou a construção apressada do prédio. As luzes nem mesmo mudaram: nem vermelho terrível, nem travas rápidas.

A rastreadora não ficou esperando, mas deslizou para a direita, colocando as costas na parede e as portas duplas à sua esquerda. Outra respiração profunda, outra aposta.

Algo clicou nas portas, e Kat sentiu um baque quando um trinco se moveu. Um segundo estrondo seguiu e as portas se abriram. Kat não viu nada ao olhar para a esquerda, contendo uma pequena maldição. Ela esperava que as pessoas realizando os experimentos fossem burras, viessem correndo para o corredor prontas para um nocaute surpresa.

Em vez disso, esses caras tinham táticas.

— Quem estiver aí fora, desista — gritou um homem, sua voz saindo modulada. Um capacete, então. — Temos reforços chegando. Você está em desvantagem numérica.

Que negociador, esse cara.

— Ok — disse Kat sem se mover. — Ok. Não me machuque. Eu me rendo.

— Então venha com as mãos para cima, rosto visível.

— Acho que não consigo andar. Machuquei minha perna chutando o scanner.

O negociador ou seu colega guarda não esperou, mas contornou o lado da porta enquanto Kat terminava de falar. O homem estava com uma arma de choque erguida e pronta, teria puxado o gatilho exceto que Kat se lançou em seus tornozelos antes que ele limpasse a entrada.

O mergulho de Kat atingiu as panturrilhas do homem e o empurrou para trás, um tropeço que poderia tê-lo deixado em pé, exceto que Kat usou sua mão esquerda para puxar a perna direita do homem para frente. Enquanto o homem caía, enquanto vozes começavam a gritar – Kat estremeceu internamente ao ouvir vários drones cuspirem suas demandas mecânicas – Kat manteve suas pernas se movendo, empurrando-se para cima do homem caído.

Cobertura era cobertura, mesmo que estivesse viva.

A cobertura finalmente fez jus àquela promessa da Ziran: a ampla sala não tinha piso de azulejos, mas sim um tapete branco e laranja de ponta a ponta. Janelas dispostas do chão ao teto circundavam o espaço, proporcionando um espetacular pôr do sol. Um variado arranjo de drone, cientista e soldado desfrutava dessa vista, e Kat imaginou que mesmo as cinco anomalias paradas no centro teriam apreciado a visão como uma última visão antes de seu longo escuro.

Com a mão direita, Kat lutou com o guarda que se debatia por sua arma de choque. O amigo do guarda, sua voz revelando o negociador, correu com sua própria arma de choque mirando para um tiro a queima-roupa. Um que teria acertado em cheio se a rastreadora não tivesse rolado. O braço esquerdo de Kat suportou o impacto enquanto ela mudava seu guarda abatido sobre seu peito, esperando sentir o baque da arma de choque atingindo o homem.

O negociador segurou seu tiro. Esperou até que o guarda atacado, em cima de Kat, completasse o rolamento. Deitada de costas, exposta, Kat encarou o cano da arma de choque e o rosto completamente determinado do homem que a segurava.

Atrás dele, olhando em sua direção com o queixo quase caído no chão, estava Calvin. Um drone roncava ao lado dele, seringa estendendo-se em direção ao braço esquerdo de Calvin. Um braço que levava a uma mão, estendida no chão.

E a mão direita de Calvin?

Enquanto os drones rastreadores, aquelas centopéias metálicas em guarda quebravam sua cobertura, enquanto as outras anomalias cediam ao seu desespero e começavam a se mover, Calvin estendeu a mão para ela.

CAPÍTULO 19
DE VOLTA
PARA CASA

A CASA, açoitada pelo vento e desgastada pelo tempo, carregava a primavera de Chicago nas folhas velhas, na sujeira e nos gravetos que entupiam suas calhas. Os restos do inverno se agarravam aos cantos, suportando como podiam a brisa da tarde e os céus parcialmente encobertos. Uma construção de dois andares que pertencia mais a um cabo da costa leste do que a uma avenida suburbana, Rhimes apreciava essa peculiaridade. Ele subiu os degraus da frente devagar, mão no corrimão branco escorregadio pela chuva, sentindo a madeira rangendo sob suas botas.

Ele havia ficado ali por anos enquanto trabalhava para a Ziran, alternando entre Zhan-Yo e Wexley em papéis que se inclinavam para o obscuro e sombrio. Agora ele havia sido expulso por Wexley e enviado uma atualização para Zhan-Yo, que respondeu com uma única palavra:

Vá

Z teria que esperar um minuto. Atrás de Rhimes, Regina subiu o caminho com olhos errantes de turista. Mais atrás, o pod emprestado voltou para a rua, partindo para buscar outro passageiro. Rhimes tinha golpeado e destruído seu caminho desde o Ziran a um quilômetro ao norte, um movimento desesperado que forçou a programação de emergência do pod a entrar em ação, deixando o par na saída da rodovia.

Eles escorregaram e se arrastaram por bairros úmidos antes de pegar mais dois pods em sequência, com Rhimes desenterrando antigos pseudônimos e suas empoeiradas contas de reputação para cobrir seus rastros. Ele tinha usado essas identidades pela última vez para contratar mercenários, comprar armas e gerenciar a pequena matança de Elementais de Wexley de um modo que os Paragons não pudessem rastrear de volta ao seu dono.

Engraçado como algumas coisas voltam a se repetir.

— Esta é a sua casa? — perguntou Regina enquanto Rhimes tentava abrir a porta.

Uma fechadura manual, e ainda trancada. Ele tinha que presumir que a chave estava... Rhimes caminhou três metros para a direita, se abaixou e levantou o revestimento fino. Ali, aninhado em algum isolamento, estava o objeto manchado. Exatamente onde Rhimes o havia deixado meses atrás, antes de sair para capturar um drone gladiador com Wexley.

— Eu te fiz uma pergunta — disse Regina enquanto Rhimes se endireitava.

Ela estava com os braços cruzados como se Rhimes, que supunha ter alguns anos a mais que ela, fosse seu filho.

— Te ouvi — disse Rhimes, mergulhando a chave na fechadura e girando. — Não é.

— Então de quem é?

Rhimes abriu a porta. Sentiu o cheiro de poeira, o ar pesado deixado à deriva. Pisos de madeira escura, molduras na coroa e uma escada subindo. Sem retratos nas paredes azul-claras. Frio dentro também, o forno ou estava morto ou cortado pelos contadores exatos da Ziran: por que pagar por um lugar que não está mais em uso?

— É da Ziran — disse Rhimes enquanto Regina o seguia para dentro. Ele deixou que ela passasse à sua frente pelo corredor antes de fechar a porta, trancando-a atrás dela. — Estou esperando que eles tenham esquecido dela.

— Com o meu irmão, esse é um plano ruim.

— Às vezes todos os planos são ruins.

Rhimes passou por Regina, olhou para a porta do porão ao longo do corredor. O arsenal havia sido esvaziado, espalhado entre os mercenários contratados que abateram aquele drone. Todos, exceto alguns escolhidos deixados para trás, inúteis contra máquinas, mas muito bons para carne e osso.

— Então é por isso que viemos aqui — disse Regina na cozinha, quando Rhimes abriu o armário sobre a geladeira, tirando uma maleta cheia de facas de cerâmica. Frágeis, mas quase indetectáveis. — Você acha que algumas facas vão nos fazer entrar no escritório de Wexley?

— Último recurso — disse Rhimes, pegando três e enfiando-as na jaqueta, uma na meia. Ele segurou a última para Regina, virando-a em sua palma para que o cabo de couro preto ficasse voltado para ela. — Aqui.

— Eu não sei lutar com uma faca — disse Regina, franzindo os lábios e encarando a lâmina.

— Quando você estiver desesperada, vai descobrir como. — Rhimes empurrou o cabo na direção de Regina novamente e, quando ela não se moveu, ele suspirou, reverteu a lâmina para colocar o cabo em sua palma. Deslizou-a pela manga e a encaixou ali. — Ou não.

— Ferramentas são para aqueles que precisam delas. — Os olhos de Regina viajaram até a despensa. — Diga-me, a Ziran abastece seus esconderijos com comida?

— Desde que "fresco" não seja um requisito, pode comer. E depois seguimos em frente.

Regina encontrou alguns cereais duros como pedra, pasta de amendoim sólida como cimento e algumas barras energéticas comestíveis. Esta última parecia atraente até Rhimes tentar a torneira e descobrir que a água também estava cortada.

— Seu irmão é pão-duro — disse Rhimes, fechando a torneira.

— Ele está gastando tudo comigo — respondeu Regina, mordiscando a placa de granola de chocolate mesmo assim.

O Tama de Rhimes tocou: o pod que ele havia chamado esperava do lado de fora, pronto para levá-los ao centro da cidade. Os dois se dirigiram para a porta da frente, Rhimes na frente, mão alcançando a fechadura.

A porta explodiu para dentro. A onda de choque enviou Rhimes voando para trás sobre Regina, derrubando ambos no chão do corredor enquanto lascas de madeira choviam ao redor deles. Com os ouvidos zunindo e os olhos ardendo, Rhimes se sentou e olhou para a pequena esfera flutuante de um drone de supressão. Não letal, mas muito perigoso, a bola pairava sobre a varanda enquanto sua arma escolhida se retraía.

— Mexe — disse Rhimes, sua voz soando pequena e metálica através de sua audição entorpecida. — Quintal.

Regina pareceu entender, levantando-se e indo em direção à cozinha. Rhimes seguiu, dando dois longos passos antes da porta deslizante de vidro da cozinha imitar sua irmã da frente, estilhaçando-se com uma explosão concussiva. Rhimes agarrou Regina quando os cacos voaram em direção a eles e carregou para a direita, através da porta e descendo as escadas do porão em uma corrida cambaleante.

Quando chegaram ao fundo, Rhimes procurou um interruptor de luz e descobriu que esse também estava inútil. Com apenas uma nesga azulada entrando pela porta aberta, Rhimes mais sentiu do que viu Regina se afastar dele, recuando para o centro da sala.

— Como eles nos encontraram? — perguntou Regina.

— Você sabe o que seu irmão faz, certo? — perguntou Rhimes, ignorando um tornozelo dolorido enquanto tirava os cacos de vidro de seus ombros.

— Achei que você tinha descoberto uma maneira de desaparecer?

Rhimes acenou seu Tama brilhante para Regina enquanto olhava para a porta. Aqueles drones eram não letais, mas isso não significava que eles não podiam fazer Rhimes sentir uma dor dos diabos. Sem mencionar que, se ele e Regina não saíssem logo, o plano de Zhan-Yo não teria chance.

E se Zhan-Yo falhasse, então Rhimes receberia o tratamento de um traidor.

— Eu esperava que ele não nos encontrasse tão rápido — disse Rhimes. — Calculei errado.

Regina recuou, colocando as costas contra uma parede iluminada pelo Tama de Rhimes. Ao redor dela, ganchos contavam a história do arsenal desaparecido.

— Fique longe de mim — disse Regina enquanto Rhimes observava. — O pior que vou receber é uma carona de volta para casa.

Bem, isso doeu, mas Rhimes não podia culpar a mulher. Autopreservação e tudo mais. Em vez disso, ele voltou para a escada. Sob os degraus de madeira estavam caixotes e caixas usados para transportar as armas, e embora os caixotes estivessem vazios, o pé de cabra usado para abri-los estava pendurado no lugar certo. Rhimes levantou a barra preta e empoeirada, tentando se sentir um durão.

Drones rastreadores roubaram esse sentimento, suas pernas de aço afiadas estalando enquanto assumiam o lugar de seus irmãos flutuantes de supressão. Rhimes ouviu os cliques lá em cima enquanto eles passavam do azulejo brilhante para a madeira espessa. O homem alcançou seu Tama para cortar a luz, depois parou.

Os drones podiam ver no escuro.

— O que são essas coisas? — disse Regina, seus olhos seguindo algo acima da cabeça de Rhimes.

Rhimes ouviu a pergunta e, em vez disso, escutou as garras do drone rastreador alcançarem o final da escada.

Levantando o pé de cabra, Rhimes começou a se mover naquela direção, planejando dar uma pancada por cima antes que o drone pudesse reagir. Ele levantou o pé de cabra, nivelou o ombro esquerdo e sentiu algo agarrar sua arma.

— São dois deles! — gritou Regina, esclarecendo o pânico enquanto Rhimes se afastava das escadas para o centro da sala, puxando o pé de cabra.

O drone não conseguiu manter seu aperto com garras na arma e Rhimes a libertou, tropeçando para trás, preparando-se enquanto os dois drones rastreadores, suas carapaças prateadas de centopeia, deslizavam em sua direção de ambos os lados. Ambos se ergueram como cobras, as pequenas fendas escondendo suas armas lançadoras de dardos se abrindo.

Não havia maneira de Rhimes cair tão facilmente.

Ele escolheu a direita, dando um passo e balançando a barra como um taco de beisebol. O golpe esmagou a seção intermediária do drone, ricocheteando na armadura do drone com a mais leve amassada, um alto tilintar. Os dardos dispararam. Um se cravou em suas costas, um segundo em seu ombro esquerdo.

Eles queimaram, e Rhimes perdeu o controle da mão esquerda enquanto balançava o pé de cabra uma segunda vez. Ele foi por cima da cabeça, mirando no olho do drone rastreador, e nunca conseguiu. A máquina desviou sua espinha, recuando para fora do alcance de Rhimes. Novamente como uma cobra, o drone avançou para frente após o balanço, empurrando Rhimes para o chão. Uma perna bateu no pé de cabra, enviando-o rolando pelo chão.

Com suas mandíbulas metálicas pairando sobre sua cabeça, Rhimes se encolheu diante das mandíbulas de aço enquanto seu corpo ficava dormente. Pelo menos, com dois dardos, ele poderia perder a consciência. Ele definitivamente não sentiria a dor se essas coisas decidissem despedaçá-lo.

Atrás dele, Rhimes captou a voz de Regina, murmurando

por favor não várias vezes. Suponha que ele deve ter feito algo certo se ela não o queria morto.

Rhimes não conseguia sentir seu Tama vibrar, mas viu a tela se iluminar. Uma chamada recebida da pessoa com quem ele realmente, realmente não queria falar naquele momento. Felizmente, ele não poderia atender o Tama mesmo que quisesse.

O drone rastreador baixou-se, pousou duas pernas afiadas no peito de Rhimes. Com outra, a máquina estendeu uma garra de aço e tocou o Tama, aceitando a chamada. O rosto de Wexley, banhado pelo sol e com óculos escuros, preencheu a tela.

— Rhimes, você não sabe o quanto me dói te ver assim — disse Wexley. Para seu crédito, Wexley parecia de fato magoado, parecia cansado. — Me apunhalando pelas costas justo quando eu mais preciso de você?

— Você não queria me escutar.

Rhimes não tinha fôlego para falar mais que um sussurro. Tentou encontrar alguma força mesmo assim, fazer algo para não parecer, soar tão fraco. O drone pressionou sua garra mais profundamente, rasgando a camisa de Rhimes, marcando seu peito.

— Escutar o quê? — perguntou Wexley. — Qual é o problema, Rhimes? O que é tão ruim que você tem que tirar minha irmã de mim? — Wexley levantou a mão, tirou os óculos e esfregou os olhos. — Eu nem entendo o que você está tentando fazer, levando-a para aquele velho depósito.

— Isso não é-

— Ei, drone — disse Wexley —, minha irmã está aí?

O drone inclinou-se, serpenteou uma garra no braço de Rhimes, cortando fundo. Rhimes não conseguia sentir nada, mas podia ver a gota vermelha na luz do Tama enquanto o drone puxava o braço de Rhimes para cima de sua cabeça, dando ao Tama uma boa visão.

— Estou aqui, Wexley. — Regina encontrou sua coragem

em algum lugar: Rhimes não ouviu nenhum vestígio do choramingar. — Deixe o pobre homem em paz. Ele não sabia o que estava fazendo.

— Isso eu não acredito nem por um minuto. Ele não te machucou?

— Não. Acho que ele me queria para alguma coisa.

Não dizendo o quê. Regina não estava desistindo de imediato. Rhimes não conseguia ver exatamente uma saída desse desastre, mas saber que ele não estava completamente sozinho o fazia se sentir um pouco melhor. Não que ele fosse sentir qualquer coisa por muito mais tempo.

— O que ele quer não importa. Fique longe dele — disse Wexley. — Tenho um pod vindo para te levar de volta. — Algo crepitou através do Tama, o zunido constante de um alarme. Wexley xingou. — Preciso ir, Regina. Te amo.

A chamada do Tama piscou, algo que Rhimes só soube porque o drone extraiu sua garra de seu braço. Livre, o membro dormente de Rhimes caiu de volta ao chão, a tela do Tama em branco diante de seus olhos.

Agora vinha a execução.

O drone de pé sobre ele se endireitou, mantendo Rhimes preso, mas não exatamente indo para o dilaceramento. Seu parceiro, sem preâmbulo, disparou, pernas de metal correndo pelo lado da escada em direção à porta acima. Rhimes sabia o suficiente sobre táticas de drones para achar o movimento estranho: drones rastreadores usavam seus números para confirmar mortes. O parceiro não deveria ter saído até que Rhimes fosse um cadáver frio.

Não que o drone restante não pudesse lidar com o trabalho. Rhimes viu uma perna, ponta afiada visível no brilho fosco do Tama, mirando em sua garganta. Rhimes não conseguia sentir suas pernas, seus braços, nada, então ele tentou manter uma expressão séria. Determinado, sem medo. Regina, pelo menos, seria capaz de contar isso a Wexley.

O pé de cabra esmagou o olho esquerdo de vidro do

drone. Fragmentos se espalharam enquanto a máquina caía à esquerda de Rhimes, libertando o lutador de sua pressão com garras – não que Rhimes pudesse fazer muito com essa liberdade. Regina avançou, balançando o pé de cabra novamente e atingindo uma perna de aço. O golpe não fez muito, mas o drone também não atacou a mulher.

Os próprios comandos de Wexley. Rhimes tentou rir, tossiu em vez disso enquanto seus pulmões lutavam para obter ar suficiente. Os drones da Ziran não se atreveriam a machucar a irmã do homem ou o próprio homem, linhas que Rhimes havia garantido que o pessoal da Ziran adicionasse em uma atualização inicial depois de tomar a Fábrica.

— Saia — disse Regina, como se o drone fosse ouvi-la. — Deixe-o em paz!

Preso entre diretivas, o drone hesitou. Regina bateu nele novamente, Rhimes captando os golpes pelo canto do olho esquerdo. A máquina queria serpentear ao redor de Regina, chegar a Rhimes e terminar a missão, mas cada vez que fazia um movimento, Regina batia nela novamente.

Acima, a casa tremeu. Gritos e estrondos ecoaram pelos corredores. Mais vidro estilhaçou. Rhimes pensou ter captado comandos táticos, mas quem diabos mais estaria aqui? Todos com quem ele trabalhava estavam envolvidos nas missões da Ziran agora, e nenhum escolheria lealdade a ele em vez de segurança com a Ziran-

— Você poderia se apressar e levantar? — latiu Regina, dando outro golpe de golfe na cabeça do drone que se aproximava. — Isso não é meu estilo!

— Estou tentando — respondeu Rhimes, com a boca pastosa. — Dois dardos é muita droga.

Rhimes precisava de tempo, e o drone não era estúpido o suficiente para dar a ele. Ele moveu-se para a direita, puxando Regina consigo, e quando fingiu avançar para Rhimes novamente, ela segurou o pé de cabra em outro golpe total. O drone escorregou sob o golpe, deitando-se quase plano sobre aquelas pernas brilhantes, e correu pelo peito de Rhimes.

— Não, seu feio desgraçado! — gritou Regina, correndo atrás da máquina.

— Bem, droga — disse Rhimes enquanto o drone se erguia e golpeava para baixo com suas garras.

Mesmo com os dardos, Rhimes sentiu esses cortes.

CAPÍTULO 20

LEVANTE-SE

CASSIDY ESTIMOU trinta corpos aglomerados na cela sem janelas, confinados por cercas baratas e drones gladiadores mais do que dispostos a manter suas armas apontadas para os prisioneiros.

Trinta corpos, e todos sem exceção pularam quando a anomalia, uma garota agachada no canto, gritou.

Não de terror, mas com raiva brilhante e energizada.

Sob uma ampla tenda dividida em seis daqueles grandes cercados, um espaço próximo ao centro da base onde, Cassidy deduziu, carregamentos de anomalias seriam agrupados e classificados, o grito galvanizou os cativos. Cassidy não conseguia explicar: num segundo, ela estava olhando para as colinas bege, imaginando como Vick tinha morrido tão rápido, e no seguinte? Correndo em direção à cerca com as outras anomalias.

Não, ela podia explicar: outra habilidade quebrando as regras do mundo.

Os vácuos saltaram para as pontas de seus dedos, prontos para disparar enquanto Cassidy se comprimia entre os corpos que dobravam uma lei física após a outra. Algumas anomalias saltavam no ar, disparando através da tenda ou mergulhando em direção a um guarda sem se preocupar com táticas. Outras explodiam em chamas, lançavam globos de luz fantásticos ou derretiam no chão apenas para aparecer ao lado de um drone gladiador e bater nele com punhos inúteis.

Os drones fizeram o que foram projetados para fazer: os quatro braços entraram em erupção com tiros direcionados, balas atravessando a multidão. Algum canto da mente de Cassidy percebeu que ela iria morrer, todos iriam, mas essa mesma anomalia gritou novamente e aquela dúvida desapareceu. Em vez disso, Cassidy saltou sobre um corpo ferido e caindo à sua frente e usou aquela altura para lançar um vácuo contra o gladiador mais próximo.

A faca invisível cortou o ar, encontrou seu alvo e engoliu o crânio metálico do drone. Fios se rasgaram para cima e para longe do corpo da coisa, seus canhões de braço parando, desabando. Outra anomalia seguiu o ataque de Cassidy, correndo até o drone e, com um toque, encolheu o gladiador ao tamanho de um humano enquanto aumentava o próprio.

A grande anomalia rugiu, a multidão rugiu com ela, e, quando a voz de Cassidy baixou do chamado, um laser preciso transformou a anomalia recém-gigante em uma baixa. A revolta chorou, voltando sua atenção para o assassino da anomalia.

Cassidy também se virou, vácuos prontos para despedaçar os monstros de Ziran e sua base até que nada restasse além de brasas e cinzas. Saindo de sua plataforma humana, Cassidy começou a se fundir na multidão até que outra anomalia volumosa, passando rapidamente com alguma canção guerreira derramando de sua boca, esmagou a cabeça de Cassidy com seu ombro.

Ela girou, caiu, e teria sido pisoteada se sua pequena escapada, seu lançamento de vácuo, não a tivesse colocado na retaguarda do grupo. Alguns pés descalços esmagaram suas pernas, um pressionou seu cabelo contra a terra, mas ela respirou. Viveu.

Encontrou sua sanidade.

Do chão, com a terra compactada fria contra sua bochecha, Cassidy viu por baixo das cercas, fora da tenda e em direção à base do edifício. O que havia sido uma improvisada cobertura de metal agora estava nublado com poeira, fogo e uma confusão de drones e humanos. Balas pesadas estouravam pelo ar, rompendo gritos que exigiam calma e uma mistura sônica mais profunda que desafiava a descrição: anomalias e suas habilidades quebrando, estalando, estrondando e reverberando.

Cassidy sentiu como se tivesse voltado aos seus anos de adolescência, enfiada em um porão lotado ouvindo bandas variadas berrando em instrumentos aleatórios.

No caos, porém, vivia a oportunidade. A ilha tinha ensinado isso a Cassidy.

Ela se levantou, reuniu a luta que via, os poderes flamejantes e as armas disparando, e tentou formar uma estratégia. Celice disse que a vinda de Cassidy aqui fazia parte de algum plano. Thane ou Aegis teriam orquestrado a explosão, a revolta? E, se sim, qual era o objetivo?

À esquerda de Cassidy surgiu a mulher mais jovem, aquela que gritava e que havia iniciado a correria desenfreada. A mulher gritou novamente, colocando as mãos em volta da boca para dar um impulso extra à ordem, ao chamado para esmagar as máquinas de Ziran e seus cuidadores assassinos. Cassidy sentiu o impulso, mas ele escorregou de sua lógica, de seu autocontrole. Como a Duquesa lá na ilha, saber que uma anomalia era a fonte eliminava a ameaça.

— O que você está fazendo? — disse Cassidy para a mulher, aumentando sua voz para ser ouvida.

— Aproveitando uma chance — respondeu a mulher, examinando Cassidy. Uma careta dizia que ela não estava impressionada. — Por que você não está ajudando?

A resposta para essa pergunta veio através dos pés delas, veio com uma brisa diferente, mais quente, passando por ali.

Uma que não cheirava como o mar ou os arbustos espalhados, mas como gases ionizados, energia elétrica produzida por um motor. Cassidy pegou o braço da mulher, puxando-a para longe da multidão em luta. Lançando um vácuo, Cassidy cortou a cerca, permitindo que as duas saíssem pela parte de trás da tenda e para baixo do céu aberto.

— É por isso — disse Cassidy, apontando para o horizonte sul.

Uma nuvem escura e oscilante acelerava em direção ao acampamento. Drones de todos os tipos disparando em direção à fuga de anomalias.

— Eles não vão tentar nos sedar — continuou Cassidy. — Vão pairar sobre nós, nos massacrar, e Ziran pode começar de novo quando estivermos mortos na terra.

A mulher se livrou da mão de Cassidy, olhou furiosa enquanto a nuvem se aproximava. — Então você quer desistir? Fugir? Isso não vai funcionar.

— Lutar como uma multidão desorganizada também não.

Cassidy viu movimento, um flash no sol quando um drone rastreador, todo de metal brilhante, desceu do topo da tenda e se arrastou em direção ao par. O Vazio empurrou a mulher para o lado — ela caiu na terra com uma maldição — e lançou dois pequenos buracos negros na máquina. Eles rasgaram o drone em pedaços, enviando metades faiscantes para ambos os lados.

Acenando para o drone quebrado, Cassidy estendeu a mão para a mulher, que a pegou e depois a soltou com um silvo.

— Acho que você me queimou — disse a mulher.

— Desculpe — respondeu Cassidy. — Mas é disso que estou falando. Precisamos de um plano, e precisamos conseguir que todas essas pessoas concordem rapidamente.

A mulher olhou de Cassidy para o drone destruído, levantou-se da terra. — Tudo bem, mas não me mate.

Uma líder nata, essa aí.

— Não prometo nada — disse Cassidy.

Lissy, a gritadora, tinha alguns bons truques. Com Cassidy alimentando estratégias obtidas de meses escondida na Tailândia e anos liderando anomalias na ilha, Lissy manipulava as emoções do acampamento com cada grito. Com Cassidy gerando vácuos para cobrir seu avanço em direção ao centro, Lissy lançou-se em uma cadência estridente.

O anel destruído, formando-se naturalmente enquanto as anomalias e os drones lutavam em um perímetro cada vez mais amplo, permitiu que Lissy girasse enquanto chamava, capturando as partes da batalha com seus gritos. O primeiro grito de Lissy caiu na multidão enfurecida, explodindo, socando como água em um incêndio desenfreado: ela amorteceu a raiva, inspirou cautela. Mesmo esse primeiro passo fez uma diferença imediata quando as anomalias olharam ao seu redor, seguindo as instruções de Lissy para trabalhar juntas, encontrar maneiras de se defender e atacar em igual medida.

Cassidy ouviu enquanto Lissy repetia o grito nas outras direções, sua voz ecoando sobre cabeças metálicas e humanas. Gladiadores drones se elevavam nas bordas, alguns caindo enquanto outros ainda disparavam rodadas incessantes contra anomalias indefesas ou, se tivessem os poderes certos, protegidas. Lá em cima, anomalias que podiam voar se enroscavam com drones de supressão, punhos e objetos aleatórios atingindo esferas soldadas que não hesitavam em revidar.

Corpos caíam, estilhaços os acompanhavam.

E aquela nuvem escura se aproximava cada vez mais. Diante dela, agora laranja enquanto o sol se punha a oeste, o edifício Ziran fervia em seu topo. Janelas quebravam enquanto anomalias, guardas e drones se emaranhavam em uma luta que Cassidy não conseguia distinguir, não entendia. Lissy poderia ter visto isso como uma oportunidade, mas o pequeno grupo lá em cima não ajudaria na guerra aqui embaixo.

— Fase dois! — disse Cassidy quando Lissy concluiu o primeiro chamado.

— Preciso recuperar o fôlego — respondeu Lissy, tentando fazer exatamente isso.

Cassidy chicoteou um vácuo passando pela gritadora, um buraco negro em espiral que engoliu o fogo de um gladiador renegado. A máquina tentou mudar de alvo apenas para uma lâmina azul neon, aparecendo do chão como algum espigão perdido, cortar o drone em dois. Cassidy não conseguia dizer quem havia gerado a coisa, que se dissipou em brasas azuis depois de seu ataque.

— Vamos, Lissy, agora não é hora — disse Cassidy, tentando olhar para todos os lugares ao mesmo tempo.

— Tudo bem, tudo bem. — Lissy endireitou-se, inspirou mais ar do que Cassidy achava possível, como um pássaro se inflando antes de uma canção, e soltou o comando.

Se o primeiro chamado inspirou cautela, solidariedade, então o próximo de Lissy carregou foco em suas palavras: recuar e formar. As linhas de batalha ao redor do acampamento se desgastaram quando anomalias com melhores habilidades avançaram enquanto as mais fracas morreram ou ficaram para trás. Apenas observando os drones gladiadores e vendo quais explodiam, quais se aproximavam, Cassidy podia ler o conflito. O próprio acampamento fornecia sua própria página para ler também, já que aquelas tendas caíam, desabando enquanto anomalias e drones lançavam ataques selvagens.

À medida que o grito de Lissy, repetido de novo e de novo, chegava aos seus ouvidos, os prisioneiros superpotentes recuaram. Algumas anomalias ergueram escudos coloridos sólidos ou cintilantes, enquanto outras projetaram sombras ou curvaram a luz, fazendo com que os drones atirassem no ar ou em manchas vazias no chão. Gradualmente, o caos se uniu, anomalias se encontrando cercadas não por metal mortal, mas por aliados. As explosões cessaram, embora os drones continuassem despejando fogo de armas nas defesas das anomalias, fogo que não conseguia encontrar alvos.

Era isso que Thane queria, por isso enviou Cassidy aqui. Ele sabia que ela podia comandar uma força de anomalia desordenada, sabia que ela entenderia como mantê-los vivos porque ela havia feito isso por anos naquela ilha. Ele sabia, ele viu que Cassidy se importava com aquelas crianças na Tailândia, se importava com sua família aqui.

Ele sabia que ela tentaria qualquer coisa para tirar essas anomalias em segurança.

E, droga, Thane estava certo.

Agora, Cassidy ainda não tinha ideia de como Thane poderia ter adivinhado que uma batalha iria eclodir, mas essa seria uma pergunta para outro momento. Preferencialmente, um que não tivesse um céu crepuscular enchendo-se de monstros de metal.

— E agora? — disse Lissy entre longas inalações. — Não sei se você notou, mas aqueles drones ainda estão vindo.

Cassidy, no entanto, não estava mais observando os drones. Ela mantinha seu foco no topo do edifício, onde a luta continuava com vigor. Corpos ocasionalmente caíam pelas janelas quebradas para pousar no chão abaixo, e o brilho de uma chama falava de tempos difíceis lá dentro. Os drones que chegavam também pareciam mais focados nesse conflito do que na força da anomalia se reunindo lá fora.

As anomalias precisavam de duas coisas para viver: uma fuga e uma distração para manter os drones longe. Cassidy tinha uma ideia para a primeira, talvez aquele edifício pudesse servir como a segunda.

— Senhora? — repetiu Lissy.

— Estação de trem — disse Cassidy. — Essa é nossa única saída. Leve todos para lá.

— E você?

— Vou conseguir alguma cobertura para nós.

— Funciona para mim.

O heroísmo sem entusiasmo de Lissy provocou um sorriso no rosto de Cassidy enquanto ela seguia em frente. As anomalias, quando Lissy as atingiu com outro comando, um que fez Cassidy sentir que precisava ir para a estação de trem se quisesse viver, foram para a esquerda. Elas apareceram, voaram, correram ou simplesmente se teletransportaram passando por Cassidy. Aquelas que mantinham os escudos os mantiveram erguidos durante toda a movimentação, o display multicolorido caminhando com a multidão.

Os drones no chão, os guardas de Ziran seguiram, suas armas silenciosas.

Eles tinham sido treinados, programados bem. Cassidy se queimava se lançasse muitos vácuos, a maioria das anomalias tinha custos semelhantes para seus poderes. Todas essas pessoas se cansariam, encontrariam suas habilidades sem resposta eventualmente.

Então seria apenas limpeza.

A menos que Cassidy pudesse mudar a equação.

Enquanto caminhavam, as anomalias resmungavam e rosnavam, falavam sugestões umas às outras. Estratégias de batalha se misturavam com piadas sobre sair vivo. Soldados recrutados para um exército imediato, e a cena combinava com isso: Cassidy sentia o cheiro do suor, do medo contido pela manipulação de Lissy. Roupas rasgadas, cinzas flutuavam na brisa. Batidas vibravam o chão enquanto os drones de várias toneladas deslocavam seu volume. Além de tudo isso, o alarme do edifício continuava a soar, um aviso muito fraco para a situação.

Ao se aproximar do final da linha, Cassidy sentiu os vácuos chegarem às pontas dos dedos. Ela teria um segundo, talvez, antes que os drones percebessem que ela não estava protegida. Esse tempo teria que ser suficiente.

Sua testa ficou quente, seus braços ardentes enquanto o coração de Cassidy bombeava cada vez mais rápido. As duas últimas anomalias passaram por ela com olhares preocupados, caminhando para trás enquanto suas estranhas barreiras — uma oval branca leitosa, a outra um quadrado estático em cascata como uma TV antiga — continuavam cobrindo o movimento. Cassidy se abaixou entre elas, olhou para o edifício e o que estava entre eles.

Oito gladiadores aqui, com o dobro de guardas de Ziran. Máquina e humano igualmente pararam sua perseguição rangente quando Cassidy saiu das barreiras. Rifles erguidos, os gladiadores inclinaram seus braços canhão-armas. Os últimos esforços do sol transformaram sua pintura branca em púrpura, o laranja em negro escuro.

O enxame se aproximava, voava sobre, ao redor da torre. Uma tempestade iminente e imparável.

— Eu me rendo — anunciou Cassidy, e levantou os braços.

A energia escorreu de suas mãos, disparou direto pelos seus dedos e correu para o ar, todos aqueles vácuos sussurrando para Cassidy que agora era a hora, que eles podiam sair e destruir o inimigo.

Tinha sido um dia brilhante, uma manhã cedo. Ela tinha um café nas mãos, observando da entrada da garagem enquanto seu filho arremessava uma bola de basquete na cesta da entrada, a mochila do garoto esperando no gramado. A bola subiu, bateu no aro e saltou em direção à rua. Atrás dela, a porta se abriu quando seu marido levou a filha de Cassidy para fora, pronta para sua própria caminhada em direção à escola.

O carro, um SUV grande como tantos na rua, avançava em direção à bola, em direção ao seu filho que a perseguia. Cassidy não pensou, não fez nada além de seguir os vácuos e seus instintos. Ela estendeu a mão, enviou um buraco negro giratório em direção ao carro que se aproximava. O vácuo comeu as rodas dianteiras, arrancou o para-choque e enviou o SUV para uma parada faiscante e estridente quando sua frente esmagou o asfalto.

Seu filho, sua filha olharam para o carro. O marido de Cassidy apenas olhou para ela.

Juntos, os vácuos se ligaram, voaram, um disco giratório largo o suficiente para cortar uma torre. Os drones, os guardas, Cassidy observou ele voar sobre suas cabeças. Quando suas mãos subiram, o calor veio junto, queimando Cassidy como uma febre para acabar com todas as febres. Sua visão ficou embaçada, seus joelhos dobraram, e antes que a primeira bala fosse disparada em sua direção, Cassidy atingiu o chão, já inconsciente.

CAPÍTULO 21
TOQUE O SINO

IMPULSIONANDO-SE NO CÉU, Aegis sentiu seu momento de ascensão lutar e perder contra o puxão da gravidade. Ao seu redor, o pôr do sol cegava seus olhos com tons de roxo e laranja. Os foguetes do drone, disparando para o alto infinitamente, respingavam calor sobre Aegis. Não muito abaixo, Los Angeles se estendia como um cobertor urbano e, à direita, Aegis vislumbrou o oceano cintilante.

Seus ouvidos reconheceram a queda antes do estômago, o vento rugindo enquanto Aegis iniciava seu mergulho. Começou e parou quando seu chute lateral o lançou para a encosta. Um pinheiro alto pegou o Campeão, galhos formando uma almofada de garras enquanto Aegis despencava, quebrava, rachava e estilhaçava seu caminho por inúmeros andares até o cobertor sujo, empoeirado e coberto de agulhas no fundo. Rasgos e estalos abundavam entre suas articulações, seu cérebro batia dentro do crânio como um chocalho tocando, mas o homem não morreu quando finalmente encontrou o chão.

Através da copa, Aegis conseguiu distinguir as primeiras estrelas, as poucas corajosas o suficiente para perfurar as luzes da cidade de LA. Sua respiração estava superficial, mexeu os dedos dos pés, piscou algumas vezes. Uma pequena bola de fogo, bem acima, era a evidência do fim do drone.

Aegis riu. Mais um para adicionar à sua lista.

Enrolou-se, levantou-se, limpou para cima e para baixo seu uniforme rasgado. Seus ouvidos saíram do silêncio atordoado para os gritos, chamados de sua filha e Particle dizendo seu nome. Torcendo o pescoço de um lado para outro para livrar-se dos nós, Aegis voltou a se movimentar.

Tinha sido um inferno de primeiro round, mas a equipe havia chegado ao segundo.

A brisa soprava forte enquanto Aegis deixava a floresta, escorregando e deslizando pela encosta de volta à grande entrada da Fábrica. Zhan-Yo estava montado sobre o gladiador caído como um rei conquistador, sua tachi inclinada na direção do concreto. Celice e Particle, vendo que Aegis não se tornara mais uma baixa, tomaram cobertura atrás do drone, armas a postos.

— Cheguei tarde demais? — Aegis gritou, correndo para a cena.

— Pela primeira vez, você chegou cedo — respondeu Zhan-Yo.

Celice revirou os olhos, mas Aegis captou o mais leve indício de um sorriso que significava o mundo todo.

— O que ele está esperando? — Aegis perguntou, olhando para a grande porta fechada. — Está com medo?

— Wexley é cauteloso. Está nos observando, tentando nos decifrar. Perguntando o que estou fazendo aqui.

— Então vou dizer a ele.

O vento chicoteou enquanto Aegis se aproximava da plataforma de carga, preso nas paredes de concreto e soprando para frente e para trás, ansioso para escapar e sem saber como. A grande porta ostentava o logotipo da Paragon, uma versão dourada embutida que, observando de perto, revelava-se com linhas gravadas de uma placa de circuito. Não havia batedor, nem um jeito de abrir aquilo por fora.

— Wexley! — chamou Aegis. Ele não conseguia ver a câmera, mas Mynx lhe mostrara anos atrás que ela ficava bem no círculo deslocado do P. O Campeão colocou sua melhor cara de herói, encarando o olho invisível. — Você está com uma amiga minha aí dentro. Solte-a, ou eu vou entrar. Você escolhe.

Ninguém respondeu.

— Bom trabalho, pai — gritou Celice. — Realmente assustador.

Aegis levantou um único e específico dedo. Zhan-Yo suspirou alto. Particle, sabiamente, manteve seus pensamentos para si.

— Aegis! — a voz de Wexley, alta e clara vinda da câmera, sobrepôs-se ao vento. — Obrigado por me poupar o trabalho de caçá-lo. O mundo está pronto para seguir em frente depois dos seus erros, e eu também. Por favor, espere mais um momento e você terá o que está procurando.

Não foi bem o monólogo que Aegis esperava. A maioria dos vilões, em seu momento de triunfo, discursaria por tempo demais sobre esta ou aquela grande ambição, um mistério até Apinya, em um bate-papo revelador nos primeiros dias da Paragon, revelar que os vilões queriam reconhecimento. Queriam que seus maiores inimigos entendessem seus objetivos, o quem, o quê, onde e por que era seu destino.

Depois disso, Aegis fez tudo o que podia para socá-los antes que os idiotas começassem a falar. Economizava tempo, e nenhum merecia algo melhor.

Wexley cumpriu sua palavra. Depois de dar a Aegis mais um fôlego para seu corpo se reparar, a plataforma de carga começou a se abrir com um ruído. Uma elevação gradual, centímetro por centímetro, revelando os drones em posição do outro lado. Gladiadores, rastreadores, supressores e quem sabe o que mais estava naquela bagunça metálica.

Aegis assoviou. Estalou os nós dos dedos.

Seus olhos desviaram, fixando-se em um ponto atrás dos drones. Um painel de controle do elevador, quase invisível entre todas aquelas armas, o reluzente prata e aço. Deixe para Particle manter o foco no objetivo.

Três gladiadores formavam a linha de frente quando a porta completou sua abertura. Doze braços carregados para matar começaram a girar. Abaixo deles, os drones rastreadores avançaram, suas pontas afiadas mordendo o concreto.

Aegis sorriu, sentiu o vento às suas costas, fluindo ao seu redor e para dentro da porta agora aberta. Baixando o ombro, Aegis deu um longo passo à frente, sozinho.

E, no instante seguinte, absolutamente não.

Surgindo à esquerda de Aegis veio uma figura enorme com punhos balançando. A fera musculosa e cuspidora de Thane quase igualava um drone gladiador em tamanho. Seu golpe veio do vento, atingindo com um estrondo, enviando seu alvo de quatro metros de altura caindo de volta para a força de drones.

À direita de Aegis, um jovem Paragon agachou-se, mãos empurrando para fora. O Campeão não sentiu nada, mas os drones no lado direito da formação amassaram-se uns contra os outros, suas partes metálicas batendo e grudando com força. Rolando do vento após o homem veio um dos recrutas de Apinya, Kamnan, e o homem mais velho atacou os drones agrupados com uma luz quente, derretendo o aglomerado em uma bola brilhante e ardente.

Ainda assim, Aegis tinha seu próprio gladiador bem à frente. Encarou-o, olhou fixamente para aquelas armas e partiu para o ataque. Ele saltou quando duas mãos agarraram seus ombros por trás. Aegis sentiu suas roupas, seu corpo, tudo congelar. Um alvo parado.

Até que uma segunda anomalia impulsionou Aegis e seu passageiro para frente. O gladiador levantou suas armas apenas para descobrir que Aegis não estava mais a metros de distância, mas bem na sua cara, o corpo invencível do Campeão carregando seu momentum contra a máquina como uma bala de canhão. Aegis esmagou-se contra o peito da máquina, sua proteção não sofrendo nenhum dano, sua velocidade rachando a armadura do drone e empurrando a máquina para trás.

Aegis entrou em ação quando as duas mãos se soltaram, Samir avançando para o drone danificado. Com um toque, o Paragon trancou o gladiador amassado em estase invencível, poupando Aegis de tiros, mas mantendo Samir ajoelhado ao alcance dos pés do gladiador.

Perfeito para aqueles drones rastreadores e suas garras cortantes.

— Celice! — gritou Aegis enquanto ia para um à direita.

O drone prateado cortou ao redor do gladiador, indo para Samir com suas mandíbulas frontais. Aegis deu um soco para baixo, entregando força suficiente para redirecionar o drone para o concreto. Faíscas voaram, Aegis sentiu o golpe rachar um nó dos dedos.

No momento em que seu segundo golpe atingiu em cheio, quebrando a espinha de centopeia do drone rastreador, aquele nó do dedo já estava inteiro novamente.

Atrás de Aegis, tiros soaram em um staccato rápido. Um segundo drone rastreador recebeu os tiros e mudou de tática, saltando nas costas de Aegis e se arrastando em direção à cabeça do Campeão. As garras da máquina cortaram seu uniforme, penetrando fundo na pele do Campeão, e embora Aegis jogasse os braços para trás, o instinto lhe disse que nunca conseguiria agarrá-lo a tempo de salvar sua própria vida.

A dor flamejou intensamente em um flash e Aegis gritou, esperando encontrar um corte fatal. Em vez disso, a pressão em seu corpo desapareceu. Aegis girou e viu, enquanto mais drones e anomalias colidiam uns com os outros, Thane segurando o drone rastreador no alto. As garras da coisa raspavam contra a pele de Thane, desenhando linhas vermelhas na carne dura e manchada do homem.

Thane arrancou o drone rastreador em pedaços. Segurando o metal e suas garras cortantes, Thane começou a trabalhar na horda de máquinas, destruindo e retalhando drones onde quer que golpeasse.

Fazia muito tempo que Aegis não lutava com Thane, muito tempo desde que aquela anomalia havia reivindicado o amor do Campeão. Aegis nunca perdoaria o monstro por aquele momento, mas agora, com tudo em jogo, ele podia apreciar ter a criatura do seu lado.

— Soltando! — gritou Samir.

O grande drone voltou à vida, encontrou sua mira, apenas para receber uma cascata de munições EMP em seu corpo. Os mercenários contratados por Zhan-Yo, os comandos de Mathieu, chegaram em vários pods, formando fileiras com Celice e Particle para fornecer fogo de cobertura enquanto as anomalias se preparavam para um avanço.

E eles atacaram agora.

Com a força da Paragon emergindo do vento, as habilidades combinadas das anomalias dominaram o comitê de boas-vindas de Wexley. Raios, explosões e blitzes atingiram drones menores do ar e cobriram os maiores com incêndios, bolas de ácido e curtos-circuitos elétricos. Máquinas explodiam, caíam mortas no chão ou voltavam-se para lutar contra seus companheiros drones em uma ruptura maníaca com sua programação.

Aegis saltou para o meio, seguindo Thane e caindo em um ritmo com a anomalia maior. Enquanto Thane ia para cima, Aegis ia para baixo, esquivando-se dos golpes amplos do monstro para pegar um drone rastreador e lançá-lo contra a mão de Thane, que o desfiou com garras. Um drone supressor encheu o lado direito de Thane com dardos atordoantes, que ricochetearam na pele do homem, e Aegis aproveitou o foco do drone e o transformou em vantagem: o Campeão agarrou a máquina esférica e a arremessou contra o quadril de outro gladiador, despedaçando-a e rachando um buraco na armadura do gladiador.

O gladiador virou-se para ver seu atacante, apenas para que EMPs acertassem exatamente no pequeno buraco.

— Obrigado pela abertura — disse Particle, sua voz crepitando pelo fone de Aegis. — O progresso está dentro do cronograma.

— Que cronograma? — perguntou Aegis, rolando para longe enquanto Thane enfrentava outro gladiador, a dança ficando muito quente para ele.

— O meu — respondeu Zhan-Yo. — Tenho nosso cavaleiro do vento trazendo reforços, mas eles não chegarão imediatamente. Precisamos entrar na Fábrica onde podemos nos defender.

— Estamos indo muito bem aqui fora — respondeu Aegis, correndo em direção a outro drone rastreador para esmagar.

Seu avanço levou a força de ataque de anomalias e normais para além dos limites da plataforma de carga, trazendo-os para dentro do próprio edifício. Sem as apertadas paredes de concreto, Aegis captou os vastos níveis da Fábrica, todos iluminados em branco brilhante sobre pisos de metal azul-escuro, mantidos limpos por ainda mais drones. Aqui, mesmo com o barulho constante da luta, Aegis podia sentir as linhas da Fábrica produzindo mais máquinas, que poderiam saltar da linha final e ir direto para a luta.

Com espaço aberto acima e abaixo, com cada drone capaz de voar ou escalar, o grupo de Aegis poderia ser atingido de qualquer ângulo, de todos os ângulos. Embora eles somassem várias dezenas agora, esses números cairiam rapidamente sem o elemento surpresa do seu lado.

— Continuem! — gritou Aegis, sua voz passando pelo fone e ecoando sobre a luta. — Assim que entrarmos, dividam-se para seus objetivos! Não esperem!

Os drones pareciam sentir a mudança de momentum. Ou

algum supervisor de Ziran decidiu salvar suas máquinas para um campo de batalha melhor. Os poucos gladiadores restantes recuaram, acionando seus jatos assim que entraram na Fábrica e disparando para cima, desaparecendo de vista. Os drones rastreadores e seus irmãos de supressão aérea também fugiram, a maioria sendo explodida no processo.

O grupo de Aegis correu para frente, os comandos normais assumindo o fogo de cobertura. Thane, já liderando o caminho, ignorou qualquer planejamento, preferindo desviar para a esquerda e avançar pelo amplo nível principal da Fábrica. Aegis formou-se com Zhan-Yo, Celice e Mathieu logo após a entrada, o Campeão olhando para o elevador principal.

— E o maníaco? — perguntou Celice, apontando para Thane.

— Ele vai atrair atenção — disse Zhan-Yo.

— E se ele morrer, melhor ainda — acrescentou Aegis. — Eu vou atrás de Mynx. Vocês três vão para o centro de comando.

— Você não vai sozinho — disse Celice.

Aegis teria aceitado ajuda, teria levado um aliado ou sete com ele, exceto que novos ruídos chamaram sua atenção. Particle, observando as portas da plataforma de carga, olhou rapidamente. Lá fora, novos drones pousaram, gladiadores esmagando os pods em que os comandos haviam chegado. Atrás deles, também, novos alarmes soaram na Fábrica enquanto os sistemas de segurança entravam online.

Celice pegou seu rifle, apertou o gatilho para enviar uma bala voando sobre o ombro de Aegis. Acertou um painel que se abria, perfurando um canhão com torre do outro lado. Faíscas choveram. Comandos e anomalias apontaram outras armas que entravam em vista, a Fábrica se erguendo contra os invasores.

— Você não pode perder ninguém — disse Aegis, correndo para o elevador enquanto todos ao seu redor entravam em ação para salvar suas vidas. — Eu vou buscar Mynx, vocês fiquem vivos.

— Seja rápido! — respondeu Celice, já mirando e disparando contra outro alvo.

Balas voavam, lasers brilhavam, poderes de anomalia refletiam em cada superfície, seus reflexos capturados na pele polida da Fábrica. Um lindo caos, uma missão arriscando tudo. Aegis sentiu sua adrenalina bombeando tão rápido quanto suas pernas enquanto alcançava o elevador, pressionando o botão que o enviava para baixo. Terrível, mortal e ausente de sua vida por muito tempo.

Os Campeões fizeram seus nomes com ataques como esses, trabalho em equipe triunfando sobre probabilidades impossíveis. Agora ele estava nisso novamente, uma última vez salvando o mundo.

Existia algo melhor que isso?

CAPÍTULO 22
CONFUSÃO NO ESCRITÓRIO

A MORTE ESTAVA diante dela disfarçada de guarda Ziran com armadura laranja e branca. Seu rifle, pronto para disparar, apontado para Kat, cujos pés chutavam, escorregando no piso. Sem cobertura, sem lugar para ir. Ela ergueu uma mão, protegendo o rosto enquanto o guarda ia para o gatilho.

Kat já tinha encarado a morte antes. Esteve bem perto, e em nenhum momento sua vida passou diante dos olhos. Em nenhum momento o tempo desacelerou para dar espaço a uma última introspecção. Desta vez não foi diferente, embora parecesse estranho: num piscar de olhos, o homem apontava sua arma para ela. No seguinte, um círculo reflexivo voou entre eles.

O guarda puxou o gatilho, a arma disparou suas entranhas no círculo arremessado, feito do mesmo piso em que Kat estava sentada. Em uma fração de segundo, o círculo continuou seu curso, batendo no corredor. O homem ainda tinha sua arma, ainda mantinha a mão no gatilho.

Mas Kat ganhou um momento.

Ela flexionou o pulso esquerdo e duas esferas prateadas voaram, batendo contra a viseira do guarda. Ele cambaleou para trás enquanto Kat rolava, cobrindo os olhos. O flash brilhante disparou, visível sob as pálpebras de Kat como um clarão roxo-esverdeado. A rastreadora se ergueu com ambos os braços enquanto gritos, berros e ordens ecoavam pela sala.

Algo cortou seu tornozelo, rasgou sua bota, mas Kat manteve o equilíbrio enquanto avançava pela sala. Qualquer coisa para se distanciar do rifle do guarda. Algo quente passou zunindo perto da sua orelha direita, e Kat abriu os olhos para ver o que parecia um enxame de abelhas incandescentes de cor laranja zumbindo perto dela. O enxame disparou de volta para trás dela enquanto Kat girava, os insetos anômalos atingindo um drone rastreador que avançava.

As abelhas entravam e saíam e *atravessavam*, cada marca incandescente consumindo o drone. A máquina falhou conforme seus fios eram cortados, seus processadores se desfaziam. Em poucos segundos, o drone caiu no chão, uma carcaça perfurada. As abelhas dispararam em busca de mais presas.

Kat ficaria feliz em nunca ter que rastrear essa anomalia.

Não que rastrear fosse o maior problema do momento: o andar superior da torre entrou em caos ao redor de Kat, com drones e guardas Ziran se enfrentando com anomalias que farejavam uma chance de liberdade. Pelo espaço longo e amplo com janelas ao redor, exceto pelo lado esquerdo onde o corredor seguia, o conflito crescia, rápido e brutal. Guardas e drones disparavam dardos atordoantes contra as anomalias, alguns acertando e outros sendo bloqueados por Calvin, que arrancava pedaços do chão e criava barreiras finas e rígidas.

As abelhas enxameavam descendo em fila. Sua líder, uma mulher com cabelos emaranhados cobrindo-a da cabeça aos pés e mais tinta na pele do que qualquer pessoa que Kat já tinha visto, as dirigia com gestos das mãos.

No lado oposto da sala, vários guardas se aglomeravam ao redor de alguém que Kat não conseguia ver, embora pudesse ouvir a voz alta da mulher dando ordens. Defender, capturar vivos, matar o intruso, todas aquelas coisas agradáveis.

Havia um plano: chegar até a mulher atrás dos guardas, e Kat talvez pudesse conseguir uma trégua, fazer a loucura acabar. Sair viva, e não sozinha.

Kat encontrou Calvin, captou seu olhar por um longo segundo até que eles se arregalaram e a anomalia desapareceu através do teto quando ele desabou. Kat teria seguido em frente, exceto que o guarda que estivera a um ladrilho de distância de atirar nela queria um segundo round.

Recuperado das esferas atordoantes de Kat, o guarda tinha sua arma levantada novamente apontando para ela. Kat, de pé desta vez, agitou o pulso esquerdo para recuperar o gancho. Ela atirou para cima, pulando ao mesmo tempo em que o guarda disparava. O dardo atordoante passou por suas pernas, um alvo mais estreito que seu corpo. O gancho encontrou apoio no teto, ao qual Kat se prendeu até que o dardo passasse.

Soltando o gancho, Kat atingiu o chão em corrida, aproximando-se do guarda enquanto ele girava o rifle em um movimento em direção à cabeça de Kat. Um knockdown previsível. Kat dobrou a cintura, deixando a cabeça cair para o lado e o rifle passar pelo espaço. Com a mão esquerda, Kat acertou um uppercut com a luva, golpeando o queixo do guarda. A cabeça dele foi jogada para trás, os braços caindo para os lados enquanto o guarda recuava.

Direto para a distância perfeita para um chute.

Caindo na prática que tantas brigas de bar no *Carver's* haviam aperfeiçoado, Kat desferiu um golpe com o pé plano no estômago do guarda. A armadura do homem fez parecer que Kat chutava uma parede, mas o próprio guarda não era tão resistente. O homem caiu de bunda, sentado para um belo golpe final.

Kat mudou o apoio dos pés, firmando-se no esquerdo e trazendo o direito para o que deveria ter sido o golpe decisivo, exceto por um estampido alto, um assobio que passou rente à orelha de Kat. A bala atingiu e rasgou a janela atrás de Kat, confirmando que a munição era real e mortal. Kat abandonou o chute e foi para a esquerda, colocando a entrada da sala e sua estreita cobertura entre ela e a falange de três guardas do lado oposto da sala.

Ou Ziran sabia que Kat não era uma anomalia, ou tinham decidido parar de brincar.

O deslize para a cobertura deu a Kat um segundo para reavaliar a luta, e ela percebeu um vasto silêncio, tanto no som quanto na ação. O ataque das abelhas incandescentes morreu quando um drone rastreador, caindo do teto, derrubou a mulher no chão, injetando-lhe alguma droga nocauteante. As outras anomalias que estavam em guerra há um instante pareciam estar quietas, embora a sala zumbisse com um vento cortante que passava pelas janelas quebradas. Partes de drones estavam espalhadas pelo que Kat podia ver, com vários corpos entre eles.

A mulher líder agora dava ordens diferentes, ordenando que os drones limpassem, seus guardas avançassem e, em uma reviravolta interessante, alguém trouxesse reforços da Fábrica rapidamente.

Reforços para quê?

O guarda com quem Kat estava lutando começou a se levantar, então Kat estendeu a mão e pousou-a no ombro do guarda. O homem congelou. Cuidando para se manter escondida atrás da porta, Kat falou baixo, devagar.

— Tente alguma coisa e eu quebro seu pescoço — disse Kat.

— Eles vão quebrar o seu em um minuto — respondeu o guarda. — Vou esperar.

Kat não podia discutir com aquilo. Ela ouviu os drones, os guardas avançando pela sala em direção à sua posição. Poderiam tê-la atacado em massa, mas a hesitação fez sentido quando o elevador atrás de Kat anunciou um novo visitante.

Por que arriscar algo ou alguém quando tinham seu alvo encurralado?

Ela precisava mudar a situação.

— Levante-se — disse Kat. — Agora.

O guarda, felizmente, não a questionou. Com a ajuda de Kat, o homem se levantou rapidamente. Assim que as solas ficaram planas no piso, Kat o empurrou ao redor do canto. Atrás dela, vários guardas fizeram barulho com suas botas saindo do elevador, um deles ordenando que Kat se rendesse.

— Não atirem em mim! — gritou o prisioneiro de Kat enquanto ela o empurrava, com ela logo atrás, virando o canto.

Quando os companheiros do guarda não atiraram, Kat empurrou seu refém para frente, inclinando-se bem levemente em direção ao centro da sala.

— Tirem-no do caminho — ordenou a mulher.

Kat ouviu os drones rastreadores, ouviu os guardas atrás dela levantando suas armas. Ela empurrou seu refém, fazendo-o cambalear em direção à proteção da mulher. À direita de Kat, um drone rastreador desceu do teto, garras balançando em sua direção. Uma dor aguda floresceu no braço e perna direitos de Kat.

A rastreadora mergulhou.

O buraco de Calvin não tinha muito espaço para manobra, mas Kat não tinha o tamanho do homem. Ela voou através dele de cabeça, espremendo-se entre duas luzes penduradas para cair sobre uma mesa amassada. O impacto comprimiu seus pulmões, confundiu seu cérebro. O vidro, já estilhaçado na superfície da mesa, cortou sua testa.

Antes que Kat pudesse compreender onde tinha ido parar, mãos a agarraram e a jogaram para fora da mesa. Balas atingiram o espaço onde ela estivera, perfurando o móvel. Kat praguejou, um sussurro entrecortado de uma maldição, e tentou recuar mais. Tentou, pelo menos, até ver linhas de madeira e metal subindo pelo buraco do teto, tecendo uma densa rede.

— Eles têm uma dúzia de maneiras de descer aqui, então vamos nos mexer — disse Calvin. — Se você estiver bem?

O elegante brilho vítreo do andar superior cedeu seu estilo para o poder de um centro de processamento, embora ainda com as janelas ao redor das bordas. Mesas e estações de trabalho cobriam o local onde Kat havia caído de ponta a ponta, monitores brilhando com solicitações de nomes de usuário e senhas. Além das telas, a maioria das mesas tinha estojos com frascos, muitos de um vermelho escuro familiar. Do tipo que Kat tinha escorrendo pelo próprio braço agora.

— Estou longe de estar bem — disse Kat.

Calvin parecia ileso da luta, sua camiseta Ziran e calças frágeis fazendo o homem parecer mais um monge de brechó do que um prisioneiro anômalo. Ele havia passado de musculoso do Paragon para um aspecto magro, seus olhos inchados e uma nova barba de cabelos pretos dando um ar desleixado ao seu queixo. Ainda assim, Kat viu o homem que estivera perseguindo bem ali e não conseguiu resistir a um abraço apertado.

Um abraço apertado que Calvin interrompeu, afastando-se, olhando para ela.

— Teria dito o mesmo até você salvar minha vida — disse Calvin.

Desta vez, eles se encontraram com os lábios, um rápido toque interrompido por sons de rasgar e despedaçar. Uma maneira terrível de arruinar o que deveria ter sido um momento de pura felicidade. A própria dor de Kat, sua frustração e exaustão se transformaram em um calor branco.

— Vamos conversar mais sobre o que acabou de acontecer depois — disse Kat enquanto se viravam para observar o progresso do drone rastreador. — Quem é a mulher lá em cima? Ela parece ser a chave de tudo isso.

— Adriana — disse Calvin. — Isso é...

— Um momento — disse Kat quando o drone rastreador caiu pelo buraco.

A máquina de corte e fatiamento atingiu a mesma mesa que Kat e Calvin haviam usado como plataforma de pouso, endireitando-se a tempo de o gancho de Kat atingir o drone através de suas mandíbulas frontais. O gancho de aço mergulhou fundo na máquina, e Kat não mexeu o pulso quando o puxou de volta com ambas as mãos. Farpado, o gancho rasgou fios, cortou circuitos enquanto Kat puxava, finalmente saindo pelo buraco por onde entrara, trazendo consigo um desastre faiscante.

O drone rastreador avançou em direção a eles, instável, ainda tentando cumprir sua missão. Tentando, pelo menos, até Calvin esfaqueá-lo com vários estilhaços de metal arrancados de outra mesa.

Qualquer triunfo morreu com um clique de fechadura se abrindo nas portas da sala. Tanto Kat quanto Calvin mergulharam atrás de outra mesa, amontoados ombro a ombro enquanto os guardas faziam uma entrada barulhenta.

— Me diga que você tem um plano — disse Calvin.

— Claro, pegamos Adriana em nossas mãos, depois fazemos com que ela nos deixe sair — disse Kat. — Fácil.

— Super fácil.

Apesar de sua confiança, Kat realmente não sabia o que diabos eles iriam fazer. Calvin poderia sugar outro buraco através do teto, mas eles seriam pegos eventualmente. Quebrar as janelas significaria um mergulho para um esmagamento duro. Três andares até o chão significava que poderiam não morrer, mas uma perna quebrada seria igualmente ruim. Um tiroteio sem armas — exceto o gancho de Kat — também não seria favorável a eles.

Ela poderia querer transformar Adriana em refém, mas Kat não conseguia tornar isso uma realidade.

A iluminação acima de Kat mudou, escureceu quando uma treliça azul profunda cresceu ao redor dos dois. Calvin aproximou-se, seu ombro roçando no de Kat, a mão direita da anomalia erguida, a esquerda plantada em um terreno que recuava. Os guardas de Ziran gritaram, um disparou um tiro inofensivo e ricocheteante.

— Ganhando tempo para nós — disse Calvin — até você descobrir esse seu plano fácil.

Com as costas contra a treliça, Kat notou um detalhe interessante fora das janelas: drones se aproximando do edifício. O céu ficou branco e laranja no brilho persistente do pôr do sol, reflexos brilhando nas carapaças polidas.

Todos aqueles robôs estavam aqui por ela? Por Calvin?

A mão de Kat encontrou a palma plantada de Calvin. Todos aqueles gladiadores os destruiriam, não importa quanto ladrilho Calvin tecesse em um escudo. A anomalia também notou os drones, praguejou, mas manteve sua barreira crescendo. Agora a esfera safira roçava as costas de Kat, tecendo seu selo ao redor da mesa. Seus filamentos mais distantes estendiam-se sobre sua cabeça, pingando em sua visão como flocos de neve se expandindo numa manhã de Chicago.

— Estou feliz por ter te encontrado — disse Kat.

— Desculpe por te matar.

— Isso ia acontecer de qualquer jeito.

A rastreadora estremeceu quando os drones se aproximaram da torre, seus propulsores brilhando. Em um segundo, eles atravessariam as janelas, em um segundo levantariam seus canhões e disparariam. Em um segundo, eles...

— O quê? — disse Calvin quando os drones se dispersaram, desviando como um bando de pássaros ao redor da torre.

Eles não estavam vindo atrás de Kat e Calvin, afinal. Kat soltou o ar que prendia, engolindo ar enquanto as máquinas os deixavam vivos, deixavam-nos sozinhos.

Um guarda escorregou pela treliça de Calvin, arma

erguida. Kat não pensou, apenas pulou na frente de Calvin, estendendo a mão em direção à arma do guarda. Ela já tinha levado um tiro uma vez, sentiu duas vezes. Quanto pior seria uma terceira vez?

O mundo balançou, o guarda caiu para trás, sua bala indo em direção ao teto. Os alarmes estridentes morreram enquanto o mergulho protetor de Kat se transformou em uma cambalhota para frente. O escudo de Calvin desmoronou quando a anomalia se juntou a Kat em uma queda barulhenta em direção às janelas. Aqueles grandes painéis racharam e se estilhaçaram quando a torre, a maldita torre inteira, oscilou para trás.

Há momentos para desacelerar, para contemplar a próxima ação e fazer a melhor escolha. Kat não viveu muitos desses. Em vez disso, ela correu baseada em julgamentos instantâneos, no instinto de vida ou morte, e agora esse instinto dizia para girar e disparar seu gancho para cima.

— Segure-se em mim! — gritou Kat enquanto frascos, materiais de escritório, mesas e os infelizes guardas rolavam em direção a ela e Calvin.

O gancho da rastreadora foi em linha reta, atingindo a parede dos fundos da sala, sem janelas, e se cravando nela. Calvin agarrou as pernas de Kat em um abraço de urso, levantando as suas próprias para abrir caminho para os destroços que passavam. Sua suspensão não durou muito: o topo da torre seguiu sua base, deslizando em direção ao chão.

Kat girou o pulso, dizendo ao gancho para recolhê-los. O dispositivo girou, puxando Kat para cima enquanto eles caíam. Calvin praguejou novamente. Os guardas, ainda vivos, gritaram. Abaixo e atrás deles, um rugido monstruoso ressoou, triturando e rasgando como se alguma criatura gigante devorasse a construção de Ziran. Alguma força puxou a roupa de Kat, uma leve pressão trazendo-a de volta para o centro do edifício.

Que diabos estava acontecendo?

— Prepare-se! — disse Kat.

Não houve tempo para explicar para quê. Conforme o gancho se prendia, Kat se balançou, usando seu momento para dar impulso a Calvin. A anomalia alcançou o teto, o solo rochoso do deserto se aproximando rapidamente abaixo deles. Fios pendiam, o piso quebrado flutuava ao redor deles, e Kat enrolou os braços em volta do peito de Calvin, seu gancho ainda mantendo seu apoio.

A rastreadora sentiu o braço de Calvin cair, sua mão estendida enquanto Kat recolhia as pernas.

O instinto lhe deu uma chance.

Calvin lhe deu esperança.

CAPÍTULO 23

CENTRO DA CIDADE

RHIMES VIU cinco rostos olhando para ele. Um ele reconheceu: a intensa, mas de alguma forma indiferente Regina, sempre parecendo que os acontecimentos não eram legais o suficiente para ela. Outro pertencia a um homem sem camisa com uma tatuagem de pássaro recém-feita subindo e contornando seu peito.

Os outros três eram iguais. Exatamente o mesmo homem de meia-idade olhando fixamente para ele três vezes.

— Ou estou no inferno mais estranho, ou vocês são anomalias — disse Rhimes.

Enquanto falava, Rhimes avaliou a si mesmo e a situação. Acima dele, o teto da casa estava exatamente onde Rhimes o havia deixado. Abaixo dele, o chão de cimento parecia tão duro como sempre. O que não parecia o mesmo, francamente, era o próprio Rhimes.

Seu corpo *cantava*. Dores e incômodos desaparecidos. Os efeitos atordoantes do dardo, eliminados. Uma irritante dor de garganta do voo para Chicago?

Sumida.

— Inferno? Quem dera. — Regina apontou para o cara

sem camisa. — Este homem salvou sua vida para que você possa salvar a dele. Levante-se.

— Sim, senhorita — Rhimes riu, aceitando a mão de um dos três clones para se levantar.

— Isso — disse a anomalia sem camisa enquanto Rhimes se levantava, passando a mão pela bela tatuagem de falcão voando — é você. O único motivo pelo qual eu tinha espaço para ela foi que sua empresa matou todos os que eu havia salvado antes. — O homem fixou os olhos em Rhimes. — Ela diz que você pode nos recompensar por toda essa dor. Se não o fizer, eu a devolvo para você.

Alguém poderia ter ficado intimidado, olhando nos olhos daquele homem e vendo a raiva, a perda ali presente. Rhimes já tinha visto olhares semelhantes de seus mercenários, de seus soldados antes deles. Olhando mais de perto, Rhimes podia ver as estranhas manchas limpas na pele do homem, pontos que teriam formado padrões perfeitos de tinta. Todos que perderam alguém carregam as marcas de maneira diferente.

— Não posso mudar o que aconteceu — disse Rhimes. Pena e desculpas seriam insultos para este. — Mas posso garantir que isso pare.

Com um aceno de cabeça, Rhimes virou-se para agradecer ao triplo que o ajudara, apenas para ver o homem definhar, uniforme colado ao corpo e tudo, transformando-se em poeira marrom ressecada. Rhimes recuou, mas Regina o equilibrou com o braço.

— Desculpe — disse a única cópia restante com um dar de ombros. — Parte do jogo. Eles crescem, eles morrem. Meu nome é Weed, e imagino que você vá nos levar para dentro?

— Para dentro?

— Da sede da Ziran — disse Weed, acenando para Regina. — Ela disse que tem um código para desativar os drones, mas precisa de um computador específico?

— Não é um computador, é um lugar — Rhimes repetiu

para o grupo reunido na cozinha minutos depois. — A Ziran só tem dois pontos com acesso a toda a rede. Um está na Fábrica em LA, instalado depois que nós, — Rhimes tossiu — quero dizer, a Ziran, a tomou. O outro está aqui mesmo em Chicago, no antigo escritório de Zhan-Yo.

— Por quê? — perguntou Beth, a líder local dos Elementais, uma mulher que Rhimes havia caçado mais vezes do que gostaria de lembrar.

— Porque Zhan-Yo não queria ninguém em seu caminho quando chegasse a hora de transmitir a revolução. Se levarmos Regina até aquele escritório, ela pode inserir um código que atingirá todos os drones do planeta e os derrubará, pelo menos por um tempo.

— Você conhece esse código? — Beth perguntou a Regina, todos os rostos na cozinha girando na direção dela.

— Conheço — disse Regina. — Pelo menos, tenho uma boa ideia do que poderia ser.

— Então diga. Se tudo depende desse código, todos nós deveríamos saber.

Regina balançou a cabeça.

— Não quero que meu irmão morra, e não quero que o mundo volte a ser como era. Me levem até a torre e eu ligarei para Wexley. Se não gostar do que ele disser, vou inserir o código.

Beth estendeu a mão e a colocou sobre Regina. Weed, do outro lado do círculo improvisado na cozinha apertada, franziu a testa. Outros dois Elementais mudaram suas posturas, liberando as mãos. Os Paragons fizeram o mesmo.

— Ei — disse uma nova voz abrindo caminho no círculo, um homem que Rhimes demorou um minuto para reconhecer. Ele havia olhado para muitos arquivos durante sua carreira na Ziran, muitos alvos, para identificar Gordon Holyoak à primeira vista. — Eles já estão atacando a Fábrica. Não temos tempo para jogos. Pare com isso, Beth.

A líder dos Elementais lançou a Gordon o olhar mais

gélido que Rhimes já vira — e conhecendo Wexley, isso era um feito e tanto — então soltou Regina, que suspirou e depois lançou seu próprio olhar furioso na direção de Beth.

— Me manipule de novo — alertou Regina — e você não vai gostar do que vai acontecer.

— Certo — disse Rhimes, entrando no centro do círculo. — Regina vai manter o código. Entendo que todos vocês queiram ajudar, e sou grato por isso, mas estamos atrasados. Vou escoltar Regina até o topo da torre, e vou fazer isso agora. Se quiserem participar, entrem em um pod e nos encontrem lá.

— Rhimes, Regina — disse Gordon. — Já tenho um pronto, se vocês estiverem.

Desta vez, ninguém tentou impedi-los. Rhimes deixou a casa como um homem morto trazido de volta à vida, e o ar do início da primavera de Chicago, seu frio noturno, nunca havia parecido tão maravilhoso.

O pod de Gordon disparou em direção ao centro, as ruas noturnas mais silenciosas do que Rhimes esperaria. Mas, por outro lado, com todas as transmissões de notícias focadas no conflito que explodiu em LA, tanto na Fábrica quanto em uma instalação da Ziran um pouco ao norte, talvez as pessoas não sentissem vontade de sair. Os drones também pareciam estar em falta: os céus de Chicago estavam limpos, as luzes da cidade e a lua disputando a dominância.

— É o protocolo de crise — disse Rhimes quando Gordon perguntou sobre as máquinas ausentes. — A Ziran não vai colocar os drones em patrulhas aleatórias, mas sim guardá-los para defender infraestrutura crítica. Pessoas.

— Como o lugar para onde estamos indo?

— Na verdade, não — Rhimes riu. — Não gostávamos da aparência. Os drones estarão vigiando pontes, usinas de energia. A prefeitura. A sede da Ziran deve estar tranquila esta noite.

— Você parece confiante — disse Regina, recostada no lado direito do pod.

— Já fiquei assustado o suficiente hoje — respondeu Rhimes, dobrando as mãos atrás da cabeça no meio do pod. À frente, o veículo saiu da rodovia, correndo para o centro. — Agora que estamos andando, é melhor me concentrar no que está à minha frente.

— Posso entender isso — disse Gordon.

— Você pode? — perguntou Rhimes. — Não entendo o que um rastreador está fazendo aqui?

— Digamos apenas que estou interessado em que isso acabe bem para o meu lado.

— Parasitas — murmurou Regina.

— Como é? — perguntou Gordon, fazendo um trabalho impressionante ao manter qualquer acidez fora de seu tom.

— Rastreadores, vocês sangram anomalias por dinheiro. Tudo o que querem é manter a galinha dos ovos de ouro botando.

Rhimes já estava com a mão sobre Gordon antes que Regina terminasse. Seu leve balançar de cabeça encontrou o rosto perplexo de Gordon. O rastreador afastou a mão de Rhimes e riu.

— Já fui chamado de coisas muito piores — disse Gordon. — Você vai ter que se esforçar muito mais para me atingir.

Regina, porém, manteve a boca fechada até que o pod chegou, como em um evento importante, à entrada da torre Ziran. Um muro de portas os recebeu, acima da calçada larga e além de um pátio casual com bancos rodeando Zs laranja-brilhante sobre pedestais. Bombástico, assim como Zhan-Yo e Wexley.

Rhimes seguiu Regina para fora do pod, seus olhos percorrendo os andares enquanto encontrava equilíbrio na calçada. Gordon se juntou a eles. Com um aceno de Rhimes, o trio avançou, cruzando o concreto molhado. Lâmpadas brancas a seus pés lançavam um brilho suave nas estátuas laranja, enquanto as luzes que circundavam a cobertura da entrada se misturavam com a iluminação difusa de Chicago para guiar o caminho.

Por ser após o horário comercial, dois guardas de segurança uniformizados da Ziran ficaram do lado de fora, sem armas visíveis. Ambos estavam com as cabeças em seus Tamas, mas olharam para cima quando os três se aproximaram da entrada. De todo o muro, apenas as duas portas do meio estariam abertas depois do expediente.

— Confiança — disse Rhimes. — Eles não vão reconhecer vocês.

— Esse não é o problema? — perguntou Gordon, mas não parou de andar enquanto Rhimes alcançava a maçaneta da porta.

— Boa noite — disse Rhimes ao guarda mais próximo e recebeu um aceno de cabeça em resposta, um rosto plácido de resto sombreado pelo boné de pano do homem.

Gordon entrou primeiro, Regina seguiu. Rhimes, esperando e não recebendo uma reação de nenhum dos guardas, deixou a porta fechar atrás dele.

E estremeceu.

Uma grande estátua dominava o saguão da Ziran, exibindo a família de Zhan-Yo, ou pelo menos a ideia de um escultor sobre ela. As fontes em sua base agitavam-se continuamente, o brilho mutante das luzes na base da água misturando-se com as moedas jogadas para criar um efeito cintilante. Rhimes nunca notava isso durante o dia, quando a luz natural e o constante movimento dos funcionários se combinavam para abafar e fazer desaparecer a magia da fonte. À noite, porém, com iluminação baixa por toda parte, tudo parecia mágico.

O que tornava Brielle, a melhor soldado de Rhimes, e os mercenários que estavam com ela no saguão ainda mais decepcionantes. Esta poderia ter sido uma bela marcha para a vitória.

Em vez disso, seria uma batalha sangrenta até o fim.

Brielle, com sua arma longa pendurada nos ombros enquanto uma arma mais curta, de curto alcance, ocupava suas mãos, começou uma lenta salva de palmas. Rhimes contou outros oito combatentes com ela no saguão, todos vestindo equipamento Ziran desgastado destinado ao conflito com anomalias. Eles seguiram sua líder, deixando suas armas, suas facas, suas granadas penduradas para entregar uma saudação zombeteira.

— Fique para trás — sussurrou Rhimes, colocando uma mão no ombro de Regina e se colocando na frente. — Nós planejamos para isso.

— Um plano ruim — respondeu Regina.

— Rhimes! — interrompeu Brielle, suas palmas cessando, dedos voltando ao gatilho. — Quando Wexley me disse para segui-lo, pensei que ele estava sendo paranoico. — Ela gesticulou com a arma na direção de Regina e Gordon. — Mas você enganou a todos nós. Cada um que se inscreveu na Ziran para trabalhar com você, que acreditou na missão, você nos pegou, Rhimes. Parabéns!

Havia escolhas a fazer. Rhimes queria sentar-se com Brielle, esboçar em algum bar por aí todas as pequenas coisas que haviam levado a este momento. Ela tinha inteligência, astúcia, humanidade para entender de onde Rhimes vinha. Ela entenderia, talvez até se juntasse a ele na missão.

Mas não aqui, não com ela liderando o grupo que bloqueava o caminho. Cada um daqueles homens e mulheres tinha vidas para sustentar com salários da Ziran, e Brielle não jogaria isso fora apenas porque Rhimes pediu.

Diabos, nem ele faria isso em sua posição.

O que significava uma tática diferente.

— Você viu o que está acontecendo lá fora? — Rhimes perguntou, abrindo bem as mãos, sem dar indicação de que tinha uma arma pronta. — Você vê o que Wexley está fazendo, o que Adriana está fazendo?

— Mantendo-nos seguros, é isso que estou vendo — respondeu Brielle. — Você lutou contra os Paragons. Você capturou anomalias para os experimentos de Adriana...

— Experimentos? — Rhimes ouviu Gordon perguntar, mas Brielle continuou atacando, sobrepondo evidências e alegações em uma pilha de hipocrisia.

— Você está agindo como se tivesse encontrado Deus ou algo assim. — Brielle balançou a cabeça. — Não somos limpos, Rhimes. Este negócio é sujo. É violento. Mas também é necessário. Estamos devolvendo às pessoas sua escolha.

— Não — respondeu Rhimes, embora as palavras de Brielle não fossem fáceis de ignorar. Rhimes imaginou que teria que acertar as contas com suas próprias escolhas e onde, exatamente, as linhas haviam sido cruzadas, mas isso viria depois. Com uísque. — Nós apenas tiramos de um maníaco e entregamos a outro.

Brielle levantou sua arma, ligou a mira laser. Seu ponto vermelho encontrou o peito de Rhimes, pairou sobre seu coração.

— Última chance — disse Brielle. — Desista, e direi a Wexley que você teve um surto psicótico. Você pode se juntar a ela no asilo.

Um homem em pé à esquerda de Brielle, alto e intenso, levantou sua própria arma, apontou a submetralhadora acima da cabeça de Rhimes. Brielle não percebeu, não notou até que o homem segurou o gatilho e disparou balas pelas altas janelas do saguão. O vidro quebrou, caindo sobre o piso. O homem virou-se, como se estivesse em um giro, e abriu fogo contra o poço do elevador, destruindo também sua carcaça de vidro.

Regina ativando o sinal, iniciando aquele plano ruim bem na hora.

Enquanto Brielle gritava com o soldado, afastando a arma do homem, uma forma voou pelas janelas quebradas. Um homem e uma mulher, ambos em equipamento tático Paragon. O homem, com o corpo encolhido, fez o pouso, deixando a mulher ir. Segurando um vaporizador, a mulher soprou fumaça na direção da equipe de Brielle enquanto eles notavam, finalmente, que havia novos jogadores adicionados ao jogo.

A equipe de Brielle ficou embaçada, transformou-se em manchas sem forma. Atrás de Rhimes, os dois guardas de segurança bateram contra as portas, desmaiados. Os agressores entraram pelas portas destrancadas um segundo depois, as muitas cópias de Weed em cascata, uma pequena inundação de homens. Os clones não pararam em Regina, Gordon ou Rhimes: continuaram seguindo, através daquela névoa e saindo do outro lado.

— Talvez queiram se mexer — disse Smoke, e foi para a direita, para a frente.

Em direção aos elevadores.

— Vamos. — Rhimes praticou o que pregava, Regina e Gordon se juntando rapidamente.

O plano previa uma guerra aqui embaixo, uma luta para manter os drones e o pessoal da Ziran ocupados até que Regina e Rhimes pudessem inserir o código de desligamento. O plano previa isso e nada mais, porque o tempo significava que tinham que continuar se movendo.

— Aqui — disse Rhimes enquanto Smoke os escoltava até os elevadores. Ele colocou seu Tama no scanner, esperando que Wexley ainda não tivesse bloqueado sua conta.

O scanner piscou de volta em vermelho raivoso. Nada.

— Ótimo — disse Gordon. — Isso está começando muito bem.

— Não está ajudando — respondeu Regina.

— Cheguem mais perto — disse Lob, pegando a ponta. — Não posso levar mais do que dois por salto.

Rhimes e Regina se encaixaram primeiro, ficando bem juntos enquanto Lob envolvia seus braços ao redor deles. O tiroteio continuava a ecoar pelo saguão, os clones de Weed atacando. Rhimes pensou ter ouvido, também, alguns outros Elementais se juntando. Pelo menos um flash verde brilhante indicava que outra anomalia havia chegado.

Esperançosamente Brielle sobreviveria. Ela havia sido uma boa soldada, não merecia morrer por escolher o trabalho errado.

— Isso tudo é culpa sua — disse Regina enquanto Lob os fazia agachar.

— Eu sei — respondeu Rhimes. — Eu realmente sei.

Sem preâmbulo, Lob saltou, carregando o trio vários andares acima até o mezanino, exatamente onde o soldado roubado de Regina havia quebrado uma abertura.

— Segurem-se firme — disse Lob —, isso vai levar alguns saltos.

— Apenas seja rápido. — Rhimes olhou para seu Tama.

Outra mensagem de Zhan-Yo:

Depressa.

CAPÍTULO 24

VERDADE SUAVE

A DIRETORA CHAMOU Cassidy da sala de aula. Ela ligou um vídeo educativo para os alunos e pediu ao drone assistente que assumisse enquanto saía da sala. No período após o almoço, os corredores estavam silenciosos, sem um único par de tênis chiando no piso laminado. Em um dia normal, Cassidy teria percorrido o caminho até a secretaria sem preocupação, confiante de que a conversa seria sobre um aluno difícil, uma mudança no currículo ou um pedido para acompanhar algum evento.

Hoje, Cassidy sentia os vazios. Eles surgiam junto com seus nervos e, assim como naquela manhã, estavam prontos. O SUV quebrado significava que seu filho havia sobrevivido e, embora o garoto não tivesse feito a conexão, Cassidy viu o olhar de seu marido e soube que ele havia entendido bem o ocorrido.

Ele não havia atendido suas ligações o dia todo.

A diretora estava sentada à mesa, uma mulher exausta com uma expressão de desculpas no rosto. A razão daquele semblante era os dois homens com uniformes azul-escuros parados na sala. Eles acenaram para Cassidy quando ela entrou, e um estendeu sua mão enluvada. Ela apertou, sentindo o couro forte e a firmeza por baixo dele.

Tentou se imaginar com o mesmo traje, sem sucesso.

— Você sabe por que eles estão aqui? — perguntou a diretora.

Ela poderia adivinhar, mas Cassidy preferiu esperar por um milagre.

— Seu marido — começou o homem à esquerda, soando tão apologético quanto a diretora parecia — nos enviou uma mensagem esta manhã, incluindo algumas fotos de um veículo danificado. Ele disse que você danificou o carro e afirmou que você tem escondido suas habilidades de anomalia. — O Paragon encarou Cassidy. — Não haverá consequências se você nos disser a verdade, Sra.–

A porta do escritório da diretora abriu-se novamente, desta vez tão alto que Cassidy saltou. Ela se virou e viu alguém que não esperava, alguém que não pertencia àquele lugar.

Nenhum Campeão veio por ela. Não tão cedo, pelo menos. A memória ficou confusa, o sonho tornando-se lúcido enquanto Cassidy tentava se reconciliar com Apinya, o Campeão que ela conhecera na Tailândia, parado ali. O Campeão vestia a túnica branca sem adornos que Cassidy tinha visto em outros prisioneiros do Ziran, mas de resto não parecia diferente. Apinya, por sua vez, exibia seu característico sorriso irritantemente paciente.

— Então é aqui que tudo começou — disse Apinya, acenando para os dois Paragons atrás de Cassidy. — Uma conversa em um escritório cria o Vazio, e ela, por sua vez, salva as próprias coisas que odeia.

— Salva? — perguntou Cassidy.

Apinya agitou uma mão e o escritório desapareceu, substituído pela costa de uma ilha. Ondas quebrando, palmeiras, o cheiro de maresia no ar. A areia estava morna sob seus pés descalços, grãos fazendo cócegas em seus dedos. Céu azul, sem nuvens, o sol em algum lugar atrás dela.

— Respire fundo, Cassidy — disse Apinya, parado ao lado dela. — Depois vou precisar que você acorde. Há muito a ser feito.

— Pensei que fosse morrer — respondeu Cassidy. — Aquele vazio deveria ter me consumido.

— Talvez, mas se existe um momento para se esforçar além dos limites, é quando você está cercada por anomalias. — Apinya riu, suavemente. — Elas sempre vão te surpreender.

Os olhos de Cassidy se abriram de repente na terra. Seu corpo doía, o suor encharcava suas roupas, e Cassidy teria feito qualquer coisa por um pouco de água. Em vez disso, ela viu um rosto coberto com uma viseira Ziran e sentiu uma mão blindada em seu ombro.

— Ela acordou — disse o guarda para alguém que Cassidy não conseguia ver. — E agora, senhor?

— Ajude-a a levantar, se for tão gentil — a voz de Apinya, não tão clara e calma como havia sido na mente de Cassidy. Aqui fora, ele soava rouco, baixo.

As palavras de Apinya se sobrepunham à luta contínua, gritos, os rugidos aveludados dos jatos-drone enquanto lançavam seus corpos mecânicos ao ar. Cassidy sentiu o gosto de sangue, o ferro rico, na língua. Sentiu o guarda segurar seu ombro e, lenta e gentilmente, ajudar a anomalia a ficar de pé. Os joelhos de Cassidy vacilaram, como se os ossos não estivessem prontos para sustentá-la, então ela se apoiou no guarda. O homem, felizmente, tinha estabilidade suficiente para ajudá-la sem reclamar.

Erguida, o campo de batalha causou uma impressão desoladora. Cassidy viu o edifício, a torre, e ficou boquiaberta. O terço superior havia desabado, deixando vergalhões espetados para o céu. Fumaça saía de dentro, sua serpente negra ondulante subindo alto enquanto drones zumbiam ao redor dos escombros como abelhas. As máquinas de Ziran também estavam espalhadas à esquerda de Cassidy, encurralando anomalias em direção à estação de trem em uma armadilha que se fechava, marcada por tiros, por lampejos mortais enquanto as poucas anomalias com habilidades perigosas as usavam até o fim.

Sua estratégia, a tentativa de matar o líder, aparentemente havia falhado.

— Não exatamente — disse Apinya, vindo ficar ao lado dela. Cassidy não viu mais ninguém com o Campeão, vestido com o mesmo manto branco Ziran — este mais sujo, com uma mancha de sangue em torno dos joelhos — como antes. — Seu golpe ousado me libertou e salvou vários outros que já estavam trabalhando para mudar este resultado.

— Outros? — Cassidy olhou de volta para a torre. Havia corpos na terra, sim, mas ninguém marchando em sua direção com a vitória nas mãos. — Que outros?

— Aqueles que vamos ajudar — disse Apinya. — Consegue andar?

— Mais ou menos.

— Então vamos. — Apinya se afastou dos drones, das anomalias que lutavam contra eles. — O tempo está passando.

O guarda Ziran virou Cassidy para seguir Apinya, mas ela resistiu. Tentou se concentrar, encontrar alguns vazios. Eles estavam lá, aqueles pequenos buracos negros, roçando suas pontas dos dedos, mas silenciosamente. Uma cócega, não um impulso. O último devia quase tê-la matado e, pela primeira vez, os vazios de Cassidy pareciam estar mostrando um pouco de contenção.

— Você está abandonando eles? — disse Cassidy, empurrando o guarda. Desta vez, seus joelhos aguentaram, embora pontadas repetidas a advertissem contra testá-los muito mais. — As anomalias lá?

— Vamos ajudá-los mais dessa forma se nos apressarmos

— disse Apinya. — Você pode se jogar de volta contra esses drones e ver quanto tempo sobrevive, mas seria um desperdício tão grande se o fizesse.

A decepção de Apinya com a ideia lançou um manto gélido sobre Cassidy. Marchar em direção aos drones parecia, agora, o pensamento mais idiota do mundo. Ela seria morta a tiros em segundos, sem nunca ter chance de ver sua família, de testemunhar se toda essa grande bagunça iria virar o mundo de cabeça para baixo.

Um desperdício, de fato.

Cassidy, Apinya e o guarda quase haviam chegado à torre antes que o Vazio percebesse o que estava fazendo, para onde estavam indo. Seus pés se moviam sem seu consentimento ativo, arrastando-se com Apinya enquanto Cassidy lutava para organizar seus pensamentos. Aquele sonho tinha sido tão real: aquele escritório, aqueles Paragons.

Ela havia saído daquele escritório como prisioneira, devastada e prestes a perder uma década e mais.

— Chegamos — anunciou Apinya.

Enquanto o Campeão falava, os horrores se afastaram da mente de Cassidy, um véu sendo abaixado. A intrusão ficou clara.

— Seu desgraçado — sibilou Cassidy, sacudindo a cabeça. — Não entre na minha mente de novo.

— Então não me dê motivo — Apinya acenou para o guarda que segurava Cassidy. — Este pobre homem decidiu que eu deveria estar morto. Não tenho certeza se ele algum dia pensará por si mesmo novamente.

O guarda Ziran olhava fixo, perdido e insensível. Cassidy cerrou os punhos.

— Veja, este é exatamente o problema com os Paragons — Cassidy começou, mas Apinya levantou um único dedo e apontou para além dela.

A voz de Cassidy foi sumindo enquanto ela terminava a frase, chamando os Campeões de o pior dos piores.

Saindo do saguão danificado da torre estava uma estranha coleção. Três guardas Ziran segurando uma mulher que Cassidy reconheceu, uma das autoridades de Ziran cujas roupas elegantes não tinham reagido bem a um prédio desmoronando ao seu redor. Atrás deles, igualmente maltratados, mas andando por conta própria, vinham dois outros que Cassidy não conseguia identificar. Eles seguravam suas próprias armas apontadas para os guardas Ziran e suas costas.

— Calvin, Kat — disse Apinya quando o grupo se aproximou. — Gostaria que conhecessem Cassidy, a mulher que explodiu um prédio debaixo de vocês.

— Sem ofensa, Apinya — disse Kat, uma jovem à esquerda que parecia muito confortável segurando aquela arma, e que parecia estar usando algum tipo de armadura estranha — mas há uma grande luta acontecendo ali que acho que poderíamos parar.

— Concordo — disse Calvin. — Pegamos Adriana aqui. — Calvin acenou com a arma para os guardas Ziran. — Vocês três, segurem-na firme. Sem movimentos bruscos. Estamos quase terminando.

Pelo menos estes dois tinham a ideia certa. Adriana, no entanto, não parecia muito capaz para a tarefa. Um corte atravessava sua testa, um de seus braços pendia em um ângulo estranho. Os guardas Ziran não pareciam muito melhores, suas armaduras amassadas e quebradas. Viseiras rachadas.

— Como queira. — Apinya aproximou-se de Adriana, colocou a mão naquela testa ferida.

Os olhos de Adriana se abriram de repente, seu foco caindo no Tama em seu pulso. Os dispositivos eram praticamente indestrutíveis, e este acendeu assim que percebeu Adriana olhando. Cassidy não conseguia ver a tela enquanto Adriana a segurava perto do rosto, mas a mulher fez uma careta, gemeu enquanto tentava mover seu braço direito quebrado para tocar na tela. Apinya manteve a palma na testa dela, como uma enfermeira solene.

Os três guardas Ziran fizeram o que Calvin ordenou e permaneceram quietos. O próprio guarda-costas de Apinya fez o mesmo. Kat e Calvin, machucados e ensanguentados, contentaram-se em manter suas armas prontas.

— Cassidy, você poderia ajudá-la? — perguntou Apinya. — Adriana, por favor, diga a Cassidy os passos.

Sentindo-se um pouco como uma professora indo ajudar uma aluna hesitante, Cassidy encaixou-se no espaço de Adriana. Ao fazer isso, Cassidy ouviu os sussurros de Adriana. Mal superando a brisa em seu som, Cassidy captou as fracas instruções e obedeceu, selecionando um aplicativo Ziran no Tama da mulher e digitando seu código.

O primeiro comando fazia sentido, uma ordem chamando todos os drones da área de volta para a Fábrica. Carimbada com a assinatura de Adriana, a diretriz foi transmitida rapidamente. Os drones cercando as anomalias congelaram, depois dispararam para o ar. Drones rastreadores escorregaram para longe, direcionando-se para o sul, enquanto gladiadores e supressores, aquelas esferas irritantes, voaram embora. Algumas anomalias dispararam tiros de despedida, acertando alvos que os drones ignoraram.

Os guardas Ziran restantes, deixados sem seus protetores mecanizados, tomaram a decisão certa: armas caíram, aplausos subiram.

— Não foi tão difícil — disse Kat. — Só precisamos derrubar um prédio para vencer.

— Você não morou aqui por meses — respondeu Calvin. — Foi bem difícil, porra.

Cassidy pensou em entrar na conversa com uma provocação sobre viver em uma prisão Paragon por anos, mas Adriana começou a falar novamente. Desta vez, Cassidy entendeu o processo enquanto deslizava e digitava: Adriana estava fazendo Cassidy extrair todos os dados do laboratório armazenados nos servidores Ziran. Todos aqueles testes, todos aqueles experimentos, agrupando tudo em um grande pacote.

— Delete tudo — disse Adriana.

Cassidy fez uma pausa, com a mão pairando sobre a tela do Tama. Deletar tudo? Cassidy não era exatamente uma policial, mas todos esses nomes, todos esses sacrifícios ao longo de meses de investigação para ver qual seria uma cura potencial para a condição de anomalia pareciam evidências.

— Você a ouviu — falou Apinya suavemente. — Delete os dados.

— Por quê? — perguntou Cassidy. — Isso prova que ela é uma criminosa, isso prova todo o terrível—

— Se ela encontrou algo lá — interrompeu Apinya — algo que pudesse ser usado para criar ou esterilizar anomalias, então liberá-lo no mundo faria um mal muito maior. Anomalias deveriam ser milagres, não produtos.

Kat tossiu, exageradamente. Balançou sua arma na direção de Apinya, um movimento que Cassidy captou com o canto do olho.

— Entendo seu ponto de vista, Apinya, mas vou ter que discordar — disse Kat. — Não sei se você tem prestado muita atenção ultimamente, mas me parece que um monte de conflitos poderiam ser resolvidos se removêssemos o mistério. — Kat acenou em direção a Calvin. — Ninguém vai colocá-lo em um laboratório como este novamente se tornarmos os dados públicos. E, falando pessoalmente, quanto mais perto chegarmos de desativar essas bombas de anomalia antes que explodam, melhor.

— Os velhos tempos acabaram, cara — acrescentou Calvin.

Apinya considerou o par, um escrutínio que diminuiu para uma apreciação silenciosa. O Campeão inspirou profundamente. Cassidy sentiu o cutucão em sua mente, um sussurro dizendo-lhe que deletar os dados fazia mais sentido, que o status quo seria o ideal, desaparecer. Como emergindo debaixo d'água, o mundo pareceu mais nítido, seu sentido, seus pensamentos totalmente próprios.

— Aegis disse que planejava se aposentar antes que tudo isso desmoronasse — disse Apinya. — Talvez seja hora de me afastar.

— Boa ideia — disse Kat. — Agora, que diabos estamos fazendo aqui?

Ninguém tinha uma boa resposta. Cassidy tinha sido a última deles a interagir com Aegis e os outros Paragons planejadores, mas a mantiveram no escuro. Apinya tinha ido direto do jato acidentado para a prisão do laboratório de Adriana, enquanto Kat e Calvin nunca tiveram pista alguma.

Com o Campeão mantendo todos os guardas Ziran em estase mental, o grupo se juntou às anomalias libertadas. O grupo com poderes aproveitou a fuga dos drones para jogar o pessoal restante do Ziran nos antigos cercados. Outras anomalias entraram nos escombros para saquear suprimentos médicos, comida e água para quem quisesse.

Para Cassidy, parecia um pouco com as cidades na ilha de Mynx. Acampamentos improvisados com recursos limitados, todos juntando pedaços de uma vida em circunstâncias que não poderiam ter imaginado. Empoeirados, sujos, mas a esperança permanecia enquanto conversas surgiam. A atenção se voltou para a estação de trem, para a cidade mais próxima.

Evitando Ziran quando voltassem à sociedade.

Cassidy estava com uma garrafa de água reaproveitada e uma barra energética — Kat afirmou que essas coisas eram horríveis, mas o estômago roncando de Cassidy não ia ser exigente — quando uma nova anomalia apareceu do nada. Cassidy reconheceu a Paragon imediatamente, tinha visto a mulher na Tailândia.

Naquela época, ela tinha sido sigilosa, tentando colocar o grupo de Apinya em um jato para Pacifica. Agora ela corria em direção ao Campeão e à multidão de anomalias. Gritando algo sobre um ataque, sobre precisar de cada anomalia que pudesse lutar para ir com ela até a Fábrica.

O plano de Thane, aquele que Celice não quis compartilhar. Enviar Cassidy até aqui para libertar algumas anomalias?

Ridículo.

— Não é para lá que você acabou de mandar todos aqueles drones? — Kat perguntou a Apinya, interrompendo os pensamentos de Cassidy, enquanto eles se levantavam para cumprimentar a Paragon.

— Pensei que compraria tempo para fugirmos — ponderou Apinya, com um dedo longo e desgastado no queixo. — Parece que eu estava errado.

— Um Campeão admitindo um erro? — disse Cassidy. — Nunca pensei que viveria para ver esse dia.

— Você pode não viver para ver outro se não formos imediatamente — disse a Paragon que corria com o vento, estendendo suas mãos. — O vento está soprando forte hoje. Se nos apressarmos, não ficaremos muito atrás.

— Então o que estamos esperando? — perguntou Kat, olhando para as anomalias reunidas, endurecidas pela batalha. — Vamos quebrar alguns drones.

CAPÍTULO 25
GARRAS E MANDÍBULAS

A FÁBRICA TORNOU-SE uma odiada necessidade. Mynx a propôs depois que os Campeões consolidaram sua conquista mundial apenas para descobrir que governar bilhões com alguns milhões de anomalias era difícil. As escolhas eram severas: ou recrutar pessoas normais — algo que os Paragons acabaram fazendo de qualquer maneira, embora em funções policiais mais convencionais — ou complementar suas anomalias com exércitos mecânicos.

Aegis observou os primeiros drones acompanharem seus Paragons em patrulhas e missões. No início, Mynx os manteve passivos, transmitindo observações aos Paragons em terra ou relatando crimes iminentes para que os Paragons pudessem capturar os responsáveis. A partir daí, tornou-se um problema matemático: dois Paragons apoiados por drones poderiam ser tão eficazes quanto cinco.

Depois dez.

Depois vinte.

Logo, eles não precisavam mais dos Paragons fazendo as patrulhas, os trabalhos menores. Os drones ganharam poder e com esse poder vieram novas preocupações. Vilões, anomalias e pessoas normais com grandes sonhos e ambições perversas assumiram as primeiras fábricas, aquelas administradas por fabricantes comuns da era pré-Paragon. Depois de muitas crises provocadas por aspirantes a reis declarando alguma revolução robótica, Mynx trouxe os drones para dentro de casa.

Construiu este maldito lugar e manteve tudo só para ela.

— Poderia ter usado mais algumas janelas, Mynx — Aegis murmurou enquanto o elevador descia em direção ao andar principal da Fábrica.

O elevador deslocava-se a uma velocidade lenta, projetada para metal pesado, dando a Aegis tempo para observar os drones e as defesas que ganhavam vida ao redor dos Paragons lá em cima. Enquanto os drones já dentro da Fábrica vinham em ondas desordenadas à medida que os técnicos de Ziran os ativavam em um suposto pânico, as torretas ofereciam poder de fogo mais eficiente.

Os canhões em forma de lâmina saltavam das fendas e cuspiam relâmpagos. Mynx não tinha projetado a Fábrica para uma incursão humana, mas para uma rebelião das máquinas, então flashes brilhantes que fritavam circuitos eram disparados em vez de balas. Aegis nunca havia sido atingido pelos tiros antes, mas, dado o sofrimento vindo pelo fone de ouvido, não era nada agradável.

Os Paragons contra-atacaram as torretas o mais rápido que puderam, com estilhaços chovendo ao redor de Aegis. As peças de metal atingiram o brilhante piso preto, ricochetearam na armadura dos drones e forneceram cobertura para os drones rastreadores que buscavam emboscar o principal Campeão dos Paragons.

Quatro máquinas semelhantes a centopéias se espalharam pelas bordas ao redor de Aegis. O elevador oferecia uma plataforma de quatro por quatro metros, delimitada por uma linha preta e amarela. Aegis posicionou-se no meio, andando de um lado para outro sobre os calcanhares soltos, esperando para ver qual drone faria o primeiro movimento.

— Vamos lá, covardes — disse Aegis. — Quando esse elevador chegar ao fundo, já terei ido embora.

Os drones se ergueram como cobras, apoiando-se sobre as garras traseiras e estalando suas mandíbulas para Aegis. Uma técnica estranha, e não uma que Aegis reconhecesse. Os defensores tinham vantagem quando podiam prever o ataque, e esse grupo não estava dificultando as coisas.

Um quinto drone atingiu os ombros de Aegis por cima, derrubando-o no piso do elevador. As garras do rastreador cravaram-se no colete de Aegis, e ele ouviu os outros quatro iniciarem seus saltos agitados. Logo estariam rasgando-o de todos os lados.

Nada bom.

Aegis lançou o cotovelo esquerdo para trás, ricocheteando-o no rosto metálico do drone rastreador. Com o espaço adicional, Aegis lançou o mesmo cotovelo para frente, plantando a palma da mão no elevador e empurrando. Aegis rolou, levando o drone que lhe cortava as costas e esmagando-o sob seu corpo. Os quatro amigos da máquina não pareciam se importar com a barriga de Aegis exposta, suas garras cortantes mirando no abdômen de Aegis.

Eles poderiam ter acertado se Aegis não tivesse praticado abdominais. Levantando os joelhos — sofrendo alguns arranhões terríveis no caminho — Aegis curvou-se em um cambalhota reversa, colocando as palmas para baixo atrás da cabeça para rolar para fora do drone esmagado e ganhar espaço.

Seus oponentes, incansáveis e famintos, giraram com o movimento e o perseguiram. Os quatro enxamearam enquanto Aegis recuava para a borda do elevador. O Campeão não tinha armas, muito menos tempo para sacá-las se as tivesse. Seus punhos também não seriam muito úteis contra essas criações de aço.

Então Aegis trapaceou e pulou.

O elevador tinha bons dez metros para percorrer até o andar principal, mas comparado à queda do drone gladiador minutos atrás, isso parecia um salto de coelho. Aegis rolou ao atingir o nível espaçoso, mantido aberto para demonstrações de armas de drones. Ao seu redor, as laterais do andar principal davam lugar a campos de teste, grandes arenas escavadas nas colinas ao redor da Fábrica para que Mynx pudesse testar suas criações sem causar alarme aos civis.

O verdadeiro alvo de Aegis estava atrás dele, um ponto não descritivo no lado esquerdo para um elevador menor que levava ao verdadeiro porão da Fábrica. Quando Aegis virou-se na direção dele, os quatro drones rastreadores restantes caíram, avançando em sua direção pelo chão. Ele não poderia superá-los em velocidade, mas aqui, com todo esse espaço, o cálculo mudava.

— Pai? — A voz de Celice surgiu pelo fone de ouvido.

— Estou ocupado.

Aegis fingiu ir para a esquerda e desviou para a direita. Ele jogava um jogo de ângulos, esperando chegar a um drone um pouco mais rápido do que os outros o alcançariam. O fingimento lhe comprou tempo suficiente, os algoritmos dos drones fazendo alguma dança para descobrir para onde o humano poderia estar indo. Acontece que ele foi atrás do que estava mais à direita, as coisas parecidas com insetos se contorcendo para rastrear sua nova trajetória.

— Estamos sendo encurralados — falou Celice enquanto tiros soavam ao seu redor, misturados com maldições. — Há mais drones vindo de fora. Muitos. Precisamos de ajuda.

Aegis alcançou o drone, teve um segundo até que os outros o alcançassem. O monstro de metal atacou, cortando com as mandíbulas em direção à sua garganta. Aegis bloqueou o ataque com o braço esquerdo enquanto batia com o direito. A força enviou o drone rolando em direção a seus amigos. Os outros três rastreadores passaram por cima de seu colega, o atraso dando a Aegis tempo para começar a correr.

Ao fazer isso, Aegis disse ao seu Tama para mudar seu canal de comunicação.

— Thane? — perguntou Aegis.

Um rugido sem palavras filtrou-se como resposta.

Três segundos até os drones rastreadores o alcançarem. Cinco segundos até Aegis chegar ao elevador.

— Traga seu traseiro de volta aqui e ajude minha filha — disse Aegis. — Você deve isso a ela.

Thane fez grunhidos aleatórios em resposta, como um rádio mudando de frequências.

Antes que Aegis pudesse escolher qual insulto enviar na direção de Thane, algo puxou sua perna esquerda. Aegis rolou para frente com a queda, um salto mortal que terminou quando mais duas garras perfuraram seus tornozelos. O impulso do Campeão o libertou das garras do drone, mas o deixou de costas, encarando um trio barulhento com o quarto não muito atrás.

Ao longo de uma vida de lutas, Aegis havia experimentado mais dores diferentes do que a maioria das pessoas poderia imaginar. Ele havia sido baleado, socado, esfaqueado e eletrocutado. Queimado e espancado. Derrubado de alturas e mordido por cães, hienas e um jumento particularmente irritadiço. Nessa longa lista, dois golpes de lâmina dos drones rastreadores não classificavam tão alto.

— Volte para o geral do esquadrão — disse Aegis, mantendo a voz uniforme. Dois drones avançaram para suas pernas enquanto o terceiro se dividiu para a direita, mirando na cabeça de Aegis. Seu Tama tocou, indicando a mudança feita. Aegis chutou com força os drones enquanto recuava com as mãos. — Fogo de cobertura no andar da Fábrica!

O comando pareceu desesperado, as palavras quase inacreditáveis. Desde que os Campeões se separaram há muito tempo, Aegis preferia muito executar suas missões sozinho. Assim, ele não precisava resgatar ninguém, não precisava depender de ninguém para fazer seu trabalho.

E veja onde isso o levou?

Um mundo onde seus maiores aliados se ignoravam.

Todos aqueles ex-Campeões, os que lutaram com ele para construir o futuro Paragon, presos em suas próprias regiões lutando por suas vidas. Não juntos, não unificados.

Tantos erros.

Aegis colocou as pernas sob si enquanto os drones rastreadores avançavam novamente. A mudança o salvou das mordidas dos dois que vinham atrás, mas o terceiro, o que ia em direção ao pescoço de Aegis, veio em um salto voador pela direita. Aegis virou-se, ergueu os braços para cobrir o rosto enquanto as garras, já molhadas com seu sangue, vieram cortando.

Nenhuma bala veio. O pedido de ajuda de Aegis se misturou a um canal já lotado de apelos semelhantes. Gritos confusos por assistência, os comandos afiados de Zhan-Yo ordenando que este ou aquele grupo avançasse, os alvos identificados por Particle.

Aegis pegou as garras do drone rastreador em seus pulsos, sentindo-as cravar fundo. Encarou aquelas lâminas prateadas mastigando na boca do rastreador, feitas para perfurar a pele de anomalia mais espessa e depositar, se possível, um rastreador.

Em vez disso, o reflexo em todo aquele metal deu uma ideia a Aegis.

Chicoteando os braços para fora, Aegis cruzou as garras uma sobre a outra, a borda que não mordia sua pele servindo para cortar as garras do corpo do rastreador. Perdendo a alavancagem, o drone caiu aos pés de Aegis, já se arrastando em direção às panturrilhas do Campeão. Um segundo drone deu seu próprio salto, um clarão capturado na visão periférica de Aegis.

Sentindo essas garras furando, Aegis socou para baixo com o braço esquerdo, angulando o golpe para que a ponta quebrada da garra, presa em seu pulso, servisse como uma lança irregular. Ao mesmo tempo, como uma pose de ioga horrenda, Aegis balançou o braço direito para cima, trazendo aquela borda afiada para onde sua cabeça deveria estar.

O drone a seus pés encontrou-se com um novo buraco através de seu crânio de aço. O tiro penetrante de Aegis empurrou a máquina para o chão, faíscas voando. As garras restantes do drone ainda tentavam empurrar a máquina para frente, e Aegis teria repetido seu golpe, exceto que seu braço direito se agitou, então puxou todo o corpo do Campeão em uma torção dolorosa para os músculos.

Ele havia capturado um drone, prendendo-o em seu braço. O torque o lançou em círculo, puxando Aegis para baixo em seu lado direito. Libertado de seu golpe, Aegis sentiu seu braço esquerdo arrastar-se pelo chão, traçando uma linha prateada enquanto marcava o ladrilho de metal preto. O terceiro drone seguiu seus amigos – os drones tinham amigos? Mynx havia programado isso? – e agarrou os pés de Aegis.

Atingir o ladrilho teve um benefício inesperado: o ricochete libertou o braço direito de Aegis. A garra do drone ainda estava presa no pulso direito de Aegis, embora tenha saído carregando fios presos, encharcados de fluido refrigerante. Choques elétricos queimaram o Campeão enquanto o gancho rasgava o meio do drone. Aegis torceu-se enquanto caía, trazendo os braços com garras através de seu corpo enquanto suas costas atingiam o chão.

O terceiro drone copiou seu parceiro anterior, mergulhando em direção ao rosto de Aegis. Seus pulsos capturaram o drone de ambos os lados, aprisionando a máquina que se contorcia no ar. A máquina se estendeu, mandíbulas cortando em direção a Aegis.

A rodada EMP atingiu, raios azuis arqueando ao redor do drone e transformando-o em uma pilha inerte. Choques residuais desceram pelas garras, eletrocutando os braços de Aegis e deixando seu cabelo em pé. Seu Tama emitiu um

protesto, um rugido estático veio pelo fone de ouvido de
Aegis.

— Quer que eu deixe o último para você? — perguntou
Particle enquanto o rugido morria.

— Não — disse Aegis.

— Feito.

Outra rodada EMP brilhou. Aegis não conseguiu ver onde
atingiu, mas o drone deve ter se movido rápido, porque seu
corpo sem vida colidiu com os pés de Aegis.

— Por que demorou tanto? — disse Aegis, jogando o
drone derrubado para o lado.

Sua visão se elevou por vontade própria, Particle forçando
o Campeão a ver os níveis superiores da Fábrica. A aparência
limpa que estivera presente em todas as outras vezes havia
desaparecido. Painéis do teto fumegantes contavam a história
de torretas destruídas. Drones supressores pairavam, disparando dardos atordoantes e coisas piores contra Paragons que
Aegis não conseguia ver. Dois gladiadores ficaram de pé, seus
pés com garras disparando jatos para permitir que pairassem
no lugar.

O único som que se sobrepunha aos gritos, às ordens
chamadas? Um rugido particular, que Aegis conhecia bem.
Mais próximo agora do que após a carga inicial de Thane para
longe.

Talvez o monstro tenha ouvido o chamado de Aegis.

Talvez.

Aegis virou-se do controle de Particle, olhou além dos
drones espalhados ao seu redor. Por enquanto, pelo menos, a
luta lá em cima o deixou sozinho. Nada estava entre ele e o
elevador, e o que estava no fundo.

Zhan-Yo tinha sua chave, algum código que desativaria os
drones até Ziran descobrir uma maneira de contornar o
bloqueio. Mynx seria o único fim, a última chance de
derrubar suas próprias criações mecanizadas de uma vez por
todas.

Não que Aegis soubesse como Mynx faria isso, mas ele tinha que ter esperança, tinha que acreditar. Se Mynx não pudesse provar ser a chave para os drones que ela havia criado, então Aegis teria que destruir cada um deles. Se Wexley desistisse e deixasse as máquinas desativadas, ótimo.

Mas desejar isso, depender disso, era um salto muito longe.

O elevador não tinha scanner Tama, aparentemente Mynx acreditava que a segurança externa da Fábrica era boa o suficiente e Wexley concordava. Às vezes a loucura funcionava a favor de Aegis, e ele bateu no botão de chamada.

— Situação? — disse Aegis, falando no fone de ouvido. — Estou no elevador, logo chegarei a Mynx.

— Mantemos a entrada — Zhan-Yo entrou em seguida, com tom inexpressivo. — Por quanto tempo é incerto. Apresse-se.

— Estamos nos apressando — disse Celice, tiros e o rugido uivante de Thane chegando com força. — Thane está destruindo tudo, mas não acho que Mynx vai gostar do que ele fez com a casa dela.

— Se sobrevivermos a isso, eu mesmo pagarei pelos consertos — disse Aegis.

A porta do elevador tocou, deslizando para abrir. O Campeão recuou para dentro dele, resistindo à vontade de olhar mais uma vez para a luta acima. Já era ruim o suficiente apertar o botão para o porão da Fábrica, ruim o suficiente deixar amigos e familiares segurando o terreno contra um inimigo interminável.

Seria pior perdê-los todos por nada.

CAPÍTULO 26

EM BUSCA DA CAÇA

KAT ACERTOU CALVIN, que bateu no chão primeiro. A anomalia *quicou* na grama áspera coberta de destroços, apenas para Kat empurrá-lo de volta para a terra. Ela rolou no momento, o instinto assumindo enquanto seus ossos e músculos estalavam. Saindo de cima de Calvin, com o impulso ainda jogando-a para baixo, Kat atingiu um travesseiro. Um travesseiro invisível que a depositou suavemente na grama cor de açafrão.

Olhando para cima, vidro e vigas quebradas choviam. Eles dobravam-se, fluíam ao redor de Kat, ao redor de Calvin como se batessem em um telhado. Se não fosse pelo risco de morte, Kat poderia ter achado a desintegração bonita, os escombros se espalhando como flocos de neve industriais enquanto colidiam contra a barreira da anomalia.

— Calvin, me diz que é você — disse Kat.

— Eu — Calvin ofegou.

— Desculpa por ter te esmagado.

— Tudo — outro suspiro —, bem.

Kat rolou para a direita, olhou para Calvin enterrado na grama em meio aos destroços. Abaixo dela, a terra estremeceu enquanto a torre, cortada ao meio, se acomodava. Gritos de socorro se erguiam à medida que o estrondo e o estalar do colapso morriam, e a poeira caia. O céu noturno aparecia, estrelas salpicando o breu de uma maneira que Kat não via desde, bem, desde aquela caminhada noturna pela neve atrás daquela anomalia fugitiva, o ilusionista.

— Você ainda está vivo aí? — Kat perguntou.

Ela podia ouvir Calvin respirando ou talvez estivesse um pouco mais alarmada. A maioria das habilidades de anomalia sugava energia como correr uma maratona, então o cara poderia precisar de um minuto. Pensando bem, ela também poderia usar um minuto.

As coisas ficaram muito estranhas nos últimos dias.

Kat preferia a introspecção com uma bebida, de preferência várias. Com um barman servindo como um ouvido bem gorjeteado, ela poderia despejar suas preocupações para alguém que sabia que não se importaria depois que a noite terminasse, alguém que, no mínimo, ofereceria conselhos sem filtro.

Calvin gemeu em resposta.

— Sabe — disse Kat. — Não tive muita sorte com relacionamentos, mas desde que te conheci, quase morri várias vezes. Levei um tiro na barriga. Tomei um milkshake amarrada a uma cadeira...

— O quê? — Calvin tossiu. — Um milkshake?

Centenas de drones ou mais pairavam além dos restos da torre. Guardas Ziran sobreviventes poderiam estar abrindo caminho pelos escombros procurando por sobreviventes. Anomalias empenhadas em destruir ambos e qualquer coisa pega no meio poderiam estar liberando devastação.

Tudo isso era verdade, mas por um minuto, talvez dez, Kat só queria conversar. Olhar para as estrelas. Respirar. Deliciar-se em estar viva porque, caramba, parecia que sua sorte teria que acabar logo.

Ela contou a Calvin sobre tentando encontrá-lo. Sobre como passou meses vasculhando Chicago procurando por qualquer sinal. Ela sequestrou, interrogou seu caminho até o topo da hierarquia Ziran. Esperou em bares onde os funcionários saíam e pegou os solitários. Todos disseram que nunca ouviram falar da anomalia, não sabiam para onde a Ziran poderia estar levando-os. Até que...

— Gordon me encontrou? — Calvin estendeu a mão, pegou a de Kat. — Aquele cara. Salvando no último momento.

— Quase matei ele — respondeu Kat. — Você deve uma cerveja a ele quando voltarmos.

— Combinado.

Kat sorriu, sentiu a grama em seu cabelo. — Como você fez isso? Nos manteve vivos?

— Empurrei o ar de um lado para o outro. Uma grande bolsa, como correr para dentro de um túnel de vento. — Calvin suspirou. — Costumava fazer isso mais quando era criança. Pular de prédios por diversão.

— Sua infância foi estranha.

— Diz a garota que- — Calvin se interrompeu. — Deixa pra lá. Não quero ir por aí.

A anomalia não precisava. Um ruído na grama chamou a atenção deles, particularmente quando esse ruído se transformou em um guarda Ziran espancado. O homem segurava uma arma, apontando-a para o par.

— Rendam-se — disse o guarda.

Kat olhou para a direita, captou o pequeno sorriso de Calvin, como a anomalia tinha sua mão direita apontando para o tornozelo do guarda.

— Claro — disse Kat, e Calvin explodiu a perna do homem debaixo dele.

Curvando-se para trás, Kat desarmou o guarda, pegando a arma e sentindo o gatilho. Desviar o olhar das estrelas revelou uma cena sombria, com corpos espalhados, drones quebrados e destroços queimando buracos na paisagem. Um grupo chamou sua atenção, uma dupla ajudando uma mulher a se levantar. Eles não estavam prestando atenção em Kat, nem em Calvin.

— Acho que essa pode ser nossa saída — disse Kat enquanto a anomalia se levantava ao lado dela. — Pronto?

— Nunca — respondeu Calvin. — Vamos lá.

Agora Kat tinha a mão de Calvin novamente. Eles haviam trocado as estrelas por um coletivo, algumas dezenas de anomalias com poderes úteis e resistência suficiente para continuar. Todos formaram um círculo, a nova Paragon em uma extremidade fechando os olhos e iniciando uma contagem regressiva. O vento que a Paragon parecia querer pegou, ondulando pela multidão. Atrás de todo o grupo, aquelas anomalias muito feridas ou inúteis em uma luta se agruparam perto da estação de trem. Alguns corajosos continuavam expedições de entrada e saída na torre em busca de suprimentos.

Se a Ziran manteria um horário normal de trem neste desastre parecia duvidoso, mas Kat não ia perder muito tempo se preocupando com os refugiados. Ela acabara de conhecer seu primeiro Campeão, Apinya, e ele saíra da lenda para recrutar a rastreadora.

Kat poderia ser cínica, mas não conseguiu dizer não a isso.

Voar em um avião não tinha nada a ver com literalmente *ser* o vento. Em um piscar de olhos, Kat tinha os pés no chão. No seguinte, ela desapareceu, seu corpo, sua mente subindo para o céu acima do acampamento Ziran. Ela viu as tendas, as lonas todas rasgadas. A torre, sua ruína fumegante, encolheu-se contra as colinas do penhasco.

A brisa carregou Kat sobre o oceano. As ondas cintilavam prateadas sob a lua crescente em uma noite sem nuvens. A direção e seu destino no Oceano Pacífico provocaram uma dúvida se a anomalia tinha controle total sobre o vento no qual ela os sugou, mas era difícil ficar muito preocupada.

Talvez Kat e Calvin pudessem cavalgar a rajada até o Havaí. Eles poderiam desfrutar de alguns coquetéis à beira-mar, voltar quando os Campeões tivessem terminado de salvar o mundo. Ou, se a batalha desse errado, se esconder em uma adorável cabana na selva. O gancho em seu pulso poderia funcionar muito bem para pescar com arpão...

Um suave balanço empurrou Kat – e os outros? Kat não conseguia ver mais ninguém, então teve que presumir – para o sul. A vasta metrópole de Los Angeles já dominava o horizonte naquela direção, seu brilho mais intenso e sem vida ofuscando o luar. As colinas tinham sua beleza, no entanto. Árvores e desfiladeiros com a rodovia costeira serpenteando, luzes formando pontos em movimento.

O devaneio sobre o Havaí provocou outra questão, maior. Se Kat e Calvin sobrevivessem, o que aconteceria depois? Não tanto para o mundo em geral – Kat imaginava que as pessoas tomando essas decisões não incluiriam uma rastreadora e um Paragon de baixo nível aleatório –, mas para ela, para ele. E Seeker, é claro, preso em Chicago e sem dúvida se perguntando para onde todos haviam ido.

Primeiro, ela não mudaria nada. Manteria seu apartamento até Kat ver como as coisas se resolveriam. Ver se rastreamento continuaria sendo um trabalho existente. Qual seria sua perspectiva de reputação. Calvin poderia levá-la para jantar uma ou duas vezes. A um jogo de beisebol. Eles veriam lutas no *Carver's*. Veriam se havia algo entre os dois além de intervenção em crises.

E se houvesse, bem, Kat não estaria tomando essa decisão e as que viriam depois sozinha. Pela primeira vez em muito tempo.

O pensamento não era tão assustador quanto Kat esperava: comparado a drones assassinos e empresas monstruosas, ter que trabalhar com outra pessoa não parecia tão ruim.

A brisa ganhou velocidade ao descer rápido demais, mergulhando em outro vale. Este levava a uma estrutura dominante de concreto e painéis solares. Vastos ângulos afiados se erguiam da terra e Kat serpenteava ao redor deles sem qualquer esforço.

Agora ela via os drones. Todas as máquinas que haviam fugido do acampamento pousando, implantando-se no que Kat imaginou ser a Fábrica. Uma horda mecanizada invadindo através de enormes portas abertas. O vento rodopiava na entrada, dando vista para uma luta desesperada lá dentro. Paragons, pessoas normais, atirando e sendo fritos enquanto permaneciam atrás de barricadas improvisadas de corpos de drones dentro daquela entrada.

De uma perspectiva levada pelo vento, sem corpo, o combate parecia um filme. Do lado mais racional de Kat, a batalha parecia um lugar onde ela realmente não pertencia.

A Paragon os deixou cair lá mesmo assim.

Cerca de trinta anomalias e uma rastreadora atormentada preencheram o espaço físico em meio ao caos. Kat se lançou em um mergulho assim que seus pés tocaram o piso da Fábrica, outrora liso, agora coberto de sujeira, poeira e sangue. Anomalias caíram ao redor dela, atingidas por drones e sua mira precisa assim que emergiram. Outros se apoiaram em suas habilidades, os ouvidos e olhos de Kat chocados em um desastre de zumbidos e ofuscamento enquanto mutações genéticas dobravam as leis físicas.

Ela rastejou sobre os cotovelos. À frente, borrada em sua visão, Kat viu a linha Paragon resistindo além da entrada. A corredora do vento, seja qual fosse seu nome, tinha optado pelo choque e espanto ao deixar os recém-chegados cair entre os drones. Ótimo para algumas anomalias, talvez, mas não para ela.

Ela tinha que sair.

Agora.

Algo agarrou seu pé, puxou. Kat chutou, sacudiu o agarrão. Quando a mão voltou com uma dupla palmada, Kat desistiu de rastejar para olhar para trás. Seu pulso esquerdo e seu sempre pronto gancho estavam prontos, enquanto sua mão direita escorregou para o coldre na cintura, a arma Ziran que ela roubara ocupando um lugar em sua flotilha improvisada.

Calvin olhou para ela, o homem e seu manto de laboratório rasgado de alguma forma mais espancado nos segundos desde que haviam sido largados. A boca da anomalia se moveu, mas Kat não conseguia ouvir nada.

Ela podia pegar sua mão.

Juntos, eles rastejaram até a linha de anomalia, denotada por uma barreira flutuante e frágil que parecia retardar os projéteis recebidos enquanto passavam pelas portas da doca de carga da Fábrica. Quando Kat atravessou, sentiu seu próprio ritmo ficar lento por um longo segundo, como se nadasse em mel.

— Voltem e saiam do caminho — exigiu uma voz aguda.

Kat viu seu dono, fez um duplo olhar. Aquele era Zhan-Yo, terrorista procurado e o cara que começou tudo isso. O que diabos ele estava fazendo aqui, ajudando os Paragons? O homem mais procurado do mundo não se ofendeu com o rosto boquiaberto de Kat, em vez disso, usando dois comandos e seu fogo de cobertura para deslizar e puxar Kat e, por extensão, Calvin para trás da cobertura de corpos de drones.

Zhan-Yo não perdeu tempo em instruí-los, virando-se de seus resgatados para voltar à linha de frente. Kat observou, notou que o homem não tinha uma arma. Em vez disso, Zhan-Yo se concentrava em chamar por tiros, direcionando as forças. Um CEO transformado em general de campo de batalha.

— Você está bem? — Calvin gritou em seu ouvido, palavras que mal passaram por sua audição em choque.

— Não!

Kat queria se enrolar, queria mergulhar do andar superior onde estavam e se esconder em algum lugar nas salas mais profundas da Fábrica. Ela queria Seeker também, sua energia latente e feliz para trazê-la de volta à Terra.

Em vez disso, Kat estava no meio de uma luta com apostas maiores do que ela jamais se importou em fazer parte. Vencer e perder significavam mais do que reputação, do que rastrear outra anomalia fugitiva. Inferno, significava dar às anomalias que Kat rastreara uma chance de uma vida melhor. Aquelas máquinas horríveis, marchando e entregando morte por capricho...

Calvin se levantou, colocou uma expressão determinada no rosto. — Eu vou entrar!

Kat agarrou seu braço, usou-o para se puxar para cima. Um comando a três metros deles desapareceu quando um foguete disparado por drone atingiu o alvo, o calor chamuscando as sobrancelhas de Kat. Por trás do clarão, mais gladiadores marchavam em direção à barreira, mais drones de supressão pairavam nos beirais. Muitos mais.

— Temos que parar a fonte! — Kat gritou. — Não os drones, a mão por trás deles!

Calvin parecia confuso enquanto Kat o empurrava pela linha Paragon, para o lado do corredor. Zhan-Yo, atrás deles, chamou outros para avançar e preencher a lacuna. Alguém se moveu, outra morte quase certa.

Uma que Kat poderia evitar se eles conseguissem chegar a Wexley a tempo.

O dia todo Kat esteve lidando com situações para as quais definitivamente *não* estava treinada. Brigas totais com drones? Prédios caindo? Voando pelo ar em uma mistura com o próprio vento?

Não exatamente no manual de rastreadores.

Mas encontrar alguém em ambientes desconhecidos? Isso, Kat poderia fazer. A análise correu rápida enquanto Calvin perguntava à rastreadora onde Wexley poderia estar, como eles poderiam encontrá-lo na Fábrica. O lugar tinha andares de sobra, vastas cavernas alinhadas com drones esperando para pular como alguma criatura de horror e picá-los. Wexley poderia estar no fundo do lugar, sentado em uma sala segura e esperando que os drones terminassem seus trabalhos sangrentos.

— Exceto que ele não sabia — disse Kat enquanto continuava se afastando das portas da doca de carga. Não em direção ao grande elevador da Fábrica, já no andar térreo e bem longe, mas ao corredor principal que levava do núcleo da Fábrica. — Os Paragons não teriam entrado aqui se Wexley tivesse tempo para se preparar.

— Então ele está surpreso? — Calvin empurrou Kat para a direita, contra o corrimão com vista para o centro espaçoso da Fábrica, enquanto vários comandos voltavam na direção oposta para reforçar a linha de frente. — Ele não estaria ainda, tipo, nos escritórios? Em algum lugar aqui?

Eles chegaram a uma bifurcação, a passarela da Fábrica se dividindo. Do caminho à direita vinham sons desagradáveis, tiros encobertos por rugidos quase constantes. Como se algum tigre gigante tivesse sido solto. Essa direção parecia levar mais fundo na Fábrica, mas Kat hesitou.

— Está ouvindo isso? — disse Kat. — Já temos pessoas lutando lá embaixo. Se Wexley estivesse naquela direção, saberíamos. Provavelmente abandonaríamos esta porta e iríamos com tudo atrás do cara.

Em frente, porém, havia relativa calma. As paredes tinham batidas e arranhões, como se algo grande tivesse devastado aquela direção e então, se Kat pudesse ler as marcas corretamente na iluminação fluorescente azul-branca, tivesse voltado. Estranho, mas o silêncio a atraiu.

— Então você quer ir onde nada está acontecendo? — disse Calvin, lançando a Kat um olhar cético. — Eu entendo querer ficar viva, Kat, mas nem eu sou tão covarde assim.

— Então você pode ficar aqui, ou pode me seguir — respondeu Kat, passando pela anomalia e começando a correr. — Se eu te peguei, posso pegar esse cara.

Mynx costumava instruir todos os rastreadores algumas vezes por ano. Grandes sessões de vídeo em que Kat clicava de seu apartamento em Chicago. Toda vez, Mynx entrava de um mirante oceânico idílico. Ela dizia que era sua casa, e todos sabiam que Mynx morava na Fábrica. Chegando na brisa deu uma clara visão do terreno da Fábrica, incluindo onde o oceano ficava em relação às portas da doca de carga.

Em outras palavras, o corredor silencioso deveria levar diretamente à residência de Mynx. E, se Wexley tomou a casa de Mynx como sua, onde mais ele estaria durante um ataque na hora do jantar?

Calvin alcançou Kat enquanto o corredor se transformava em uma escada ascendente, terminando em uma porta fechada, mais normal. Cinza ardósia, com um P dourado de Paragon gravado em seu centro. Um grande amassado naquele P mostrava a única tentativa de entrada de alguém.

Os dois olharam para a porta enquanto Kat relatava seu raciocínio a Calvin. A anomalia não discutiu desta vez, não fez nada além de dar de ombros.

— Estamos aqui, e é melhor do que levar tiros — disse Calvin. — Vamos entrar.

— O problema é — respondeu Kat — que não vejo um scanner Tama.

— Mynx provavelmente fazendo algo sofisticado. Mas eu resolvo. Me dê cobertura.

A anomalia deu um passo à frente, colocou sua mão esquerda na porta. Estendeu a mão direita para trás, e Kat se afastou quando glóbulos cinza e dourados começaram a jorrar dos dedos de Calvin como uma mangueira de cimento. O líquido borrifou pelos degraus, atingindo e endurecendo instantaneamente. Mais interessante, porém, era a porta: onde Calvin tinha sua mão esquerda, uma concha côncava cada vez maior se expandia, empurrando para o outro lado após alguns segundos.

— Você trabalha rápido — disse Kat, sacando sua arma e apontando-a através do buraco em expansão.

— Vai rápido quando não estou tentando fazer nada com o material — respondeu Calvin, deslizando sua mão esquerda ao longo da borda do buraco para mantê-lo crescendo. — Parece muito bom lá dentro.

A decoração eficiente da Fábrica morria através da porta. Embora Kat não chamasse a residência de aconchegante, uma iluminação mais suave penetrava pelo buraco de Calvin primeiro. À medida que se alargava, Kat distinguiu piso de mármore levando a uma entrada com ganchos para casacos, um banco para sapatos. Espaços mais claros nas paredes de vieiras creme deram pistas ao par de obras de arte desaparecidas.

A redecoração de Wexley ainda em seus estágios iniciais.

E nenhum drone à vista.

— Pronta? — disse Calvin quando o buraco atingiu um tamanho grande o suficiente para os dois passarem.

— Nunca — brincou Kat enquanto Calvin recuava da abertura. — Vamos lá.

A rastreadora deslizou para dentro, a anomalia seguiu.

Dentro, a casa de Mynx se abria. Depois da entrada vinha a cozinha, com a grande varanda do lado direito e o quarto de Mynx – agora de Wexley – do lado esquerdo. Escadas internas levavam a um nível inferior, que Kat ignorou por enquanto, ignorou porque viu algo naquela varanda, na mesa de vidro que a dominava.

Uma garrafa de vinho aberta, branca pelo aspecto. Levantando um dedo aos lábios, Kat deslizou os pés pela cozinha, mirando a arma para o deck. Nem uma alma nele. A porta de correr, no entanto, havia sido deixada totalmente aberta. Com Calvin em seus calcanhares, Kat passou para fora, girou para a direita e para a esquerda, não viu ninguém no deck.

Mas lá embaixo na praia havia uma sombra capturada pelas luzes externas da casa. As ondas lavavam os pés do homem. Ele tinha um braço estendido, exatamente onde você seguraria uma taça de vinho.

— Caramba — Calvin sussurrou. — Acho que o encontramos. Como vamos jogar isso?

Kat nivelou a arma com a sombra. Queria puxar o gatilho, mas matar Wexley provavelmente não impediria todos aqueles drones de massacrar os Paragons. Eles precisavam do homem vivo, com medo e disposto a se render.

— Acerte-o com força e rapidez — respondeu Kat. — Não o deixe chamar ninguém a menos que seja para parar os drones. Tente não matá-lo.

— Fácil.

Kat assentiu, embora enquanto começaram a descer os degraus para a praia, os instintos dissessem o contrário. Wexley tinha o mundo em seu punho de ferro.

Eles teriam que arrancá-lo dele.

CAPÍTULO 27
TRANSMISSÃO

LOB SALTOU de andar em andar, parando em cada ponto apenas para posicionar os pés, agachar e saltar para o próximo. Para um homem que não parecia viver na academia, Lob ainda assim não dava a mínima que carregava Rhimes, que não era nada pequeno, e Regina, mais compacta mas longe de ser um graveto. Só quando Lob alcançou o penúltimo andar — Ziran reservava seu nível mais alto para um deck de observação — ele soltou Regina e Rhimes com um suspiro pesado. Com os braços desocupados, Lob cambaleou até uma cadeira próxima e desabou nela.

— É com vocês — disse Lob.

— Vamos lá — respondeu Rhimes, já atravessando o lobby em direção ao escritório de Zhan-Yo, não, de Wexley.

O andar tinha uma planta simples: o elevador central se abria para uma sala de espera segura, uma parede de vidro resplandecente com um Z laranja separando os visitantes do trio de escritórios do outro lado. O CEO da Ziran tinha o maior deles, enquanto espaços adjacentes à esquerda e à direita eram reservados para quaisquer funcionários que o CEO julgasse merecedores.

Zhan-Yo, segundo a lenda, uma vez havia cedido um

escritório ao diretor de limpeza do prédio como honra por seu trabalho árduo. Aquele diretor manteve a vista por um mês antes de desistir, declarando que as viagens de elevador para cima e para baixo eram um incômodo grande demais. No entanto, a mensagem tinha sido clara: só o título não te dava acesso ao topo.

E Rhimes não tinha título algum.

Normalmente, uma secretária poderia ficar do outro lado do vidro, pronta para dar acesso a visitantes qualificados. Agora a mesa estava vazia, as luzes do andar acendendo enquanto Rhimes e Regina entravam no lobby.

— Não temos outra metralhadora para quebrar esse vidro — disse Regina.

— Não precisamos — disse Rhimes, pegando uma cadeira. Lob observou enquanto Rhimes erguia o grande assento de madeira e o lançava.

O móvel bateu contra o vidro, causando enormes rachaduras em toda a extensão do painel central.

— Realmente primitivo — disse Regina, observando Rhimes bater com a cadeira no vidro novamente. — Verdadeiro estilo homem das cavernas.

— Sou um homem simples.

Rhimes arremessou a cadeira pela terceira vez.

O painel quebrou, espalhando fragmentos pelo ladrilho impecável. Rhimes, acenando para Regina segui-lo, esmagou esses mesmos fragmentos enquanto passavam. Ali, à frente, ficava o escritório de Wexley. Uma porta branca ousada com um Z de vidro gravado no centro. Sem scanner Tama, sem fechaduras de segurança.

Se você chegasse até ali, o raciocínio parecia ser, você pertencia ao lugar.

Rhimes alcançou a maçaneta, girou e abriu a porta. Além dela havia um escritório amplo e esparso. Um projetor pendia do centro do teto, pronto para lançar imagens nas janelas que iam do chão ao teto e circundavam o espaço. As luzes noturnas de Chicago apareciam agora, seu brilho invadindo contra a própria iluminação amarela suave do escritório.

A estação de trabalho dedicada estaria lá dentro, pronta para usar.

O elevador tocou.

— Vai — disse Rhimes, deixando Regina passar por ele para dentro do escritório. — Encontre o computador, digite o código.

— Como se eu soubesse fazer isso — disse Regina, mas ela entrou.

O elevador se abriu, revelando uma soldada da Ziran ferida e furiosa. Ela havia perdido sua arma grande na luta lá embaixo, mas Brielle ainda tinha uma pistola de curto alcance, e a ergueu ao sair do elevador. Lob levantou-se bruscamente de seu assento, saltando na direção dela, apenas para Brielle girar, atirar e derrubar a anomalia com um tiro rápido no peito do homem. Gemendo, Lob desabou de volta na cadeira.

— Brielle — disse Rhimes, levantando as mãos, saindo do escritório. — Pare.

— Pare? — perguntou Brielle, avançando lentamente, aquela pistola inabalável em suas mãos. — Pare? É isso mesmo que você está me dizendo agora?

— O que você quer que eu diga?

— Eu perdi um esquadrão lá embaixo, Rhimes. Não sei quantos estão mortos, mas mais de um — a voz de Brielle permaneceu estável, sem pânico, sem histeria. Uma soldada. — Todos nós viemos aqui por sua causa, um traidor, e eles não vão voltar. Então comece com um pedido de desculpas.

O lobby e a entrada do escritório não davam muito espaço de manobra para Rhimes. Jogar outra cadeira, mergulhar atrás da mesa da secretária não funcionaria com a pontaria certeira de Brielle. Rhimes não podia virar e correr, e Brielle interrompeu seu próprio avanço bem fora do alcance físico.

Qualquer soco, chute ou investida seria respondido com um tiro fatal.

Se ele ia morrer, então Rhimes poderia ao menos comprar todo o tempo possível para Regina.

— Então sinto muito — disse Rhimes, mantendo as mãos bem abertas. Ele não olhou para a arma, mas diretamente para Brielle. Estava sendo sincero e ela tinha que ver isso. — Eu vim aqui sozinho para evitar que mais alguém se machucasse.

— Diga isso ao meu time.

— Você pode. E pode dizer a eles por que estou fazendo isso.

— Porque você não concorda com Wexley. Tudo bem. Você poderia ter pedido demissão.

— Não é quem eu sou — respondeu Rhimes. — Não fujo daquilo em que acredito.

— Ah é? E o que é, exatamente? Porque para mim parece que você vem perseguindo reputação e nada mais por um bom tempo.

Ok, não era uma boa direção. Rhimes tinha conseguido fazer Brielle falar, o que significava que ela realmente estava curiosa, realmente queria saber por que as coisas tinham dado tão errado. Agora ele precisava colocá-la em um caminho que tirasse seu dedo daquele gatilho.

— Eu estava, eu fiz isso — disse Rhimes. — Mas primeiro, eu era um soldado. Servi ao meu país e suas causas. Quando os Paragons tiraram isso de mim, fiquei perdido. A Ziran me contratou, segurança privada. — Rhimes respirou fundo, viu que Brielle não tinha vacilado. Ela também não tinha interrompido. — Wexley é eficiente, forte. Zhan-Yo é esperançoso, mais um profeta que um executivo. Ambos queriam a mesma coisa, mas agiam de maneiras diferentes. Quando Wexley assumiu o controle, eu o segui porque, ei, é divertido estar do lado vencedor. Lucrativo também.

— Até?

— Até você perceber que toda essa reputação não vai significar nada se estivermos sentados sob os olhos de ferro de um drone o dia todo. — Rhimes balançou a cabeça. — Quanto tempo você acha que terá um emprego, Brielle? Quanto tempo até todos nós estarmos apenas fazendo o que as máquinas querem que façamos?

— Sim, bem, nós tínhamos isso com os Paragons — disse Brielle. — Pelo menos isso tem chance de ser diferente. Adeus, Rhimes.

Brielle mirou, Rhimes abaixou-se para frente. Ele estendeu a mão, sabendo que não chegaria a tempo. Brielle puxou o gatilho. A arma disparou, a bala passou por cima do ombro de Rhimes. Um erro, e um que permitiu a Rhimes derrubar Brielle com tudo. Rhimes a jogou no chão, batendo o pulso de Brielle contra o carpete e derrubando a arma.

Brielle acertou um joelhada no estômago de Rhimes, usou seu recuo para se empurrar de debaixo do homem. Rhimes rolou, alcançou e encontrou a pistola de Brielle com a mão esquerda. Seu lado direito explodiu em dor quando Brielle chutou, forçando Rhimes a proteger a cabeça com a mão direita enquanto tentava apontar a pistola.

Sua aluna interpretou a defesa de Rhimes como uma oportunidade para balançar a perna direita em um chute na lateral do braço esquerdo de Rhimes, um golpe que entorpeceu sua mão atiradora e, novamente, fez a arma deslizar pelo ladrilho de volta em direção ao elevador.

Parece que resolveriam isso com mãos e pés.

Com sua mão direita, Rhimes puxou a perna esquerda de Brielle, desequilibrando-a enquanto se levantava para uma investida com cabeçada, empurrando Brielle para trás contra uma cadeira. Ela caiu sobre e depois por cima do móvel, recuando em um rolamento. Batendo contra o restante do painel de vidro, Brielle levantou-se a tempo de receber uma investida de ombro de Rhimes.

Os dois atravessaram o vidro já enfraquecido, caindo no

ladrilho além dele com estilhaços chovendo ao redor. Rhimes levantou um punho, viu o rosto de Brielle como alvo com cortes causados pelo vidro e hesitou.

Ele havia trabalhado com ela no começo, em uma força policial em declínio que substituía seus oficiais menos eficazes por drones. Ela encontrou seu nicho com armas de longo alcance, compensando a folga do atirador com treinamento de combate próximo como forma de evitar ser cortada. Ela e Rhimes tinham treinado bastante em Chicago nos últimos anos, e embora tivessem socado e bloqueado e chutado e derrubado em tatames pela cidade, isso...

Brielle rosnou, dobrou as pernas sob Rhimes e o chutou para longe. Rhimes triturou o vidro ao pousar, viu Brielle correr passando por ele em direção ao elevador, à arma.

Outro tiro. Rhimes sentou-se, viu Brielle cambalear um passo para trás. Lob, sentado contra o elevador, segurava a pistola na mão. A mira do homem estava baixa, instável, mas o movimento de Brielle deixava óbvio que ela havia sido atingida. Lob levantou a arma novamente.

— Pare! — gritou Rhimes, levantando-se. — Acabou. Não atire.

Lob tossiu, olhos vidrados na direção de Rhimes, balançando a cabeça. Focado na arma. Rhimes se moveu, colocou-se entre Brielle, que tinha as mãos em concha ao redor do abdômen, e Lob.

— O número de mortos já está alto o suficiente — disse Rhimes. — Não faça isso, cara. Por favor.

— Ela não vai parar — ofegou Lob. — Vai continuar tentando.

Rhimes olhou para Brielle. Dor gravada em um rosto já pálido. Seus olhos encontraram os dele e Rhimes não viu mais ódio ali, não viu a determinação de uma soldada. Ele viu o que via em todos no fim: medo e solidão.

— Acabou — repetiu Rhimes, em voz alta. — Ela não vai

tentar nada. Use seu Tama, Lob, e chame ajuda médica para cá.

Olhando para Brielle, vendo atrás dela, Rhimes respondeu a uma questão persistente. Não havia como Brielle ter errado aquele primeiro tiro à queima-roupa. Não havia como Rhimes não deveria estar deitado em seu próprio sangue agora.

Regina preencheu a lacuna.

A irmã de Wexley estava sentada no chão na entrada do escritório, com uma mão na porta branca aberta e a outra pressionando um ombro esquerdo muito vermelho e muito molhado. Sua cabeça estava baixa. Rhimes praguejou, ajudou Brielle a sentar-se em uma cadeira, depois correu até Regina.

Sem ela, sem aquele código, nada disso importava.

— Ei — disse Rhimes enquanto se ajoelhava ao lado da irmã de Wexley. Em uma missão normal, equipado com ferramentas, ele teria kits de primeiros socorros, algo que poderia parar o sangramento ou atrasar o choque. Aqui, com toda a pressa, ele não tinha nada. — Você está comigo?

— Dói tanto.

— Sim, levar um tiro não é divertido. — Rhimes fez uma careta diante do ferimento. Um tiro tão alto não deveria ser fatal, mas tudo dependia do que a bala fez, de como Regina reagiu. — Precisamos nos concentrar, Regina. Você digitou o código?

— Não consegui.

— Por quê?

— Sem acesso.

Uma variável. Rhimes não tinha esquecido disso, exatamente, mas esperava que Regina tivesse seu próprio acesso. Ou que a estação de trabalho pessoal de Wexley não tivesse a segurança. Ou que seu próprio acesso não fosse cortado tão rápido.

Em vez disso, ele teria que improvisar.

Rhimes olhou para Brielle, — Me diga o código, Regina. Eu o abrirei.

A irmã de Wexley olhou para Rhimes, pálida, respirando baixo, — Tentei pegá-la, impedi-la de atirar em você, mas ela é forte. Ela me enfrentou, queria muito puxar aquele gatilho. Mas ela não queria te matar, Rhimes. É por isso que desviei a mira. — Regina tremeu, com a mão de Rhimes em seu ombro não ferido. — Não quero que mais ninguém se machuque assim.

Regina disse o código, uma mistura de data e nome que não significava nada para Rhimes. Ele repetiu, Regina acenou para confirmar, e Rhimes girou, correu até Brielle. No final da sala, o elevador descia rapidamente. Por ajuda médica, reforços ou inimigos. Rhimes não podia esperar por nenhum.

Lob parecia ter desmaiado. Ou morrido.

— Vamos lá — disse Rhimes, levantando Brielle. Ela gritou, e então reprimiu o grito, enterrando a cabeça no ombro de Rhimes. — Sei que dói, mas preciso do seu Tama.

Brielle não lutou, deixou Rhimes carregá-la sobre Regina para dentro do escritório de Wexley. Enquanto se movia, Rhimes sentiu sangue quente e pegajoso escorrer sobre sua própria camisa. Ela tinha sido gravemente atingida, com talvez minutos antes que as coisas progredissem demais para salvá-la. Ele tentaria mesmo assim.

No escritório, Rhimes foi direto para a esquerda, onde Regina tinha o terminal ligado e funcionando na mesa de Wexley. A tela piscava exigindo login, esperando por um Tama para escanear.

— Só preciso emprestar seu braço esquerdo por um segundo — disse Rhimes, acomodando Brielle na cadeira de couro branco.

— Você está destruindo tudo pelo que lutou tanto — sussurrou Brielle, tensa e breve.

— Estou queimando tudo para que algo melhor possa crescer — respondeu Rhimes, fazendo o scanner apitar.

O terminal desbloqueou, mostrando muitos ícones para Rhimes escolher. Havia apenas um que importava: o sinalizador de emergência, uma mensagem que seria enviada a todos os drones na área com um código de resposta. Rhimes clicou nele, ampliou a área para cobrir o globo. A maioria das pessoas não tinha acesso a esse tipo de transmissão, mas Brielle, graças a Rhimes tê-la promovido na hierarquia, tinha.

— Wexley — a voz de Regina veio da porta do escritório enquanto Rhimes configurava a transmissão. — Sinto muito, mas uma das suas pessoas atirou em mim.

Rhimes digitou o código, verificou duas vezes as palavras, os números.

— Não é culpa dela — respondeu Regina. — Ela estava apenas fazendo o trabalho que você deu a ela.

Ele não conseguia ouvir a resposta de Wexley, nem queria. O código estava definido, Rhimes iniciou o envio. Olhou para Brielle. Ela tinha desmaiado assim como Lob. Rhimes colocou um dedo em sua garganta, sentiu uma pulsação. Fraca, mas presente.

Lá fora, no lobby, o elevador tocou.

— Não sei se vou ficar bem — disse Regina. — É por isso que te liguei. Para dizer que te amo e que sinto muito.

O programa da Ziran confirmou o envio. Torres de transmissão estariam emitindo o sinal pelo globo, atingindo todos os lugares e enviando cada drone que encontrassem para estado de espera. Rhimes imaginava que a Ziran iria, poderia reativá-los, mas naqueles preciosos minutos os Paragons teriam uma chance.

Zhan-Yo teria sua chance.

— Ele desligou — disse Regina quando Rhimes chegou ao seu lado. — Mas não antes de dizer que me ama de qualquer jeito.

Lá fora, Rhimes viu Weed carregando um kit de primeiros socorros, viu aquele Elemental tatuado junto com um drone médico de emergência pairando sobre Lob. O homem acrescentaria agora mais alguns nomes de peso à sua coleção, mais cordas para puxar.

— Seu irmão se perdeu, Regina — disse Rhimes, rasgando parte de sua própria camisa para pressionar contra o ferimento dela. — Espero que o encontrem.

— Eu também. — Regina tossiu. — O código? Você sabe o que é?

Rhimes balançou a cabeça.

— Meu aniversário, embaralhado. De todas as coisas, Wexley sempre se importou com a família.

Regina recostou-se no aperto de Rhimes, e o homem chamou o trio médico, disse que mais dois precisavam de atenção aqui. Então olhou para a direita, além da mesa de Wexley para o horizonte de Chicago.

Luzes brilhantes mais uma vez iluminando um mundo em mudança.

CAPÍTULO 28
CONTROLE DE DANOS

O VENTO DEPOSITOU Cassidy no meio da doca de carregamento, seu corpo emergindo do ar sob a forma imponente de um gladiador. Planar deu a Cassidy a chance de avaliar a batalha, ver o caos antes de ser jogada nele, então no momento em que seus dedos recuperaram a sensibilidade, aqueles vácuos surgiram prontos.

Cassidy lançou um vácuo do tamanho de um prato de jantar diretamente para cima, seu nexo turbilhonante cortando e vaporizando o núcleo central do gladiador. Pequenas explosões ondularam enquanto pacotes de baterias perdiam coesão, enquanto fios e tubos encontravam-se com seus meios ausentes. Lubrificantes, estilhaços e calor caíram sobre Cassidy, empastando seu cabelo e cobrindo seu traje já muito maltratado com sujeira.

Por outro lado, já estava coberto de terra e poeira momentos antes, então c'est la vie.

Os componentes mais pesados do drone balançaram após o tiro de Cassidy, então ela decidiu mentalmente e correu em direção ao interior da Fábrica. Parecia ser de onde vinham os ataques de anomalias, de onde gritos em cadência humana chamavam. Os drones repetiam suas próprias ordens para se render em meio a todos os raios, tiros, choques estáticos, uma constante corrente subjacente de insanidade para acompanhar o momento.

Uma mão agarrou o ombro de Cassidy quando ela saiu da sombra do gladiador em queda. Um empurrão e Cassidy encontrou-se acomodada contra o lado da doca de carregamento, Apinya agachando-se ao seu lado. Vários dardos atordoantes ricochetearam no chão onde Cassidy estava, teria estado sem a intervenção do Campeão. Cassidy seguiu a trajetória até um drone supressor flutuante e lançou outro vácuo, sentindo o suor pingar em sua testa.

O vácuo do tamanho de um pires atravessou o lado do drone supressor, a máquina oscilou e se estabilizou, um alvo perfeito parado no ar. Três projéteis pesados atingiram a esfera da linha Paragon, as balas rasgando a pele fina do drone e enviando a bola em queda livre para o chão coberto de destroços.

— Obrigada por me salvar — disse Cassidy enquanto ambos retomavam a caminhada em direção à linha Paragon.

— Igualmente — respondeu Apinya, sua cabeça se movendo rapidamente do objetivo para os inimigos ao redor deles. — Essas cenas não são meu forte.

— Sem mentes para controlar?

— Sem chance de me concentrar, mesmo que houvesse. Meu lugar é na mesa de negociações, não no campo de batalha.

À direita deles, um Paragon parecendo um sol fervente avançou contra um gladiador. O homem baixo esquivou-se das garras do drone maior, cada movimento deixando uma rajada de fogo em seu rastro. As explosões chamuscavam o drone, mas não pareciam fazer mais do que irritar a coisa. Com Apinya puxando-a, Cassidy não teve chance de reativar seus vácuos, não teve chance de ajudar quando o Paragon seguiu pelo caminho errado.

A chama subiu, o gladiador a ignorou, e seu chute giratório pegou o Paragon no meio do passo. O golpe enviou o Paragon voando pelo ar onde o gladiador, com seus braços armados rastreando a anomalia, o acertou com muitos tiros para sobreviver. Quando o Paragon atingiu o chão, seu fogo já havia se apagado.

— Então por que você veio? — disse Cassidy, engolindo em seco. Flashbacks da fuga da ilha dançavam atrás de seus olhos, todos aqueles drones enxameando ao redor do barco improvisado, anomalias morrendo uma a uma. — Se você não pode ajudar...

— Estou aqui por Wexley, não por suas máquinas — disse Apinya. — Precisamos de cobertura agora.

Cassidy reconheceu uma ordem quando a ouvia. Eles haviam chegado ao final da doca de carregamento, onde a Fábrica se abria em uma passarela ampla. A linha Paragon ficava no meio do caminho, corpos de drones formando baluartes para os lutadores do outro lado. Atravessar aquela passarela significava uma corrida de metros de distância sob fogo, uma travessia que alguns conseguiram — Cassidy viu o rastreador e sua amiga anomalia rastejando de barriga — enquanto outros morriam, presos pelo fogo muito preciso dos drones.

Sentindo o calor aumentar, Cassidy tocou as pontas dos dedos, criando um vácuo com vários metros de diâmetro. Outras anomalias ainda lutavam atrás deles, teletransportando-se, golpeando e cortando em meio à força de drones que avançava. Ela não podia simplesmente enviar um vácuo girando ao longo da largura da doca de carregamento sem matar dez ou quinze Paragons no processo.

Embora, se as coisas balançassem o suficiente, Cassidy poderia fazê-lo mesmo assim. Pela chance de ver sua família, muito pouco cruzava a linha.

Em vez disso, ela fez surgir o vácuo, segurando-o entre ela, Apinya e os drones. As poucas máquinas que se incomodavam com o par enviaram projéteis, um disparo de laser, um dardo atordoante em sua direção. Tudo desapareceu no vácuo.

— Vamos antes que eu desmaie — disse Cassidy. Manter um vácuo apenas se sentia como uma febre ruim, não o colapso terrível e nebuloso que ela experimentara no barco da ilha ou no salão de Apinya em Bangkok. No entanto, esta luta não parecia exatamente que terminaria logo. Perder sua energia aqui, agora, parecia uma corrida rápida para a próxima vida. — Agora!

Apinya não questionou o comando de Cassidy. Em um movimento que carecia da realeza habitual do Campeão, Apinya correu agachado pela passarela. Seu manto de laboratório Ziran prendeu e rasgou nos destroços, fazendo-o parecer ainda mais uma vítima de desastre esfarrapada. Cassidy o seguiu, arrastando o vácuo atrás dela.

A linha Paragon oferecia proteção improvisada. Caminhar em sua direção parecia um pouco como correr para dentro de uma cena de filme. Pessoas empunhando armas — quem eram elas? — apareciam por entre o metal empilhado para disparar, as balas passando sobre a cabeça de Cassidy. Anomalias entravam sempre que os atiradores precisavam recarregar, unindo as mãos para enviar feixes, lançar granadas de brilho azul ou enviar enxames neon vorazes rodopiando na confusão.

Apesar de todo o pânico, de toda a morte, a adrenalina também veio. Se a fuga da ilha tinha sido um voo desesperado, esta era uma verdadeira batalha. O futuro do mundo repousava neste pequeno corredor aqui, anomalias fazendo tudo o que podiam para se preservar contra uma empresa, um poder que as queria mortas.

E Cassidy estava *aqui*, no momento, no nexo. Não em alguma praia, não presa em uma prisão, ou mesmo apenas preenchendo impostos com um cabernet limpo em casa. Ela praguejou, mais em admiração do que qualquer outra coisa.

Um braço se estendeu, agarrou o pulso de Cassidy e a

puxou sobre a parede de drones. O Vazio deixou seu vácuo se dissipar. Ela quase se levantou até que o mesmo braço, pertencente a um dos normais empunhando armas, a pressionou de volta para baixo.

— Fique de pé e você está morta — gritou o homem, depois girou de volta para seu posto, dedos já no gatilho.

Certo. Não fazia sentido se deixar levar tanto pela causa a ponto de morrer antes de fazer qualquer coisa.

— Cassidy — dizia Apinya —, aqui!

O Campeão estava agachado com um rosto que Cassidy reconheceu da Internet. Zhan-Yo, o terrorista que bombardeou LA, que iniciou toda essa revolução. De alguma forma, Apinya não parecia irritado, de alguma forma Apinya não estava tentando torcer o pescoço do homem. Enquanto Cassidy se aproximava, ela captou palavras como posição, força de ataque e objetivos.

Zhan-Yo estava do lado deles agora? E ele estava carregando *espadas*?

— Escute — disse Apinya quando Cassidy se agachou com eles. — Zhan-Yo diz que um grupo foi para a sala de controle da Fábrica. Eles estão tentando tomar o lugar para que, quando nosso trunfo aparecer, a Ziran não consiga reiniciar os drones tão rápido.

— Nosso trunfo?

Zhan-Yo afastou a pergunta com um gesto, — Sem tempo. Precisamos que você siga pela passarela, vire na primeira à direita. Siga os combates. Vá.

— Desculpe, desde quando você dá ordens para mim? — Cassidy retrucou.

— Cassidy — disse Apinya, e o Vazio sentiu aquela pressão calma em sua mente, o suave aliviar esfregando suas arestas afiadas. — Precisamos que você faça isso. Thane está lá embaixo.

A verdadeira razão, então. Thane enfiado no meio de um tiroteio era uma jogada perigosa. A anomalia era uma bola de demolição, quanto mais golpes recebesse, mais irritado ficaria até que qualquer coisa se tornasse um alvo.

— Você quer que eu o acalme ou algo assim? — disse Cassidy.

— Não — respondeu Zhan-Yo, e Apinya combinou com o olhar sombrio do homem. — Thane sabia do risco quando veio junto. Se ele não puder ser contido, se começar a matar os seus, precisamos que você o elimine.

Incrível como uma confiança heroica pode morrer tão rápido. Fazer parte da salvação do mundo de repente pareceu menos uma grande aventura e mais um trabalho de assassinato nauseante.

— Por favor — disse Apinya, e aquela pressão se intensificou. O oposto de uma dor de cabeça, a raiva de Cassidy pulsou para longe em serenidade, em paz com o pedido. Apesar de toda a violência ao seu redor, Cassidy sentiu que podia respirar, podia assentir, podia entender que o pedido fazia todo sentido. — Precisamos de você agora.

Ela não podia dizer não, mesmo que quisesse.

Cassidy abriu caminho pela passarela até a interseção. Ela havia seguido o rastreador e aquela anomalia por esse caminho, mas eles haviam continuado em frente. Em vez disso, ela olhou para a direita, onde a passarela se transformava em um corredor padrão, seu corrimão de ar aberto dando lugar a um corredor de duas paredes com uma inclinação para baixo. Corpos, de drones e outros, estragavam o caminho. Painéis de teto fumegantes exibiam torres que haviam chegado ao fim.

Os efeitos pacificadores de Apinya diminuíram e a frustração de Cassidy voltou abafada. O raciocínio fazia sentido: destruir os drones não importaria se um Thane invencível e sem mente assassinasse os Paragons junto com eles.

Não que ela fosse matar Thane. De jeito nenhum. Melhor se ela eliminasse primeiro todos os que o estavam deixando irritado.

Ela partiu, correndo.

O corredor mergulhou e depois virou bruscamente à esquerda. Vários painéis de parede quebrados exibiam torres em ruínas. Uma porta quebrada tinha seu meio destruído. Depois outra porta, e uma terceira, cada uma reforçada por torres arruinadas e faiscantes.

Mynx levava sua segurança a sério, ou talvez a Ziran tivesse feito as mudanças.

No final do corredor, o corredor se abriu em um espaço mais amplo, de azulejos pretos. Cassidy percebeu a luta ao se aproximar, ouviu o fogo de armas, ordens de drones para cessar e desistir. E, mais claramente, os rugidos ecoantes enquanto uma anomalia específica continuava seu tumulto. Ao contrário da doca de carregamento, este grande salão tinha seu espaço lotado com fileiras e fileiras de servidores.

Cubos pretos posicionados em prateleiras metálicas, os computadores zumbindo e o frio cortante através da sala davam um fundo diferente ao combate. Drones rastreadores, comandos e alguns anomalias pareciam estar dançando pelas prateleiras, atirando e cortando uns aos outros. Pelo meio da sala, antes da única outra entrada que Cassidy podia ver, estava Thane. A grande anomalia enfrentava três gladiadores, os drones combinando seu poder de fogo para fazer Thane recuar sob a tempestade de balas e dardos atordoantes.

Cassidy podia consertar isso. Ela avançou, sentindo os vácuos chegarem às pontas de seus dedos. Ela puxou o braço para trás, preparando-se para lançar um vácuo largo o suficiente para cortar as três cabeças dos gladiadores. E Cassidy teria lançado também, exceto pelo cano de uma arma pressionado contra sua têmpora.

— Cassidy, não faça isso — disse Celice —, não podemos destruir nada aqui.

O cano afastou-se e Cassidy olhou para sua esquerda, já mudando seus vácuos para cortar a pessoa ofensiva em pedaços. Uma jovem mulher, gelada e confiante, estava lá. Ela tinha pequenas armas em ambas as mãos, uma rastreando um drone rastreador semelhante a uma cobra que serpenteava na direção delas.

— Desculpe, tive que chamar sua atenção — disse Celice, girando ambas as armas para mirar no drone. Em uma rápida liberação de precisão, a mulher enviou seis tiros pingando no rosto do drone, estilhaçando suas câmeras e enviando a máquina desviando para a parede dos fundos da sala. — Precisamos que Thane mantenha esses gladiadores ocupados.

— Posso destruí-los — disse Cassidy, passando por Celice e lançando um pequeno vácuo no rastreador ferido.

O vácuo dividiu o drone ao meio, escavou uma bela linha na parede atrás da máquina.

— Legal, mas não é esse o ponto — respondeu Celice. — Atrás desses drones há um monte de técnicos da Ziran rodando computadores aos quais precisamos ter acesso. Se Thane passar por esses gladiadores, os técnicos serão os próximos.

Cassidy entendeu, — E os computadores se tornarão danos colaterais.

No mesmo momento em que o argumento de Celice se juntou, os tiros na sala diminuíram. O barulho dos drones parou, com diferentes estrondos ecoando enquanto drones rastreadores despencavam das paredes, do teto e das prate-leiras de servidores para o chão. Um caiu aos pés de Celice, garras estendidas e aparentemente pronto para fazer um golpe fatal.

Em vez disso, a máquina ficou lá, adormecida.

— Não — murmurou Celice. — Ele realmente fez isso.

— Fez o quê?

Um rugido interrompeu a resposta de Celice e o par olhou para os gladiadores que enfrentavam Thane. As grandes máquinas permaneceram completamente imóveis, e o uivo vitorioso de Thane se misturou com seu rasgar e destruir. Com cada mão rasgando um drone diferente e sua cabeça esmagando o terceiro, a anomalia continuou sua fúria berserk. Os gladiadores não tiveram resposta, não fizeram nada enquanto Thane arrancava membros e os jogava pela sala, fazendo com que comandos emergindo da cobertura mergulhassem de volta.

— Precisamos acalmá-lo — disse Celice, passando por Cassidy.

— Mais fácil dizer do que fazer — respondeu Cassidy.

Ela já vira Thane sair dessas raivas antes, embora não de uma tão intensa. Na última vez que a anomalia estivera tão desesperada, tão profunda em sua própria monstruosidade, Cassidy estava inconsciente. Thane nadou com ela por quilômetros, arrastando Cassidy até uma praia distante. Do jeito que Thane contou, ele finalmente se acalmou por exaustão.

A anomalia não parecia cansada agora.

Além de Thane, na sala que aqueles gladiadores estavam protegendo, novas vozes chamavam. Confusas, pedindo ajuda enquanto sua proteção metálica se desintegrava e a equipe da Ziran tinha seu primeiro olhar de perto de um Thane cuspindo e rugindo. Ver os drones desmembrados, membros de aço quebrados provavelmente lhes deu boas ideias do que estava prestes a acontecer.

Cassidy, tendo visto o laboratório da Ziran, os experimentos lá, teve dificuldade em encontrar muita simpatia.

Celice, no entanto, gritou com Thane. Disse a ele para parar, para se acalmar.

— Este era o plano! — chamou Celice, a anomalia ignorando-a, continuando a rasgar o último gladiador. — Entrar e impedir a Ziran de trazer os drones de volta, lembra?

— Ele não vai te ouvir — disse Cassidy, cruzando os braços e observando enquanto a mulher continuava sua aproximação. — Ele tem que se esgotar.

— E se as pessoas naquela sala souberem de algo que precisamos? Isso é maior que sua raiva, Thane! Maior que esses drones!

Com um último grito de riso, Thane lançou o peito dividido do último gladiador à frente, na sala de controle. Algum técnico da Ziran fez um uivo agudo. Outro implorou, alto, para Thane mostrar alguma misericórdia, que não era culpa deles.

Apenas seguindo ordens.

Cassidy apertou os lábios, balançou a cabeça. Esses técnicos escolheram o lado errado, e teriam continuado sentados aqui, decretando morte e captura para anomalias dia após dia, ano após ano sem isso. Thane deu um passo trovejante na sala central, depois outro. Trazendo tortura para os torturadores.

O tiro veio acima dos gritos. Veio acima dos comandos restantes se reunindo, enquanto ajudavam uns aos outros, permanecendo nas laterais. Veio acima do rosnado, áspero avanço de Thane.

Celice atirou de novo, depois uma terceira vez. Cassidy viu os projéteis atingirem o alvo, ricocheteando na pele espessa de Thane e deixando pequenas marcas vermelhas onde acertaram. O último atingiu a cabeça de Thane, um corte minúsculo manchando o cabelo ralo do homem.

E ganhando a atenção de Thane.

Celice largou uma arma, acomodou sua outra arma em ambas as mãos, mirando com a pistola enquanto Thane se virava completamente, o rosto velho e endurecido do homem uma imagem insana. Olhos vermelhos arregalados, pele enrugada e esticada, músculos saltando não apenas dos lugares usuais, mas ao longo de suas bochechas, seu pescoço. As roupas que Thane ainda tinha estavam rasgadas e queimadas, cortadas por garras de drones e igualmente manchadas com buracos de bala. O fogo de Celice apenas adicionou a um completo estrago, tanto que Cassidy não pôde conter um ofego.

Vivo ou não, o corpo de Thane parecia negro por todo o peito. Pernas e braços sangravam onde os ataques de drones gladiadores foram fortes o suficiente para perfurar a pele. O espigão da perna de um drone rastreador estava cravado na coxa esquerda de Thane, profundamente embutido na anomalia.

Tanto dano, tanta raiva. Isso, isso não terminaria com um aviso.

— Celice — disse Cassidy, deixando seus braços livres. — Precisamos correr. Agora. Ele não vai parar.

— Então precisamos pará-lo. — Celice apertou o gatilho novamente. O tiro acertou diretamente na testa de Thane, posicionamento perfeito. A bala ricocheteou. Os olhos de Thane se estreitaram. — Thane! Você matou minha mãe! Não me importo se você morrer!

Matou a mãe dela?

Cassidy ficou boquiaberta. Thane rugiu. Celice atirou novamente.

A anomalia avançou. Um único salto longo. Celice atirou uma terceira vez enquanto Thane vinha avançando em sua direção. Ela teria sido esmagada, deveria ter sido, exceto que um comando mergulhou do lado e derrubou Celice do caminho. O homem achatou Celice com seu próprio corpo enquanto Thane pousava no chão, os próprios azulejos rachando com seu peso. A anomalia mudou, olhou para o par normal. Eles não tinham para onde ir, para onde correr.

— Thane! — chamou Cassidy, não recebendo reconhecimento. — Não me faça te matar.

Essa palavra, essa única palavra funcionou. Os olhos de Thane voltaram-se para Cassidy, viu seus braços e mãos estendidos. Vácuos esperavam, prontos para cortar a anomalia. Ele a salvou uma vez, duas vezes, três vezes. Ela poderia salvá-lo de si mesmo?

— Por favor — disse Cassidy. — Lembre-se de mim, lembre-se de quem você é.

Thane rosnou, suas enormes mãos fechando-se em punhos, descontraindo. Respirações profundas faziam seu peito subir e descer. Cada vaso sanguíneo saltou.

Cassidy sabia onde lançaria aqueles vácuos, tinha seus próprios músculos tensos.

— Este não é você — disse Cassidy, mais baixo desta vez. Ela deu um passo, pequeno e lento, em direção a Thane.

O movimento quebrou o encanto. Thane chutou, atingiu Celice e seu comando protetor e os mandou voando. Então ele voltou seus olhos loucos para Cassidy, uivou e avançou.

CAPÍTULO 29
RESGATE

ENQUANTO O ELEVADOR DESCIA, Aegis arrancou as garras do drone rastreador de seus antebraços. Largando as peças de metal e sacudindo os pulsos, o Campeão sentiu a sensação de formigamento enquanto suas células se punham a trabalhar. Antes de seu internamento no tanque de Mynx e de Mila restaurá-lo praticamente como novo, cicatrizar cortes como esses levaria quase um dia inteiro.

Agora? Quando as portas do elevador se abriram, Aegis saiu completamente recuperado, pronto para a ação.

O mesmo não poderia ser dito de seu uniforme tático, que parecia pertencer ao lixo. Seus fragmentos rasgados e furados esvoaçavam sobre a pele de Aegis. Mais um xale gótico do que uma roupa pronta para um Paragon, mas quem se importava. Ele havia chegado ao porão da Fábrica, o mesmo longo corredor que levava até Mynx, até Mila.

Para desconectar Ziran de seus drones.

Seis guardas de Ziran — pessoas naqueles trajes blindados brancos e laranjas — esperavam no corredor. Suas armas, pistolas e o que pareciam bastões eletrificados, estavam prontas em suas mãos. Dois estavam logo além das portas do elevador, mirando por suas alças quando o elevador se abriu.

Aegis viu os outros quatro posicionados mais adiante, aninhados atrás de barreiras improvisadas, portas arrancadas das dobradiças, uma mesa virada de lado.

— Boa noite, senhores — anunciou Aegis quando a porta do elevador se abriu.

Ele avançou rapidamente para a esquerda enquanto os guardas hesitavam. A reação habitual quando um Campeão de verdade aparece na sua frente.

Aegis agarrou a arma do guarda da esquerda e arrancou-a de suas mãos, chicoteando-a no rosto do guarda da direita e mandando-o cair para trás. O guarda da esquerda foi pegar seu bastão apenas para se encontrar erguido do chão e propelido para trás. Aegis usou o homem como escudo, avançando.

Os funcionários da Ziran não eram totalmente homicidas. Eles seguraram o fogo enquanto Aegis corria, um relógio marcando na cabeça do Campeão até que o guarda que ele derrubara lá atrás no elevador se levantasse e atirasse nas costas de Aegis. Quando ele se aproximou do segundo par da Ziran, ambos os guardas indo para o lado direito do corredor para esquivar da investida, Aegis empurrou seu refém, arremessando o guarda contra seus dois companheiros.

Os três corpos desabaram atrás de uma mesa virada, uma usada há um segundo como cobertura, e Aegis seguiu, mergulhando na pilha enquanto o guarda de volta ao elevador disparava alguns tiros. As balas voaram por cima enquanto Aegis atingia a pilha. Os dois guardas de trás seguraram seu próprio fogo, novamente respeitando as vidas de seus camaradas.

Uma boa mudança em relação a alguns vilões que Aegis tinha espancado nos bons velhos tempos, aqueles que consideravam seus capangas como bucha de canhão. Talvez a Ziran não fosse totalmente maligna.

Talvez.

Com a mão direita, Aegis desferiu golpes rápidos de nocaute nos guardas que se debatiam, esmagando crânios em capacetes até que os corpos ficassem flácidos. Com a esquerda, Aegis liberou uma arma e segurou o gatilho em um spray sem direção contra os dois últimos guardas, forçando-os a se esconder atrás de suas próprias coberturas. Saindo da pilha, Aegis levantou-se rapidamente, girou e disparou em direção ao elevador. O guarda lá entrou em pânico, mergulhou no elevador e bateu nos botões, fechando a porta do elevador.

Aegis podia viver com isso.

Uma bala atingiu seu ombro, girando Aegis para a direita. O projétil de metal enterrou-se, uma dor aguda permanecendo com ele. Um segundo tiro errou o alvo e, a essa altura, Aegis já estava com o dedo segurando o gatilho, enviando projéteis em direção às portas danificadas que os dois guardas usavam como cobertura. Eles se abaixaram, dando a Aegis espaço livre para avançar.

— Vamos lá, pessoal — chamou Aegis, mantendo o rifle roubado pronto. — Dois contra um Campeão? Chances ruins. Joguem essas armas fora e eu deixarei vocês saírem daqui. Mantenham-nas, e vocês receberão o tipo rápido e mortal de justiça Paragon.

O silêncio recebeu as palavras de Aegis, enquanto o Campeão continuava seu avanço. À frente e à direita, ele podia ver a sala das cápsulas, os tanques que estariam segurando Mynx e Mila. Quase lá.

— Promete que vai nos deixar ir? — perguntou o guarda da esquerda. — Tenho uma família em casa. Dois filhos. Um vai se casar em um mês.

— Prometo. — Aegis ficou um pouco surpreso ao descobrir que estava falando sério, mas depois da violência do dia, da luta que certamente viria? Ele poderia deixar esses batedores de cartão ponto saírem. — Mas vocês estão pedindo demissão depois de hoje.

— Fechado — disse o mesmo guarda, e sua arma voou

para trás enquanto ele dizia as palavras, batendo no chão do corredor. — Eles não nos pagam o suficiente mesmo.

— Nunca pagam — respondeu Aegis, mudando sua mira. — Agora seu amigo.

Uma maldição, um suspiro, e o segundo rifle juntou-se ao seu irmão no chão do corredor. Mãos para cima, ambos os guardas se levantaram detrás de suas barreiras. Aegis acenou de volta em direção ao elevador.

— Levem seus amigos com vocês. Digam ao pessoal lá em cima que eu disse que vocês podiam ir — ordenou Aegis. — Se forem educados e eles não estiverem muito bravos, talvez cheguem em casa ainda hoje.

Três cápsulas brilhavam na sala. Duas, preenchidas com líquido estranho, continham Mynx e Mila. Um drone encarregado de monitorar as cápsulas com seus muitos braços estava à esquerda. A máquina não se ativou quando Aegis entrou na sala, um sinal que Aegis escolheu interpretar como positivo. Agora ele só precisava descobrir como drenar essas cápsulas e libertar as duas Campeãs.

Cada cápsula tinha uma tela Tama mostrando sinais vitais. Ambas tinham luzes verdes por toda parte enquanto elas flutuavam, olhos fechados e máscaras de oxigênio postas. Também nessas telas havia um botão simples, com a indicação "Liberar".

— Fácil o bastante — murmurou Aegis, e tocou no botão da cápsula de Mynx.

A máscara de oxigênio e os braços mecânicos esbeltos que mantinham Mynx estável e flutuando se soltaram. A Campeã afundou, seus olhos se abrindo enquanto acordava, totalmente submersa em um frasco de vidro. Aegis praguejou, olhou para o Tama e viu apenas vermelho piscando. Sem respostas.

Ele teria que providenciar as suas próprias.

Aegis posicionou-se para um golpe forte, reunindo toda

sua força em um soco direto no vidro da cápsula. O golpe acertou, rachou e, após um segundo golpe, estilhaçou-se. Vidro e água derramaram-se por toda parte, seguidos por Mynx. Aegis pegou a Campeã, tossindo, e segurou-a para fora do vidro.

— Que diabos você está fazendo? — ofegou Mynx, piscando.

— Salvando você — respondeu Aegis.

— Como um idiota — disse Mynx, seu cabelo encharcado grudando nas laterais de sua cabeça.

— Não é como se houvesse instruções nessas coisas.

Mynx lançou-lhe um olhar furioso, depois o descartou. — Se você está aqui e eu estou fora, presumo que algo estúpido esteja acontecendo?

Aegis explicou, falando sobre a tomada da Ziran, o atual ataque. A necessidade de desconectar os drones da Ziran antes que pudessem ser reativados. Enquanto isso, Mynx deslizava e tocava na Tama afixada na cápsula de Mila. Desta vez, a água drenou, os braços estabelecendo Mila no chão da cápsula.

Então, e só então, Mynx a liberou da máscara de oxigênio, dos braços.

— Viu? — disse Mynx, interrompendo a digressão de Aegis sobre os múltiplos ataques à Fábrica. — Não é tão difícil.

Enquanto a cápsula sibilava e se abria, Aegis ligou seu rádio, levantando seu Tama e confirmando no canal geral que havia feito o resgate. Duas Campeãs a bordo, prontas para subir e ajudar.

— Os drones acabaram de morrer — Zhan-Yo respondeu rapidamente. — Leve-a para o centro de controle. Celice, já conseguimos?

Estática.

Mynx ajudou Mila a ficar de pé, esfregando os braços da Campeã para ajudá-la a acordar. Mila piscou, sacudiu a cabeça.

— Estamos de volta — sussurrou Mynx. — Mas não há tempo para descansar. Isso não é um roubo e fuga, mas uma tomada de poder completa.

— Tomada de poder? — perguntou Mila. — De quê?

Aegis acenou em direção à saída. — Vou falar no caminho. Você consegue andar?

— Devagar.

Qualquer progresso era melhor que nenhum, então Aegis foi em direção à saída da sala. Zhan-Yo preencheu o silêncio, dizendo como eles estavam desmontando o maior número possível de drones enquanto as máquinas permaneciam congeladas. Os Paragons, os comandos, tiveram muitas baixas e cápsulas de emergência estavam chegando para levar quem pudessem para os hospitais.

Mais interessante, a Ziran não havia enviado humanos, nem policiais para ajudar. Eles haviam estabelecido um perímetro, deixando seus robôs fazerem o trabalho sem arriscar outras vidas. Uma postura fortuita para os Paragons, uma segura para a Ziran.

Corpos leais nunca parecem bons nas notícias.

O corredor para o elevador permaneceu vazio, os guardas seguindo o conselho de Aegis e fugindo para longe. Isso deixou um longo trecho, tempo suficiente para atualizar Mynx e Mila enquanto as duas Campeãs recém-acordadas traziam seus músculos de volta à vida.

Quando o tremor começou, Aegis nem ficou alarmado. Tinha havido tanta violência, talvez algum sistema na Fábrica, seu ar-condicionado ou pressão de água tivesse estourado. As vibrações vinham de cima enquanto Aegis alcançava o elevador, tocando o botão de chamada.

O estrondo cresceu. Mynx e Mila olharam para cima, a primeira franzindo a testa.

— Nada está caindo — disse Mynx.

— O quê? — Aegis olhou para cima, viu rachaduras

formando-se no teto, mas parecendo mais como dobras, como se algo acima beliscasse a terra.

O tremor transformou-se em um estrondo crepitante e dilacerante. O elevador emitiu um alarme de instabilidade, desligando-se antes de sua chegada. As rachaduras se espalharam, e Aegis se moveu. Ele disse a Mynx e Mila que se agachassem e puxou-se sobre elas, envolvendo o par menor em um grande abraço. Não era uma proteção perfeita contra o que parecia prestes a acontecer, mas melhor do que deixar as duas experimentarem um desabamento sem a menor proteção.

— Não acredito que acordei só para morrer — disse Mynx. — Seu timing é péssimo, Aegis.

— Pelo menos ele tentou — respondeu Mila. — Isso é alguma coisa, certo?

— Tudo que sei é que estava tendo ótimos sonhos.

— Se esse corredor cair sobre nós — disse Aegis, gritando sobre o barulho — você terá todos os sonhos que quiser.

Um breve silêncio. O rugido desapareceu, o rasgo parou, e Aegis teve aquele lampejo de esperança de que as coisas pudessem ficar bem.

Até que sentiu a primeira rocha atingir suas costas. Viu uma segunda atingir o chão à sua direita.

Ouviu um tipo diferente de rugido, o tipo feito por uma criatura furiosa em vez de processos industriais que deram errado. Um som rosnado e furioso que Aegis reconheceu.

E com ele, o teto caiu.

Azulejo, rocha, tubulação e metal não se aspergiam, não choviam, apenas desabavam. De uma vez, Aegis sentiu os escombros levarem-no ao chão. Ele plantou seus pulsos, fez o que pôde para manter a massa longe de Mynx e Mila. Mesmo com todo aquele treinamento de peso, todo aquele exercício, Aegis sabia que seriam enterrados.

Mas após a primeira onda, pouco seguiu. Como se alguém tivesse cavado o piso da Fábrica e deixado apenas um pouco para trás. Aegis endireitou-se, deslocando os escombros de cima dele, e percebeu a luz fluorescente brilhando através de um eixo inclinado e organizado. Como se alguma broca perfeita tivesse perfurado um buraco.

Por esse buraco se debatia uma figura familiar. Todo osso e cartilagem feios, músculo e massa, Thane uivava em direção ao eixo. Detritos se acumulavam até a cintura de Thane, mas Aegis podia distinguir o dano da anomalia, as cicatrizes e queimaduras e partes sangrando. A investida do homem contra o inimigo não havia sido perfeita, embora o que a Ziran tinha capaz de criar aquele eixo, Aegis não queria saber.

— Fique aí embaixo! — Veio um grito, uma voz que Aegis achou que já havia ouvido antes, mas não conseguia identificar. — Não volte, Thane, ou... simplesmente não volte, por favor.

Thane rugiu em resposta. Aegis sentiu Mynx e Mila se espremendo por baixo dele, cavando seu próprio caminho para ficarem de pé. Pedra e cacos de azulejo caíram, batendo ao redor deles, e a raiva de Thane cessou, seus olhos injetados de sangue voltando-se para eles.

— Ei, e aí — disse Aegis, estalando os dedos. Depois de tudo isso, lutar com Thane não estava no topo de sua lista, mas com que frequência o Campeão conseguia escolher suas batalhas? — Você vai se acalmar?

— Aegis — disse Mynx. — Agora não é hora.

— Então eu pegaria alguma distância. — Aegis pisou quadrado no centro do corredor. — Não acho que ele esteja em condições de escutar. — O Campeão voltou sua atenção para o monstro. — Vamos lá, amigo. Tudo isso era seu plano, lembra? Está funcionando como você disse que funcionaria. Não estrague tudo sendo um idiota.

Thane bateu os punhos nos escombros, limpando-os e forçando Aegis a cobrir o próprio rosto para se proteger das pedras. A grande anomalia se libertou, a altura de Thane forçando-o a ficar meio agachado enquanto rosnava para

Aegis. Aqueles olhos piscaram, notaram Mynx e Mila recuando.

— Não, não — disse Aegis, dando outro passo à frente. — Essas duas estão fora dos limites. Se você vai lutar com alguém, vai ser comigo. — Ele abriu os braços. — Afinal, fui eu quem te colocou naquela jaula por todos esses anos. Você tirou minha esposa de mim, e eu tirei seus anos de você. Você deveria me odiar, Thane, porque eu com certeza odeio você.

Algo naquele monstro ainda funcionava. Thane voltou seu foco para Aegis, abriu a boca para mostrar dentes serrilhados. E saltou para frente.

O teto baixo, rompido, fez com que o salto de Thane o llevasse até a rocha, o azulejo. Mais detritos choveram. Aegis avançou, esquivando-se dos golpes de esquerda e direita de Thane para aplicar o seu próprio. Não um soco cego, mas um que foi direto para uma cicatriz de queimadura preta. Aegis sentiu a pele de Thane estalar com o golpe, a anomalia uivando.

Aegis lançou um segundo jab, golpeando baixo e forçando Thane a recuar um passo. O terceiro golpe na combinação foi para o joelho direito de Thane, dobrando-o para o lado. Aegis sentiu as manoplas de Thane se fechando para um abraço que ele realmente não queria e mergulhou por baixo daquele joelho dobrado, rolando sobre as vigas quebradas, o cimento rachado e saindo em seu próprio agachamento.

Thane girou em direção a Aegis, aquelas mãos pegando escombros e lançando-os contra o Campeão. Uma barra de ferro atingiu Aegis como o swing de home run de um jogador estrela, derrubando o Campeão de costas. Areia caiu no rosto de Aegis, em seus olhos e em sua boca. Pedra ficou presa entre seus dentes.

Não que ele tivesse tempo para usar fio dental.

— Saiam daqui! — gritou Aegis para Mynx e Mila, ou onde elas estavam, enquanto rolava para o lado, desviando de um soco de Thane enquanto a anomalia se aproximava e levando outro em seu ombro.

A luxação doeu. O follow-up que mandou Aegis voando para o lado do corredor também doeu. O grito de batalha cheio de cuspe de Thane não doeu tanto, mas o soco na barriga, um punho nodoso levando Aegis para a mesma parede em que acabara de bater antes de se espalhar em uma imobilização com a palma aberta, definitivamente adicionou dores à crescente sinfonia de dor de Aegis.

O Campeão abriu os olhos, visão embaçada olhando para a cara feia de Thane. A anomalia tinha o punho esquerdo enrolando para trás, mirando bem na cabeça de Aegis. Aegis precisava atrasar a coisa de alguma forma, dar tempo para Mynx e Mila fugirem.

— Sabe de uma coisa — disse Aegis — ela não queria você morto. No final, depois que a tiramos de suas garras, ela me fez prometer.

Thane colocou o rosto bem perto, respirou ar fétido bem na cara de Aegis. Rosnou. Aegis tossiu e continuou.

— Naquela cadeira você estava seguro, nós estávamos seguros — disse Aegis. — Você deveria ter morrido lá. Em paz.

Thane rugiu, recuou, aquele punho pronto para ir. Aegis não conseguia ver as outras duas Campeãs. Esperançosamente, elas haviam escapado.

Braços metálicos balançaram das sombras azuladas. Tentáculos se estendendo, agarrando o braço retraído de Thane e mantendo-o no lugar. Thane lançou um olhar furioso naquela direção, Aegis fazendo o mesmo, apenas para ver o drone de manutenção da cápsula a todo vapor. Mynx estava atrás dele, sua mão no corpo da máquina.

E correndo em volta deles, em direção a Aegis, em direção a Thane em um movimento suicida, veio Mila. A Campeã tinha as mãos estendidas, uma em direção a Aegis, uma em direção a Thane. Aegis começou a gritar alguma coisa, chamando-os de idiotas por ficarem, mas parou quando filamentos azul-brancos, pequenas linhas dividiram o ar entre ele e o monstro que prendia Aegis à parede.

Aqueles filamentos ardiam, uma dor de pressão como dar sangue. Mais e mais se formaram a partir de Aegis e perfuraram Thane. A anomalia uivou, não com raiva, mas com confusão.

— Aguentem — disse Mila, embora Aegis não pudesse dizer a quem ela estava falando.

Ele sentiu seu corpo guerrear consigo mesmo, os fios de Mila sugando a vida de Aegis mesmo enquanto sua cura a reconstituía. Thane, segurando Aegis contra a parede, tremeu. Sua pele enegrecida descascou. Hematomas encolheram, desapareceram. Cicatrizes vermelhas onde balas ou detritos haviam feito seu trabalho ficaram rosadas com pele nova e saudável. Rugas e manchas desapareceram, e novos cabelos brancos e frescos brotaram do couro cabeludo de Thane.

A queda veio sem preâmbulo. O aperto de Thane falhou e Aegis bateu no chão, caiu sobre seu peito. O Campeão sentiu que mal podia respirar, seus músculos pareciam carecer de vontade, de capacidade de apertar, de se mover. Mas ele não estava morto, Aegis sabia disso.

E Thane não estava mais rugindo.

Gradualmente, as ardências desapareceram. Uma a uma, as pressões diminuíram e o corpo de Aegis começou a vencer sua batalha para se recuperar. Aegis sentiu seus dedos, sentiu seu coração bater, sentiu aquele ombro dolorido unir-se em posição. Ele olhou para cima e viu um homem, um homem normal e mais velho olhando para suas próprias mãos.

— Thane? — perguntou Mila, e o homem olhou para ela.

Lentamente, como se não acreditasse como chegara ali, Thane assentiu.

CAPÍTULO 30

ORLA

AGACHADOS, os dois caíram na areia. Wexley ainda estava de pé onde as ondas chegavam, o brilho de um Tama iluminando seu rosto. Tão próximos, Kat e Calvin conseguiam ouvir a voz de Wexley, mas o barulho das ondas abafava as palavras. Abaixo e além do ruído natural, estalava a batalha entre drones e anomalias, suas reverberações sacudindo o solo.

— Bem calmo para um homem que está prestes a perder tudo — sussurrou Calvin.

— Ele ainda não perdeu — respondeu Kat. — Você consegue acertá-lo daqui?

— Um alvo como aquele? Fácil — disse Calvin.

O anomalia colocou a mão direita na parede do penhasco. Kat avançou alguns centímetros, deitou-se de bruços e nivelou o rifle roubado. Se Wexley tivesse algum truque, a caçadora faria a chamada fatal. Wexley vivo seria melhor para o mundo, mas Wexley morto também serviria.

Por cima do ombro direito, Kat viu Calvin formando uma fina agulha da pedra do penhasco. O anomalia tinha a mão esquerda envolvendo-a, pronto para lançar o objeto como um dardo. Um lançamento longo, mas Kat tinha visto Calvin espetar inimigos repetidamente à distância. Desta vez não deveria ser diferente.

— Pronta? — disse Calvin.

— Para um banho. Vamos acabar logo com isso.

Calvin lançou a agulha de calcário. Kat observou o dardo voar, viu um borrão escuro deslizar para interceptá-lo. Faíscas voaram e o drone interceptador se espatifou na areia. Aparentemente, Wexley não estava sozinho.

Plano B.

Kat pressionou o gatilho, mirando pela mira. Ela não se considerava uma atiradora de elite, mas um alvo parado, mesmo no escuro, deveria ser viável.

Então Wexley teve a coragem de se virar, mãos para cima, e encará-los.

— Ele está se rendendo? — perguntou Calvin, e Kat notou que o anomalia tinha outra agulha de pedra pronta para arremessar. — Isso é diferente.

— Venham — disse Wexley. — Minhas mãos estão levantadas. Sem armas.

Kat não podia negar o apelo visceral de se levantar para confrontar seu antigo atirador. Agora ela tinha mais que a vantagem, tinha Wexley na mira com um rifle de assalto. CEO da Ziran, assassino de telhados, uma centena de outros nomes que Kat provavelmente poderia descobrir se quisesse, e ali estava ele, piscando de volta para ela enquanto Kat descia a praia em sua direção.

— Kat? — Calvin disse às suas costas. — O que você está fazendo?

— Você? — disse Wexley, e seu rosto, cinza-fantasmagórico sob a luz da casa, combinava com o choque em sua voz. — Como pode ser você?

— Longa história — disse Kat — e eu realmente espero um final rápido. Desligue esse Tama.

Wexley olhou para seu pulso esquerdo quando Kat apontou o cano do rifle naquela direção. O homem deu de ombros, esticou a mão e tocou o botão de energia do dispositivo. A tela escureceu.

— Pronto. Sem mais drones. — Wexley olhou ao redor de Kat, procurando por formas que não estavam ali. — Eu esperava Aegis. Talvez um dos outros Campeões. Eles ainda estão vivos?

— Não importa. Descobriremos em um minuto e é melhor que você torça para que não estejam mortos. Não consigo imaginar que quem sobrou vá tratá-lo com gentileza caso contrário.

— Se você acha que vou a qualquer lugar que não seja a próxima vida, você é ingênua — disse Wexley. — Eu conhecia os riscos quando peguei Mynx meses atrás.

Os estalos, as explosões, os barulhos e os rugidos morreram enquanto Wexley falava, um declínio gradual na distância. Kat congelou, perguntando-se se a mudança significava que a linha de anomalias tinha caído, se todos aqueles Paragons haviam sucumbido às balas dos drones e garras metálicas.

Wexley sorriu. — Parece que o jogo ainda não acabou.

Calvin olhou para a esquerda, sua mão tocando o ombro de Kat como se estivesse se preparando para girá-la para enfrentar drones saindo da Fábrica. Enquanto o anomalia se virava, Kat mantinha seu rifle apontado para Wexley. Ela tinha que esperar que os drones tivessem perdido e não o contrário, não o desastre.

Ela já tinha enfrentado um exército de drones hoje. Sua sorte não aguentaria outro.

Areia voou, atingindo os olhos de Kat. Ela puxou o gatilho por reflexo, mas Wexley se esquivou do tiro, deixando as balas voarem livres sobre seu ombro para o oceano. Kat recebeu a carga do homem no queixo, com Wexley investindo contra seu pescoço e mandando-a voando para trás. Ela também sentiu um puxão na arma enquanto caía, suas mãos segurando firme e mantendo a arma consigo ao aterrissar nas dunas.

Seu lábio interno queimava onde o ataque de Wexley o pressionou contra seus dentes. Os olhos de Kat lacrimejaram enquanto ela piscava, limpando a areia. Ela ergueu a arma, viu duas sombras escuras dançando a um metro à sua frente. Sem o Tama de Wexley, o luar servia como um pacote em escala de cinza. Os penhascos ao redor cortavam o brilho em frágeis fatias, Calvin e Wexley socando, chutando entre eles.

A habilidade de Calvin poderia ser incrível, mas Wexley se recusava a deixar o anomalia encontrar uma maneira de usá-la. O CEO da Ziran adotou uma postura de lutador, avançando com jabs curtos projetados para manter o homem próximo. Calvin, como a luta no porão do *Carver's* ensinou Kat há tanto tempo, aguentou os golpes. O anomalia usou seus cotovelos, seu alcance mais longo para desviar os golpes de Wexley e entregar alguns contra-ataques próprios.

O suficiente para que Kat, rastreando a luta com os dedos de volta no gatilho, segurasse seu fogo.

— Não é isso que você queria? — disse Wexley, iniciando uma conversa enquanto tentava uma combinação de três socos nas costelas de Calvin. — Uma chance de ser uma estrela por conta própria?

— Você não me conhece — respondeu Calvin, gemendo quando um dos golpes de Wexley acertou o alvo.

O anomalia respondeu com uma cotovelada esquerda maliciosa, pegando Wexley no queixo, seu braço de jab muito longe de casa para se recuperar. Wexley cambaleou, conseguiu manter presença de espírito suficiente para colocar Calvin entre si e Kat.

— Conheço sim — disse Wexley, voltando à sua postura. Calvin se sacudiu, jogando um jogo cauteloso. — Eu peguei os dados de Mynx. Sei tudo sobre você e sua vida de fugitivo.

— Como se eu me importasse.

O anomalia lançou um soco com a mão direita, longe do rosto de Wexley. Mesmo assim, Wexley voou para trás, caindo na arrebentação. Kat sorriu. Calvin teria soprado um pouco de ar atrás daquele golpe, dando-lhe o impulso de um pequeno furacão.

Calvin seguiu seu golpe cheio de ar com uma caminhada lenta enquanto Kat se levantava, sacudindo a areia.

— Fique afastado — disse Kat — tenho o tiro de novo.

Wexley sentou-se na água enquanto Calvin se aproximava.

— Vai deixar que ela faça o trabalho por você, anomalia? Um normal terminando nossa luta?

— Cara, de onde você tira esse papo? — disse Calvin, com as ondas respingando em seus sapatos também. — Você acabou, está acabado.

— Nunca — rosnou Wexley, inclinando-se para frente num mergulho em direção às pernas de Calvin.

Kat puxou o gatilho. Ouviu um clique, a arma travou. Nada disparou.

Emperrada. Muita areia.

Um respingo. Kat olhou para cima, viu Calvin e Wexley lutando nas ondas. Jogando o rifle de lado, Kat começou a correr em direção ao par lutando. Girando seu pulso esquerdo, Kat armou o confiável arpão. Mirou quando Wexley se jogou por cima de Calvin, mãos na garganta do anomalia. O CEO da Ziran lançou um olhar rápido em sua direção, viu o pulso levantado de Kat.

Ela disparou.

Wexley se achatou no peito de Calvin, o arpão passando por cima e indo parar no oceano.

— Já vi essa antes — latiu Wexley, deslizando seu braço esquerdo em uma barra apertada contra a garganta de Calvin.

— Viu mesmo? — disse Kat, girando o pulso esquerdo e baixando o braço.

O arpão retraiu, disparando do oceano meio metro mais baixo de onde havia entrado. Wexley não captou o som, não abaixou, e o arpão bateu em seu peito, prendeu-se e puxou Wexley para fora da forma ofegante e arquejante de Calvin.

Kat encurtou a distância, deu um chute na barriga de Wexley que deixou o líder da Ziran na areia úmida, de costas. A caçadora não parou quando o arpão voltou para seu pulso. Com um movimento, ela enviou a ponta de aço novamente, desta vez cravando-a na perna de Wexley.

Exatamente onde ela o havia atingido há tanto tempo nos telhados de Chicago.

Ele gritou desta vez como tinha feito antes, mas o homem não estava acabado. Wexley chutou para trás com a perna do arpão, um movimento que devia doer como o inferno. O movimento puxou Kat um passo à frente, longe o suficiente para Wexley alcançar e agarrar seu tornozelo.

Como ele havia feito com Calvin um minuto antes, Wexley puxou, esperando que Kat caísse na terra. Em vez disso, Kat avançou com o agarrão no tornozelo, caindo sobre Wexley com um baque decidido. Com os rostos próximos, os olhos selvagens de Wexley encaravam os dela. Kat viu todo aquele desespero, todo aquele pânico, toda aquela doença que ela vira em tantos anomalias quando seus próprios sonhos se despedaçavam com sua chegada.

Exceto que aqueles anomalias seguiram para vidas mais novas e estáveis. Wexley, não.

— Acabou — disse Wexley, levantando as mãos ao redor do pescoço dela.

— Para você — respondeu Kat, acenando muito levemente com a cabeça.

Seu traje captou a pressão, enviando sua placa facial, ainda com a marca de bala do tiro de Rhimes meses atrás, deslizando sobre o rosto de Kat. Enquanto as mãos de Wexley pressionavam seu pescoço, Kat jogou a cabeça para frente, batendo-a contra a dele.

Uma vez fez seu aperto afrouxar, seus olhos se cruzarem. Duas vezes os fez revirar, Wexley caindo inconsciente na areia.

— Esse cara — disse Kat, recuperando o fôlego, olhando

na direção de Calvin. O anomalia sentou-se na arrebentação, mãos massageando sua própria garganta. — Você está bem?

— Ah, sim, com certeza. Nunca estive melhor.

Uma onda bateu, enterrando o anomalia sob sua espuma branca.

A dupla arrastou Wexley de volta para cima da praia. Kat não tinha nenhuma algema de choque, mas Calvin pegou a abundante areia e encaixotou o CEO da Ziran em um revestimento tipo Esfinge. Então, pelo que pareceu muito pouco e muito tempo, Kat e Calvin observaram as ondas, as estrelas e esperaram. Ou os Paragons tinham vencido e os heróis viriam em grande estilo, ou os drones da Ziran tinham conquistado o dia, caso em que Kat e Calvin estariam mortos ou...

— Uma ilha — disse Calvin. — Ouvi falar dela. Mynx era a dona, eu acho. Podemos trocar a vida de Wexley por um lugar na ilha se as coisas derem errado.

— Você quer dizer abandonar tudo para ir viver numa praia com um bando de anomalias criminosos? — Kat ocupava suas mãos limpando a arma, removendo os grãos. — Que paraíso.

— Você está falando como se não fosse adorar. Não teríamos aluguel para pagar, nem impostos. Apenas uma cabana onde poderíamos ver o sol nascer, as estrelas brilharem.

— Não há convenções de quadrinhos numa ilha.

Calvin deu de ombros. — Com todos aqueles anomalias, aposto que haveria entretenimento suficiente.

Kat considerou, colocou a arma no colo. Os olhos de Wexley ainda estavam fechados, o homem não acrescentando nenhuma contribuição à conversa.

— Se eu pudesse levar Seeker, eu suponho.

— Claro que o cachorro viria. — Calvin assentiu como se toda a ideia estivesse resolvida.

Passos nas tábuas de madeira encerraram a conversa, com Kat rolando sobre o peito, o rifle erguido e firme em suas mãos. Várias formas se moviam lentamente sob o luar. Quando o líder entrou em vista e viu Kat, ele levantou as mãos.

Alguns pensamentos se chocaram naquele momento. O primeiro veio com alívio: Kat nunca tinha visto um drone, não importa quão parecido com humano, se render. O segundo foi o reconhecimento das videochamadas em Chicago, o líder dos Paragon ressuscitado distribuindo ordens de sua face manchada e grisalha. E o terceiro?

Eles tinham vencido.

— Olá — disse Aegis, enquanto Kat abaixava o rifle e o Campeão avistava Wexley em sua prisão de areia. — Quem são vocês?

Ao vencedor, as complicações. Por todo o trabalho capturando Wexley, Kat e Calvin se viram rapidamente deixados de lado enquanto Campeões e outros figurões se aglomeravam na praia. Sob a direção de Aegis, Calvin libertou Wexley apenas para o homem ter algemas de choque colocadas por um Zhan-Yo muito solene.

— Sinto muito, meu amigo — disse o revolucionário enquanto fechava as algemas nos pulsos de Wexley. — Não deveria ter chegado a este ponto.

— Eu fiz o mundo que você queria — disse Wexley — e então você o despedaçou.

— Você fez o mundo que *você* queria — respondeu Zhan-Yo enquanto os outros observavam ou se afastavam, falando em Tamas para lidar com detalhes em andamento.

Um drone, pequeno e voador com uma bandeja acoplada, zumbiu próximo a Calvin e Kat. Canecas cheias de café quente enfeitavam seus suportes metálicos.

— Vocês gostariam de um pouco? — veio uma voz agradavelmente familiar, que Kat reconheceu das mensagens e reuniões de caçadores.

— Reeves? — perguntou Kat. — Pensei que a Ziran tinha deletado você.

— Um bug no sistema, receio. Eles tentaram, eles falharam.

— E isso custou caro a eles — disse Mynx, aproximando-se e pegando a única caneca no drone cheia de chá. A Campeã usava o que parecia ser roupas de exercício tiradas do seu armário. — Adivinha quem forneceu a Aegis dados sobre os carregamentos que ele continuava atacando?

Os olhos de Kat passaram da Campeã para o drone. — Hm, Reeves?

— Exatamente. — Mynx sorriu. — De todas as máquinas que fiz, acho que ele é minha melhor criação.

Calvin levantou uma sobrancelha, Kat apenas assentiu. À medida que a adrenalina pós-luta diminuía, Kat se viu sem resistência para acompanhar. Estes eram jogadores poderosos tentando montar um novo mundo pela segunda vez em meses. Thane, Aegis e Apinya, agora acompanhados por Mynx e Zhan-Yo, debatiam a estrutura global, seus Tamas brilhando com pessoas conectadas de todo o planeta. Cúpulas seriam organizadas, governos construídos.

Kat observava a conversa com piscadas longas, as ondas atrás das discussões parecendo convidativas.

— Ei — disse Calvin, tocando o ombro de Kat. — Não sei quanto a você, mas estou pensando que não somos necessários aqui.

Kat sorriu. — Você não acha que somos importantes?

— Ah, nós somos muito importantes. Importantes demais para porcarias como esta — respondeu Calvin. — Que tal deixarmos esses otários lidarem com os detalhes enquanto você e eu tomamos um bom café da manhã?

— Bom café da manhã? Você conhece um lugar por aqui?

— Kat, confie em mim.

Acontece que Calvin conhecia sim um lugar. Acontece também que ele conhecia o lugar porque tinha sido um esconderijo frequente durante uma longa temporada que Calvin passou na cidade durante sua adolescência. Ele tinha conseguido alguns turnos no movimentado e alucinógeno café temático de Hollywood entre derivas independentes pelos enclaves mais difíceis de LA.

No início da manhã, após uma viagem de cápsula de uma Fábrica repleta de pessoal de emergência, Paragons e equipes de notícias, Kat se viu olhando para uma pilha de panquecas escorrendo manteiga. Ovos e bacon de laboratório de um lado. Calvin tinha o mesmo, faca e garfo já trabalhando.

Uma TV tocava para cabines quase cheias, trabalhadores do turno da noite em pausa e andarilhos pegando refeições baratas. Apresentadores de notícias de olhos turvos, maquiagem e gravatas tortas, entregavam análises atônitas uma após a outra. Imagens de todo o globo continuavam atraindo os olhos de Kat para a tela para ver anomalias e normais dançando ao redor de drones desativados. Campeões em outros continentes faziam discursos solenes sobre amanhãs melhores.

E, melhor e pior de tudo, famílias se reunindo enquanto entes queridos emergiam do laboratório-prisão da Ziran ao norte. Ônibus traziam reuniões a cada viagem. Adriana veio no primeiro, juntando-se a Wexley em uma prisão de alta segurança específica que, Mynx prometeu para uma câmera, apesar da recente fuga de Zhan-Yo, manteria o casal sem problemas.

— Ei. — Calvin estava com a boca cheia de panquecas, parecendo um esquilo bobão, suas palavras saindo pastosas. — É melhor você comer isso antes que esfrie.

Ah, sim. Café da manhã. Kat piscou, assentiu, pegou seu garfo e faca.

A primeira mordida era realmente boa.

CAPÍTULO 31
CRIMINOSOS

RHIMES OBSERVAVA os Paragons do outro lado do saguão. Os dois pareciam abatidos, cansados, convocados para o dever oficial enquanto os Paragons assumiam reflexivamente o controle do mundo. Segundo as notícias, os detalhes estavam sendo acertados entre as facções e o futuro seria um pouco diferente. Por enquanto, porém, as anomalias substituíam os drones, voltando à rotina habitual.

O soldado ajeitou o casaco ao redor do corpo, mantendo a aba do boné de beisebol abaixada. Olhou em direção ao corredor, para o conjunto de elevadores mais adiante. Pessoas entravam e saíam constantemente, o principal hospital do centro de Chicago não era um lugar tranquilo.

Pegando seu café da mesa lateral de madeira selada em magenta, Rhimes se levantou lentamente, como tantas pessoas fazem em locais onde o tempo não lhes pertence totalmente. O movimento o fez perceber seus bolsos vazios, seus pulsos roçaram os laços soltos dentro das mangas. Sem facas ou armas hoje. Na mão esquerda, Rhimes segurava um pequeno buquê, flores amarelas e brancas trazendo um brilho primaveril.

Nos elevadores, juntou-se a uma médica com o rosto

mergulhado em seu Tama e a outra família de aparência preocupada. Ele apertou os números para cada um, acabando sendo o primeiro a sair em uma ala de recuperação cirúrgica. Drones médicos dominavam o local, dando suporte a enfermeiros e médicos humanos. Eles circulavam como famílias distorcidas, seguindo uns aos outros de um quarto de paciente para o próximo.

— Posso ajudá-lo? — perguntou uma recepcionista atrás de uma escrivaninha de nogueira, com monitores de computador fazendo o possível para esconder sua cabeça. Ela conseguiu espiar por cima, procurando pelo crachá de Visitante de Rhimes até encontrá-lo.

— Regina Porter — disse Rhimes.

— Família?

— Amigo. — Rhimes ergueu as flores. — Só vim deixar isso.

A recepcionista sorriu e informou a Rhimes que era o quarto sete. O soldado assentiu e seguiu adiante. Álcool em gel misturado com o cheiro da comida da cafeteria criava um aroma anestésico miserável, enquanto uma dúzia de programas diferentes, filmes e músicas borbulhavam em um caos sonoro eclético. Tudo isso somado a conversas de passagem e às sugestões robóticas vindas dos drones executando seus algoritmos.

Quase tão movimentado quanto Ziran havia sido nos dias seguintes à tomada de poder de Wexley. Todo mundo correndo, assumindo tarefas extras, empolgados com um mundo caído em suas mãos. Tinha sido excitante, cheio de esperança, mas mesmo então ninguém parecia saber o que aconteceria em seguida. Como o cachorro que finalmente alcança o carro que perseguia, Ziran atingira seu objetivo e não tinha ideia do que fazer com ele.

Agora a empresa não teria nada. Rhimes não conhecia os detalhes, mas Zhan-Yo mandava uma linha ou duas ocasionalmente. Ziran não sobreviveria à paisagem renegociada, uma medida projetada tanto para desencorajar futuros levantes sangrentos quanto para transferir os Tamas da esfera privada para a pública.

A comunicação era valiosa demais para ser entregue a uma única empresa, aparentemente.

O quarto sete tinha uma boa vista para um parque. O dia chuvoso dava a tudo dentro dele um tom azul claro, estendendo-se até a cama do hospital e a mulher de camisola deitada nela. Regina Porter estava de olhos fechados. Um monitor conectado mostrava todos os sinais em verde. Cirurgia bem-sucedida para remover a bala, um pouco de cura potencializada por anomalia, e Rhimes imaginou que ela receberia alta em um dia ou dois.

Ele colocou o pequeno vaso com flores no parapeito da janela. Tirou um cartãozinho do bolso e o deslizou entre os talos verdes cortados. Escrever aquilo à mão tinha sido divertido. Pegar uma caneta acontecia tão raramente, mas tinha sido bom traçar aquelas curvas, conectá-lo pessoalmente às palavras.

Não deixou assinatura, mas Regina seria inteligente o suficiente para descobrir.

Afinal, quantas vidas ela havia salvado? Não podiam ser tantas assim, certo?

Rhimes saiu do quarto e virou à esquerda, afastando-se dos elevadores e da saída. Em direção ao final da ala, outro Paragon estava sentado em uma cadeira do lado de fora do quarto doze. Enquanto Rhimes caminhava naquela direção, uma enfermeira, um drone médico e dois médicos passaram pelo Paragon e entraram no quarto. A anomalia se levantou e os seguiu.

Bem na hora programada.

À direita de Rhimes, um alarme de incêndio permanecia como uma possibilidade, mas que ele ignorou. Ele não tinha virado a mesa contra Wexley para voltar a ferir pessoas aleatoriamente, e muitos nesta ala poderiam precisar de atenção séria para justificar o pânico. E Regina parecia tão pacífica naquela cama.

Em vez disso, ele continuou andando até passar pelo quarto doze, captando a conversa. Rhimes postou-se do lado de fora, fingindo ler seu Tama. Bebendo seu café.

Brielle, ao contrário de Regina, estava bem acordada. Os médicos estavam explicando seu tratamento, como ela precisaria de reabilitação, precisaria de acompanhamento significativo dado que a bala havia atingido alguns órgãos. O Paragon interrompeu os profissionais então, dizendo que Brielle receberia tratamento suficiente para sobreviver, mas não permaneceria ali por muito mais tempo.

Isso também, Zhan-Yo havia informado a Rhimes. Aegis e os outros Campeões estavam resolutamente se opondo aos combatentes mais fervorosos de Ziran. Aqueles que mataram, caçaram anomalias seriam julgados e condenados por suas ações. O próprio Rhimes conseguiria uma suspensão graças aos seus esforços, mas isso não cobria mais ninguém.

Não cobria Zhan-Yo também, mas quando Rhimes perguntou ao homem que movimento ele faria, Z ignorou a pergunta. Tinha sumido completamente do radar.

Um que não sumiu?

Gordon Holyoak provou ser um bom homem, um rastreador ainda melhor. Ele ajudou a reinstalar Rhimes naquela casa branca sem características, insistiu para que Rhimes recebesse sua isenção, e quando Rhimes perguntou dois dias atrás, Gordon encontrou as informações de Brielle, informando Rhimes sobre a data e hora da alta.

Gordon perguntou a Rhimes, como tantos outros, por que ele havia se voltado contra Wexley. Qual tinha sido a gota d'água, e Rhimes não tinha uma resposta real. Não foi tanto um único momento, mas uma inundação gradual, o desgaste de ideais pela ódio, desespero, poder. Alguns, como Brielle, foram pegos nessa tempestade. Não que ela não tivesse responsabilidade, mas tinha talento, tinha potencial.

E droga, Rhimes a trouxe para Ziran. Ele devia a ela uma saída.

Os médicos, o drone e a enfermeira saíram do quarto. O Paragon seguiu, continuando a conversar com a equipe médica. Acertando detalhes da transferência, qualquer coisa necessária para evitar que Brielle desabasse no caminho. Eles se afastaram pelo corredor, não muito longe, mas o Paragon estava de costas para o quarto.

Rhimes aproveitou a oportunidade, entrando sorrateiramente. Começou um cronômetro mental.

Brielle, exausta e pálida, olhava pela janela. Diferente do quarto de Regina, a vista de Brielle dava para uma rodovia coberta de pods. À distância, aviões iam e vinham do aeroporto em uma linha de staccato.

— O que você esqueceu? — disse Brielle, sem olhar para ele.

— Você — disse Rhimes, mantendo a voz baixa.

Brielle virou o rosto para ele, as sobrancelhas se erguendo. Rhimes a ignorou por um momento, fazendo uma rápida inspeção. Uma bolsa de soro e um monitor estavam conectados ao braço esquerdo de Brielle. Seu braço direito tinha uma algema ao redor, prendendo Brielle à cama. Não seria uma extração fácil.

— Por que você está aqui? — perguntou Brielle — e se disser "você" de novo, vou chamar a enfermeira.

— Você não merece o que está acontecendo aqui.

— Tem certeza? — Brielle curvou o lábio. — Todos nós sabíamos o que estávamos fazendo. Pela causa, pelo dinheiro, mas não éramos estúpidos. Você não pode me salvar das escolhas que fiz. Das escolhas que você fez.

— Sinto que falhei com você.

— Ah, você falhou. Você é um traidor, Rhimes. Isso não vai mudar, não importa o que faça agora.

Rhimes assentiu. Ele tinha dito a si mesmo que haveria duas possibilidades. Ou Brielle aproveitaria a chance de fugir, eles trabalhariam juntos e fariam alguma fuga desesperada. Ou ela faria isso. Aceitaria seu destino, daria a Rhimes uma pílula amarga, e seria isso.

Exceto.

— Eles disseram o que vão fazer com você? — perguntou Rhimes.

Brielle balançou a cabeça. — Tirar-me daqui. Só isso. De lá em diante, não sei.

— Eu sei — Rhimes aproximou-se da cama, sentou-se na cadeira ao lado. Seu cronômetro mental já ultrapassava o limite. O Paragon voltaria a qualquer segundo, uma fuga não aconteceria. — O mundo não precisa de mais execuções. Não é um bom jeito de começar, então eles vão deportar todos que puderem. Tirá-los de campo e esquecê-los.

— Deportar para onde? — perguntou Brielle. — Antártida?

— Quase. — Rhimes levantou seu Tama, deslizou para mostrar uma imagem, um lugar. — Mynx, a Campeã...

— Eu sei quem é Mynx.

— Ela tem essa ilha. Parece que costumava abrigar anomalias que os Paragons não sabiam o que fazer, e agora estamos sendo colocados lá.

— Estamos?

Até dizer as palavras, Rhimes não havia planejado se incluir no grupo, mas fazia sentido. Ele era um soldado, tinha lutado suas guerras. Sem família para retornar, exceto aquela com quem estava trabalhando por tantos anos.

Além disso, molhar os dedos dos pés na água morna não parecia ruim depois de tantos invernos em Chicago.

— Wexley, Zhan-Yo — disse Rhimes. — Todos os jogadores de Ziran, todos os conspiradores, e mais do que alguns Elementais também. Apagando-nos da lousa.

— E nos colocando juntos? Em uma ilha? — Brielle balançou a cabeça. — Vamos nos matar uns aos outros.

— Talvez. Ou talvez nos sairemos melhor do que jamais conseguimos aqui.

O Paragon entrou curioso, novo demais para suspeitar de alguém com motivações obscuras aqui nesta casa de cura. Rhimes acenou, disse que iria junto com Brielle. Quando o Paragon mencionou que ela era uma criminosa, Rhimes deu de ombros, disse que ele também era.

O barco que os levava para a ilha parecia uma fortaleza. Paragons e comandos de Mathieu cobriam cada metro disponível enquanto os prisioneiros se mantinham em uma seção selada no centro. Rhimes, com um chapéu de abas largas sombreando seus olhos, observava as ondas enquanto o barco avançava. Haveria mais barcos a seguir, à medida que os novos governos recolhessem criminosos e decidissem se os enviariam para a ilha ou não.

Como sistema de justiça, Rhimes achava um pouco bárbaro despejar um monte de pessoas, muitas que poderiam ter famílias, em uma ilha sem chance de retorno. Por outro lado, eles não estariam apodrecendo em celas ou enfrentando um pelotão de fuzilamento. Ele se virou, olhou para as pessoas que compartilhavam o destino com ele. A maioria tinha aquele olhar endurecido que vinha com anos passados em guerra. Alguns olhavam para os espaços vazios nos pulsos onde os Tamas antes estavam.

Wexley estava com Adriana em seu próprio canto. Suas mãos descansavam uma sobre a outra, os maiores líderes do mundo agora iguais a todos os outros. Wexley ainda usava aqueles óculos escuros, e quando percebeu Rhimes olhando, o ex-CEO de Ziran fez um pequeno aceno com a cabeça. Um gesto que Rhimes retribuiu.

Ele entendia, como todos os outros no barco, que uma vida na ilha significava um recomeço. Antigos ressentimentos só serviriam para que as pessoas acabassem mortas. Uma ideia fácil de dizer, difícil de manter. Quem sabia quanto tempo a paz duraria?

O outro homem, sozinho e do lado oposto a Rhimes, sem dúvida lutaria para mantê-la pelo maior tempo possível. Zhan-Yo compartilhava com Rhimes o olhar sobre as ondas. Diferentemente do olhar pensativo e direto de Wexley, porém, as rugas de Zhan-Yo revelavam um pequeno sorriso entre elas.

Naquela manhã, pela primeira vez em tantas décadas, o globo começara a realizar suas primeiras eleições. Líderes, anomalias e normais, encontrariam-se no poder não por força, mas por liberdade.

— É isso que você queria? — Brielle, caminhando com uma bengala enquanto sua recuperação continuava, aproximou-se de Rhimes.

— Não sabia até agora — respondeu Rhimes. — Mas talvez seja mesmo.

CAPÍTULO 32
NOVOS PLANOS, ANTIGOS LARES

O POD CURVOU em direção a uma rua ao mesmo tempo familiar e estranha. As casas tinham certa semelhança, mas as pinturas haviam mudado. Novas árvores cresciam em gramados salpicados de novos brinquedos. Crianças muito diferentes das suas aproveitavam o sol da manhã. Cassidy recostou-se no assento e tentou não pensar em quão rápido seu coração estava batendo.

— Nervosa? — disse Thane, em forma e com boa aparência ao seu lado.

O cabelo fino como fio de bigode da anomalia havia se transformado num espesso branco, as rugas e manchas ao longo de sua pele recuando ou desaparecendo sob um brilho saudável. Efeito de Mila, segundo ele.

Que Thane estivesse ali sentado era uma surpresa. Depois que Cassidy direcionou seu vazio para o chão da Fábrica, deixando-o rasgar um buraco sob a anomalia enfurecida, ela esperava nunca mais ver o homem novamente. Ele ficaria preso na rocha ou alguma outra coisa nas profundezas da Fábrica o mataria. Desde que ela não tivesse que tomar a decisão final.

Eles tiveram suas discordâncias, ela e Thane, mas sem a ambição sem limites dele, ela ainda estaria presa naquela ilha.

Depois de abandonar Thane lá embaixo na terra, Cassidy ficou com Celice e os outros comandos enquanto eles assumiam o centro de controle da Fábrica. Mathieu, aquele que havia afastado Celice do avanço assassino de Thane, trabalhou com a filha de Aegis em alguma mágica computacional para desativar as defesas restantes da Fábrica. A partir daí, emitiram uma ordem de contenção para as forças humanas de Ziran enquanto bloqueavam quaisquer tentativas de reativar os drones desabilitados.

Cassidy ficou no fundo da sala mantendo um olho no meio-dúzia de técnicos de Ziran empurrados para um canto. Depois de todo o caos do dia, fazer a guarda de um grupo aterrorizado parecia um bom intervalo, uma chance de recuperar o fôlego.

Então Thane voltou rastejando daquele buraco, seguido por Aegis, Mynx e Mila. O novo Thane, de volta ao seu tamanho sensato. Ele lançou a Cassidy um olhar de agradecimento antes que o grupo seguisse adiante: alguém reportou no Tamas que Wexley havia sido encontrado, detido na praia.

Banhos, refeições quentes, uma chance de trocar de roupa. A civilização voltou quase rápido demais. Cassidy se viu hospedada na torre do Paragon em Los Angeles, uma grande espiral com mais do que quartos suficientes devido, bem, ao óbvio. Cassidy passou o dia seguinte se recompondo e, finalmente, entrando em contato com aqueles que ela mais precisava ver.

Thane a encontrou naquela manhã enquanto Cassidy, com uma simples mochila do Paragon carregada com seus poucos pertences, saía para pegar um voo rápido cortesia de uma nova conta de despesas emitida pelo Paragon.

Salvar o mundo tinha suas vantagens.

— Você não está indo embora — disse Thane logo na entrada.

— Estou indo para casa — respondeu Cassidy, acenando para toda a agitação na torre. — Eu fiz minha parte. Isso tudo agora é seu jogo.

— Não. Não é.

O pod parou e Cassidy saiu, com Thane seguindo. Quando ela abriu a porta, Thane foi para o lado oposto e abriu a dele.

— Estou esperando — disse Cassidy ao sentar-se, Thane fazendo o mesmo.

As portas se fecharam, o pod zumbiu ao partir.

— Na ilha eu tinha tantas ideias para o mundo — disse Thane. — Tantas maneiras de torná-lo melhor se eu estivesse no comando. Eu poderia fazer os drones melhores, poderia fazer as pessoas me amarem. — Cassidy revirou os olhos. Thane riu, um som estranho, como se o homem não estivesse muito acostumado a fazê-lo. — Vê? Isso, bem aí, costumava me deixar tão irritado.

— Porque eu te acho ridículo?

— Eu era. Eu sou. E não percebi até Bangkok. Até Ziran pegar minha ideia e levá-la adiante.

— Você está dizendo que queria ser um governante genocida?

— Na minha cabeça, não. Na realidade, talvez seja isso que eu teria me tornado. — Thane apontou para fora, para os prédios que passavam, pessoas caminhando até cafeterias, entrando em escritórios. — Vê como pouco mudou? Em uma noite, toda a ordem mundial mudou, mas para a maioria das pessoas é algo que mal vão notar. Desde que possam buscar seus sonhos, seus desejos...

— Espera aí — disse Cassidy. — É uma longa viagem até onde estou indo, mas não tão longa. Thane, você entrou neste pod comigo. Por quê?

Thane considerou e Cassidy esperou que o corpo do homem definhasse, que encolhesse enquanto seu cérebro entrava no modo galáxia. O pod não tinha uma bengala, não tinha um andador para o homem usar, então esperava que ele não descesse tão fundo na toca do coelho que ela tivesse que carregá-lo para fora.

— Passei tanto tempo pensando no quadro geral, tanto na cela, na ilha e no acampamento de Apinya — disse Thane — e ver Wexley me faz pensar que perdi algo mais importante.

— Como o quê?

— Mila me deu mais tempo do que eu esperava — respondeu Thane. — Preferiria passá-lo com você, em vez de discutir com aqueles velhos Paragons sobre quem vai administrar a Sibéria.

— Eu *seria* mais divertida que isso. — Cassidy cruzou os braços. — Mas quem disse que quero você comigo? Você me mandou para aquele laboratório. Eu teria sido testada, experimentada.

Thane coçou o cabelo. — Um estratagema. Eu disse aos outros que você salvaria Apinya. Na verdade, pensei que demoraria muito para que algo acontecesse. Eu queria você removida, fora do tabuleiro. Segura.

— Segura? Você acha que aquele lugar era seguro?

— Mais seguro que um assalto à Fábrica? Sim — respondeu Thane. O pod entrou na rodovia, um trajeto curto agora até o aeroporto. — Ziran não estava tentando matar as anomalias lá. Imaginei que teríamos sucesso em um dia, muito antes que algo ruim acontecesse com você.

— Ou você poderia ter me dito para ficar longe.

Agora Thane sorriu. — Mas você não teria ficado.

Não, ela não teria.

Eles chegaram a uma casa amarelo-brilhante. A mesma cor que era naquela manhã quando Cassidy a deixou pela última vez. Um jardim bem aparado, uma pereira no centro. A luz do sol refletia na entrada de carros cor creme que levava a uma garagem sem carro, aberta e cheia de caixas. Cassidy leu os rótulos enquanto caminhava, Thane atrás dela.

— Minhas coisas — disse Cassidy, passando os dedos pelo papelão. — Ele empacotou tudo.

— Muitas caixas.

— Não são só minhas. Brinquedos dos nossos filhos, suas roupas antigas. Tudo da nossa vida juntos está aqui fora.

— Não foi jogado fora.

— Talvez ele não pudesse ir tão longe. — Cassidy considerou. — Ou talvez ele pensou que eu poderia voltar e não queria que eu ficasse tão brava.

— Você está?

— Depois de todo esse tempo? — Cassidy suspirou. — Sim, e também não. Se isso faz sentido.

— Posso entender — respondeu Thane, e Cassidy supôs que provavelmente ele poderia mesmo.

A porta da frente se abriu. Alguém, um jovem que só poderia ser seu filho, disse seu nome. Seu verdadeiro nome.

Mãe.

— Pronta? — perguntou Thane, colocando uma mão em seu ombro.

— Sabe, acho que estou mais pronta para isso do que estive para qualquer coisa na minha vida.

CAPÍTULO 33
O TEMPO

PELA PRIMEIRA VEZ, Aegis não teve um papel na revolução. Ele a iniciou, junto com todos os outros na praia naquela noite, mas além de alguns comentários esperançosos para uma mídia confusa, Aegis se manteve longe dos holofotes. Ele fez acordos importantes nas sombras, incluindo aqueles para enviar Zhan-Yo, Wexley e seus comparsas para a ilha de Mynx, e quando chegou a hora de propor nomes para a nova liderança, Aegis tinha apenas um para sugerir.

Celice.

— Sua própria filha te recusou — disse Mynx, juntando-se a Aegis no amplo deck dela. Chá e café, pães e ovos flutuavam atrás dela graças a alguns pequenos drones. — Como isso te faz sentir?

— Perfeitamente bem. — Aegis ajustou seu boné para se proteger do sol. — Se ela quer comandar seu próprio espetáculo nas sombras, essa é a escolha dela.

— Aquele Mathieu é uma má influência — disse Mynx, mas o brilho em suas palavras amenizou o golpe.

— Sabe, ele é o primeiro que não fugiu depois de me conhecer. Isso deve contar para alguma coisa.

Mynx acomodou-se numa cadeira ao lado de Aegis com

um suspiro satisfeito. Juntos, eles aproveitaram seus próprios momentos prolongados, desfrutando das ondas, da brisa.

— Reeves acha que vai levar alguns meses, mas teremos a Fábrica totalmente reconfigurada até o final do verão. Bem a tempo de nos divertirmos de verdade.

— Sujando as mãos?

— Com terra de verdade, sim. Não é isso que você queria?

— Não só eu. — Aegis flexionou os dedos. — Acho que você disse que estava cansada de levar golpes?

De construir gladiadores a criar artesãos, drones projetados para trabalhar junto com carpinteiros, fazendeiros, fabricantes para construir, sustentar, apoiar. Mynx não queria sucatear sua Fábrica, então essa tinha sido a segunda melhor opção. Ela e Aegis sairiam com a primeira leva, indo para áreas duramente atingidas para ajudá-las a reconstruir.

Zhan-Yo teve essa ideia, ofereceu-a como algo que ele tinha visto tantas vezes liderando Ziran, conduzindo suas próprias instituições de caridade. Algo que o ex-CEO nunca teve tempo para fazer, algo que os antigos Campeões poderiam aproveitar.

Mynx assentiu. — Quando você passa tanto tempo em um tubo, começa a pensar que talvez fosse bom sair um pouco mais. Ver o mundo sem sentir que é responsável por ele.

— Não tenho certeza se vou chegar tão longe.

Ser um herói, estar na linha de frente tinha sido toda a identidade de Aegis por tanto tempo. Ele podia sentir agora, a pressão incentivando-o a levantar-se da cadeira, usar seu Tama para entrar no banco de dados do Paragon, ver quais desastres existiam ao redor do planeta e qual a melhor forma de lidar com eles. Quais novos vilões anômalos e normais precisavam ser derrotados, quais vítimas de tempestades e terremotos precisavam de assistência.

Ele havia tentado, na verdade, antes de Mynx sair um minuto atrás. Pressionou o dedo no pequeno scanner do

Tama e foi rejeitado. Fez sua câmera olhar para seu rosto apenas para receber a mesma negação vermelha.

Celice cumprindo o que prometeu.

Aegis estava fora. Mynx estava fora. Todos os velhos Campeões despejados para dar lugar a uma nova turma, anomalias e normais juntos, unidos a funcionários eleitos regionalmente. Uma reforma maciça se desenrolando ao longo de semanas, meses, anos.

— Acho que vai funcionar — disse Mynx, adivinhando o que Aegis pensava. — Melhor do que o que fizemos, de qualquer forma.

— Fomos tão ruins assim?

— Nós nos propusemos a fazer o que achávamos melhor, e fizemos — Mynx esboçou um sorriso. — Isso nos deu mais confiança do que merecíamos.

— Compramos paz por mais de vinte anos.

Mynx assentiu. — Cada um desses anos foi uma luta desesperada para manter o que havíamos criado. É hora de deixar que eles tentem algo novo. — Uma onda quebrou, respingos voando e capturando a luz do sol em um micro arco-íris. Mynx colocou seu garfo na mesa e olhou para Aegis. — Você já tentou surfar?

— Nunca tive tempo.

— Adivinha só, velho? Agora você tem.

CAPÍTULO 34

APOSENTADORIA

O PERDÃO ERA MAIS fácil na vitória. Naquela praia, Zhan-Yo pediu o que não merecia: uma chance para uma vida diferente e melhor. Ele havia pavimentado o caminho para Wexley, para Ziran. Havia detonado bombas dentro de um estádio lotado para provar um ponto. Por qualquer medida razoável, o revolucionário merecia apodrecer em algum lugar escuro, úmido e decadente.

Em vez disso, ele pediu redenção.

— Não haverá outra chance de refazer o mundo como temos agora — disse Zhan-Yo naquela praia, no meio da noite. — Nós balançamos a civilização de um lado para o outro nos últimos meses, e é hora de deixá-la se estabelecer no caminho melhor.

Aegis, Thane, Mynx, Mila, Apinya, Celice e Mathieu o observavam, os brilhos do Tama se unindo à luz das estrelas. A rastreadora e sua amiga estavam sentadas na praia ao lado de Wexley, ou indiferentes ou exaustas demais para participar. A anomalia lançadora de vazio, aquela que Thane tinha enviado para a prisão de Ziran, estava afastada olhando para as ondas.

Nem todas as vozes precisavam se manifestar. Melhor

manter o grupo pequeno agora, quando tudo parecia tão frágil.

— E qual é esse caminho? — perguntou Apinya, embora soasse mais como um incentivo do que uma pergunta.

Aegis cruzou os braços, Mynx lançou um olhar fulminante na direção de Zhan-Yo. Os outros variavam entre curiosos e cautelosos. Suspeitando, se não sabendo abertamente, o que Zhan-Yo diria.

Ele disse tudo mesmo assim. Expôs a mesma ideia com a qual vivia desde muito tempo atrás em Chicago, aquela que teria revelado a Aegis e aos Paragons sem todo o derramamento de sangue se apenas tivessem escutado. Igualdade, independentemente do status de anomalia ou normal. Dividir o mundo como ele desejava ser, com regiões tão variadas quanto necessário. Estabilizado por uma força mundial composta, sim, por anomalias e normais.

— Os Paragons — disse Aegis então. — Mantemos o mesmo nome, removemos as partes exclusivas para anomalias. A transição será mais fácil.

— E sem drones — acrescentou Thane. — Não mais, não para nenhuma força.

Mynx deu de ombros. — Menos trabalho para mim.

Mais detalhes foram discutidos entre os participantes, uma estrutura solta se solidificou conforme as horas avançavam em direção ao amanhecer. Eles comeram enquanto conversavam, Paragons e comandos ocasionalmente buscando mais alimentos entre relatórios sobre ferimentos sofridos e a resistência de Ziran diminuindo em todo o globo.

— Uma última coisa — disse Zhan-Yo quando o céu começou a ficar rosa atrás das montanhas. — Não podemos fazer parte disso. Eu por razões óbvias, mas você. — Zhan-Yo apontou para Aegis, depois para Mynx. — E você. Thane. Os outros Campeões. Nossas reputações nos precedem, vão sobrepor o que estamos fazendo aqui esta noite.

O fato de que os Campeões concordaram foi surpreendente; que levou vários longos minutos para extrair esse acordo, não foi. No entanto, aquele momento permaneceu com Zhan-Yo conforme os dias passavam, acompanhando-o no barco quando finalmente chegou à ilha ensolarada de Mynx.

Ao seu redor no horizonte: água cristalina e nuvens. Drones não mais pairavam nas bordas esperando para massacrar qualquer fugitivo. Em vez disso, enquanto os passageiros desembarcavam na costa, suas sentenças seriam monitoradas por um tipo diferente de guarda: humano, com visitas regulares para trazer comida, água fresca. Medicamentos.

Uma prisão, sim. Um inferno, não.

Zhan-Yo se espreguiçou, olhando ao redor para as facções que já começavam a se formar. Pessoas se afastando pela praia, algumas em direção ao vulcão que se erguia no centro da ilha, outras para o leste, onde as anomalias ainda viviam.

— Oeste? — disse Rhimes, com Brielle ao seu lado enquanto os dois se aproximavam dele.

— Oeste — respondeu Zhan-Yo.

Uma certa anomalia lhe dissera que tinha tido uma aldeia por ali uma vez, com um bom abrigo de palha e uma vista perfeita do pôr do sol.

CAPÍTULO 35
O CAMINHO

MANHATTAN SE ESTENDIA ABAIXO das enormes janelas de Bastion. Celice estava parada perto de onde seu pai costumava sentar, examinando monitores enquanto os resultados das eleições começavam a chegar de todo o mundo. Tinha sido uma correria organizar qualquer coisa, mas com Tamas sendo onipresente, eles conseguiram pôr a votação online em funcionamento sem grandes problemas. Os primeiros candidatos eram variados, mas às vezes era preciso botar o carro em movimento e se preocupar com o caminho depois.

— Isso parece perigoso — disse Mathieu, em pé à sua direita, passando por suas próprias telas. — Não deveria ser o contrário? O caminho pavimentado antes do carro?

— Acho que vamos descobrir — respondeu Celice. — Alguma coisa importante para nós?

— Tem alguns surtos de anomalias aqui e ali, mas os Paragons locais estão controlando. Algumas mentes brilhantes roubaram drones desativados e os reiniciaram — disse Mathieu —, mas nosso recrutamento está indo bem.

— E os rastreadores?

— Muitos estão aderindo — respondeu Mathieu. — Acho que não teremos problemas para encontrar nossos agentes.

Celice assentiu. Outra pessoa poderia comandar o espetáculo principal dos Paragon. Ela ficaria feliz em permanecer nos bastidores, fazer o que seu pai sempre quis: deter as grandes ameaças sem se afogar em burocracia. E agora, com o programa de rastreadores desmontado, havia um monte de caçadores habilidosos procurando trabalho.

— Agora — disse Mathieu —, aqui está algo interessante. Bangkok. Relatórios sobre roubos em plena luz do dia. Pessoas ficando surdas, cegas e depois perdendo suas carteiras. Recuperam todos os sentidos um minuto depois. As autoridades locais não têm pistas.

Celice olhou para a tela de Mathieu e leu o resumo.

— Algo para delegar? — perguntou Celice.

Mathieu sorriu. — Poderia. Mas sempre quis ir à Tailândia.

— Temos aquele jato legal que a Mynx nos deu. — Ela compartilhou seu sorriso. — Quão rápido você consegue fazer as malas?

Os mortos pertencem a Riven. Os vivos à Terra. Mas enquanto a guerra faz Riven transbordar, Carver precisa encontrar uma forma de manter essas fronteiras claras, ou logo não haverá muita diferença entre os mundos.

Comece uma nova aventura de fantasia sombria com *Riven*:

AGRADECIMENTOS E NOTA DO AUTOR

Luz do Libertador conclui uma série que surgiu de algumas ideias que tive há anos, mas nunca tive a oportunidade de desenvolvê-las em romances completos, muito menos em um arco como este. A ideia de super-heróis "medíocres" sempre pareceu divertida: o que aconteceria com esses portadores do ligeiramente extraordinário?

Se os poderes eram a parte divertida, o elemento humano cresceu para se tornar o mais interessante. O que aconteceria se partes da sociedade, há tanto tempo entrincheiradas em sua segurança, se vissem roubadas dela por vencedores de uma loteria genética? Como o mundo reagiria a uma divisão muito clara entre aqueles que têm habilidades e aqueles que não têm?

O Código do Herói brincou nessa caixa de areia e, enquanto o escrevia, descobri que seus vilões, seus heróis, seus espectadores eram (como frequentemente ocorre) menos preto e branco, tendendo muito mais para o cinza. No final, todos queremos o que queremos, e seja porque podemos apagar um edifício com um estalar de dedos ou porque derrubamos nosso café da manhã, nos esforçaremos para conseguir isso dentro de qualquer razão que se encaixe nos nossos ideais. Nestas histórias, Kat, Wexley, Calvin e Aegis estavam tentando fazer o que sentiam ser a coisa certa.

Espero que você tenha achado a jornada deles tão interessante de ler quanto eu achei de escrever.

SOBRE O AUTOR

A.R. Knight cria histórias em uma casa gelada em Madison, WI, principalmente comandada por dois gatos. Depois de ser sugado para a rotina de trabalho durante a crise econômica de 2008, ele se viu em reuniões entediantes voando pelo espaço e vivendo grandes aventuras.

Eventualmente, dedicando tempo a podcasts, roteiros, contos e outros romances, ele encontrou uma história na qual poderia se perder e um elenco de personagens tanto divertidos quanto cheios de emoção.

A.R. Knight planeja saltar para outros mundos e encontrar novas histórias para contar nas fronteiras ilimitadas da nossa imaginação.

Obrigado, como sempre, por ler!

Para DJ